Alexis Lecaye

Einstein & Sherlock Holmes

19.10.90

Alexis Lecaye

Einstein & Sherlock Holmes

Aus dem Französischen
von Christel Kauder

Wolfgang Krüger Verlag

Für Elisabeth

Die französische Originalausgabe erschien 1989
unter dem Titel »Einstein et Sherlock Holmes«
im Verlag Éditions Payot, Paris

Satz: Jung SatzCentrum, Lahnau
Druck und Einband: Franz Spiegel Buch GmbH, Ulm
Printed in Germany, 1990
ISBN 3-8105-1116-1

Studie von
Leonardo da Vinci über
die Unmöglichkeit
des Perpetuum mobile

Eine Silhouette im Nebel

In tiefster Nacht, mitten im Winter, auf den Steilküsten von Sussex spazierenzugehen verschafft ein eigenartiges, undefinierbares Gefühl... An diesem 23. Januar 1905 machte ich diese beängstigende Erfahrung zum ersten Mal.

Vom bleichen Licht des Neumondes geleitet, bewegte ich mich vorsichtig und konzentrierte mich ganz auf die heimtückischen Hindernisse, die in Form von Steinen oder Schlaglöchern die Strecke übersäten. Die geringste Unachtsamkeit, und ich würde kopfüber auf den Geröllstrand stürzen, der einige Dutzend Meter unterhalb der Klippe entlanglief.

Ich war dem Telegramm meines Freundes gefolgt (er schickte nie einen Brief, wenn ein Telegramm genügte, selbst nach einem Jahr des Schweigens) und am Vorabend aus London gekommen, zu spät, um die Hotelkutsche – das einzig verfügbare Fahrzeug in der Gegend – noch benutzen zu können. Deshalb hatte ich die Nacht trotz meiner Ungeduld in der kleinen Herberge in Fulworth verbracht und immer wieder über Holmes' Botschaft nachgedacht. In Ton und Inhalt unterschied sie sich nicht von anderen, die er mir bei früheren Gelegenheiten geschickt hatte.

Wenn Sie nichts Besseres zu tun haben, erwarte ich Sie ab dem 23. in der Villa. Antwort nur, wenn Sie verhindert sind. Bitte Umweg über Bradleys Laden nehmen und ein Pfund starken, feinst geschnittenen Tabak sowie zwei Pfund türkischen Mokka mitbringen. Holmes

Was erwartete er von mir? Daß ich ihm half, seine Archive zu ordnen? Es gab keine einzige Todesanzeige neueren Datums, die es uns erlaubt hätte, Geheimnisse, zu deren Aufklärung wir tatkräftig beigetragen hatten, zu veröffentlichen... Wollte er über einen alten Fall sprechen? Es gehörte nicht zu Holmes' Gewohnheiten, sich lang und breit über die Vergangenheit auszulassen. Höchstens sortierte er in seinem bemerkenswerten Gehirn die merkwürdigen, originellen Elemente, die ihm einmal nützen könnten; Gefühlsbindungen an alte Geschichten waren ihm dagegen völlig fremd: Er hatte sich hinlänglich über meine Empörung mokiert, als er eine unglaubliche Menge von Dingen, Überbleibsel seiner außergewöhnlichen Aktivität auf dem Gebiet des Verbrechens, anläßlich seines Auszugs aus der Baker Street weggeworfen oder verschenkt hatte.

Blieb eine Hypothese – eine Hoffnung vielmehr –, die mein Herz schon schneller klopfen ließ, wenn ich nur daran dachte. Ich versuchte vergeblich, sie zu verscheuchen, weil ich die grausame Enttäuschung fürchtete, falls ich mich unglücklicherweise irrte. Vielleicht wollte er sich gar nicht zurückziehen, wie er es verkündet hatte, sondern saß an einem neuen Fall und brauchte wieder einmal meine bescheidenen Erleuchtungen oder – um es mit seinen Worten auszudrücken – meine Fähigkeiten als verdienstvoller »Lichtleiter«...

Die ferne Brandung wiegte mich schließlich in den Schlaf, einen schweren Schlaf. Und als ich um fünf Uhr früh vollkommen ausgeruht erwachte und verwundert sah, wie lange es noch dauern würde, bis der Tag anbrach, war ich unfähig, auch nur eine Minute länger zu warten.

Und so war ich mit leerem Magen und meiner Tasche in der Hand auf diesem Klippenpfad gelandet und fluchte alle fünf Schritte über meine törichte Ungeduld. Am Horizont kündigte ein Leuchten den nahenden Tag an, einen kalten, klaren Tag; Nebelfetzen direkt über dem ruhigen Meer sahen aus wie tote Aale. In dreitausend Jahren Geschichte hatten diese weißen Klippen, die sich heute vom Meer zurückzogen, unzählige Invasionen erlebt. Wie viele verängstigte Frauen und Kinder hatten aus diesem Nebel die Boote der Sachsen auftauchen sehen, die langgezogenen Drachen der Plünderer aus dem Norden, die mit römischen Legionären vollgestopften Galeeren, die Schiffe der normannischen Invasoren, die allesamt Feuer, Blut und Tränen brachten?

Ich fröstelte. Plötzlich sah ich, wie sich in der Ferne aus der glatten, schwarzen Meeresoberfläche ein Gegenstand löste, der so gut zu meinen düsteren Phantasien paßte, daß ich erstarrte und Mund und Augen aufsperrte. Gleich darauf verhüllte eine Nebelzunge die Silhouette vor meinen Blicken, und ich wollte schon an meinen Sinnen zweifeln. Aber von einem Luftzug angesaugt, glitt die Wolke über das Wasser, und der lange, zierliche, weiße Rumpf tauchte wieder auf, deutlich wie eine Zeichnung. Ich schüttelte mich, zuckte die Achseln. Seit wann hatten Drachenschiffe zwei Masten und einen Schornstein? Nein, was ich dort sah, war ganz einfach eine Jacht, die für die Nacht vor Anker gegangen war. Ein schönes Schiff, in der Klarheit seiner Linienführung durchaus vergleichbar den Booten, die sich um den America's Cup bewerben, wäre da nicht dieser Aufbau, der erst im Zeitalter der Dampfmaschinen entstehen konnte. Ein eigenartiger Platz für eine Zwischenlandung, wo doch die kleine Bucht von Fulworth keine zwei Meilen entfernt war. Unmöglich, irgendeine Flagge auszumachen. Schmuggler? Nein, nicht bei diesem glänzenden weißen Rumpf...

Der Widerhall von Stimmen alarmierte mich. Sie schienen von unten zu kommen, doch nicht von einer Mannschaft. Nicht die geringste Bewegung, kein einziges Licht waren auf der Schiffsbrücke zu sehen. Der Strand! Im gleichen Augenblick sah ich sie: Zwei menschliche Gestalten, auf Ameisengröße geschrumpft, hoben sich von den fahlen Kieselsteinen ab. Lebhaft redend lösten sie sich aus dem Schutz der Klippe und gingen langsam auf das Ufer zu. Ich konnte ihre Worte nicht verstehen, aber es schien mir unzweifelhaft, daß eine dieser Stimmen weiblich war und Ungeduld oder Zorn ausdrückte. Die beiden Stimmen verstummten. Ich vernahm nur noch das tiefe Seufzen des Meeres, das den Strand liebkoste, und war neugierig, welchen Sinn dieses Unternehmen hatte. Die größere der zwei Silhouetten beugte sich herab, faßte die andere fest um den Leib, hob sie vom Boden auf, trug sie ins Wasser und setzte sie in ein kleines Boot mit flachem Boden, das mir bis dahin entgangen war. Der Mann stieß mit einer kraftvollen Bewegung das Heck an. Sogleich ertönte das Schlagen der Ruder in ihren Dollen, und der Kahn entfernte sich schnell in Richtung der Jacht, eine phosphoreszierende Furche im glatten Wasser hinter sich herziehend.

Der Mann am Ufer stand mit den Füßen im Wasser und wartete, bis das Boot an der Jacht anlegte. Erst dann kehrte er über den Strand zurück an den Fuß der Klippe. Was sollte ich tun? Meinen Weg fortsetzen und den Unbekannten höflich übersehen, falls ich ihm zufällig begegnete? Oder abwarten, bis er den Klippenpfad erreicht hatte und in der Dunkelheit verschwunden war, ehe ich weiterging?

Er kam so schnell herauf, daß ich keine Entscheidung zu treffen brauchte. Ich hörte seine hastigen Atemzüge ein paar Meter unter mir und fand gerade noch Zeit, mich hinter einem Busch zu verbergen. Sein Kopf tauchte auf, dann seine Schultern und Arme. Ich hielt instinktiv den Atem an. Der Unbekannte erhob sich in seiner ganzen Größe über dem Abgrund. Er wandte sich dem Meer zu. Tief unten in der Ferne nahm die Jacht langsam Fahrt auf, ein Glöckchen läutete wie zum Abschied. Ich war unfähig, den Blick von dieser langen Gestalt abzuwenden, die nur drei Schritte von mir entfernt stand, von diesem stolzen Profil, diesen zu mageren Armen... Der Mann stieß einen kurzen Seufzer aus, fast ein Hohngelächter, drehte sich mit einer heftigen Bewegung um sich selbst, als ob er sich dazu zwingen müßte, und verlor sich in der Dunkelheit.

Ich war zu verblüfft, um mich zu rühren. Kein Zweifel: Ich war nicht das Opfer einer Halluzination gewesen. Das Aussehen dieses Mannes, seine Kopfhaltung waren mir vertraut. Jeder Irrtum war ausgeschlossen. Der, den ich soeben gesehen hatte, konnte nur mein Freund Sherlock Holmes sein – so seltsam und unerklärlich es erschien.

Fragen schwirrten mir durch den Kopf. Was tat er hier zu dieser Stunde? Wer war die andere Person, diese Frau, die zu ihrer Jacht zurückgefahren war? Was war das Thema ihrer intensiven, so abrupt beendeten Unterhaltung gewesen? Ich merkte jedoch, daß ich von jeder Antwort weit entfernt war und daß es sicher eine der größten Unschicklichkeiten wäre, meinem Freund von meiner unfreiwilligen Indiskretion zu erzählen, auch wenn ich im Grunde nichts begriffen hatte. Als ich meinen Weg fortsetzte, stellte ich dennoch die wildesten Spekulationen an. Aus welchen Gründen hatte Holmes mich kommen lassen? Gab es einen Zusammenhang mit dieser nächtlichen Begegnung? Vielleicht war die Festlandprinzessin die Ursache dafür, daß sich Holmes auf dem Höhepunkt seiner Intelligenz und seiner Fähigkeiten und obwohl er nach eigenem Eingeständnis dem ländlichen Charme noch nie viel hatte abgewinnen können, so plötzlich in die South Downs zurückgezogen hatte.

Als seine Villa in Sicht kam, brannte kein Licht hinter den Fenstern. Trotz der Kälte, trotz meiner Ungeduld und auf die Gefahr hin, mir die Gliedmaßen abzufrieren, beschloß ich, noch gut zehn Minuten zu warten, bevor ich anklopfte, damit Holmes mich nicht verdächtigen konnte, ihn überrascht und verfolgt zu haben... Und sollte er mich fragen, woher ich kam, würde ich lediglich sagen, daß ich zu dieser frühen Morgenstunde lieber einen kleinen Umweg über das Landesinnere gemacht hätte.

Die Sendung aus Bern

»Nun, mein Freund, zeigen Sie mir Ihr hübsches Gesichtchen, aber keine abrupten Bewegungen, bitte!«

Die metallische Stimme, die vor Sarkasmus bebte, ließ mich zusammenfahren.

»Holmes!« rief ich wütend und verlegen, und »Watson!« tönte es zurück, als er mich entdeckte, von meinem Anblick genauso überrascht wie ich von seiner Stimme.

»Ich will des Teufels sein, wenn ich Ihnen unterstellte, Sie hätten Vergnügen an solchen Lausbubenstreichen!« fügte er verstimmt hinzu, senkte aber immerhin den eindrucksvollen Lauf seiner 0,455 Zoll Webley & Scott, die ihm, wenn mein Gedächtnis mich nicht trügt, vor ein paar Jahren ein dankbarer Ingenieur aus Birmingham geschenkt hat. »Na schön, wenn Sie wie ich keine Lust haben, sich den eisigen Wind um die Nase wehen zu lassen, könnten wir unser Gespräch drinnen fortsetzen. Ich hoffe nur, das Feuer in meinem Büro ist noch nicht erloschen.«

Als ich bequem am Ofen saß, beobachtete ich seine nervösen Hände, die sich an dem kleinen Kaffeekocher zu schaffen machten, und konnte mir einen kurzen Blick auf seine Schuhe und den unteren, durchnäßten Teil seiner Hose nicht verkneifen.

»Hätten Sie die Güte, mir zu erklären, was Sie zu dieser unmöglichen Uhrzeit vor meiner Tür zu suchen hatten?«

Je näher eine Lüge bei der Wahrheit liegt, desto größer sind die Chancen, daß sie akzeptiert wird, hatte ich ihn oft sagen hören.

»Ich muß gestehen, daß Ihr Telegramm mir den Mund wäßrig gemacht hat«, erklärte ich in heiterem Ton, »und als ich heute morgen um fünf Uhr in dem kleinen Zimmer in der Herberge aufgewacht bin, war es mir unmöglich, wieder einzuschlafen. Deshalb habe ich beschlossen, aufzustehen und zu Fuß zu Ihnen zu gehen. Leider hatte ich vergessen, daß Ihr Haus so nah beim Dorf liegt, oder ich bin schneller als gewöhnlich gegangen... Jedenfalls habe ich beim Anblick Ihrer geschlossenen Tür und der erloschenen Lichter Bedenken gehabt, Sie aus dem Bett zu holen, und wollte lieber den Sonnenaufgang über dem Meer abwarten, ein Schauspiel, das mich armen Städter jedesmal wieder entzückt.«

»Ich werde alt«, bemerkte er. »Ich hätte Sie sofort erkennen müssen, selbst von hinten.«

»Was ist aus Ihren Katzenaugen geworden? Um mich zu überraschen, haben Sie einen Umweg gemacht und sind mit beiden Füßen im Bach gelandet. Sie sollten sich besser umziehen, wenn Sie sich nicht den Tod holen wollen.«

»Der gute alte Watson, immer noch so aufmerksam wie eh und je«, feixte Holmes, nachdem er mir einen kurzen, durchdringenden Blick zugeworfen hatte. »Aber für diesmal haben Sie recht... Hier ist Ihr Kaffee. Er ist sehr stark, und ich empfehle Ihnen zu warten, bis er sich gesetzt hat. Dann können Sie ihn in kleinen Schlucken trinken, wie es sich für einen Mohammedaner gehört. Ich bin in zwei Minuten wieder da.«

»Fühlen Sie sich bedroht?« fragte ich ohne Umschweife, als er zurückkam, in seinen alten Morgenmantel eingemummt, die Füße von dicken Pantoffeln warm gehalten.

»Wie kommen Sie denn darauf?« zeterte er und ließ beinahe seine Pfeife fallen, die er gerade mit dem von mir gelieferten abscheulichen Tabak stopfte.

»Nun... Ihre Reaktion vorhin. Sie müssen ein sehr feines Gehör haben, wenn meine verschwiegene Ankunft Sie aus dem Schlaf geholt hat.«

Zum zweiten Mal musterte er mich mit einem unglaublich grimmigen Blick. Ich fürchtete, ich könnte zu weit gegangen sein. Doch mein freundliches Lächeln beruhigte ihn offenbar, denn er entspannte sich.

»Ich schlafe zur Zeit wenig«, behauptete er nur. »Ich habe zuviel zu tun. Habe ich Ihnen von meiner Arbeit über die Bienen erzählt?«

»Die ›Bienen‹? Ist das der Name einer ortsansässigen Bande?«

»In gewisser Weise. Ich korrespondiere regelmäßig mit dem Weisen von Sérignan.«

»Dem Weisen von ...?«

»Wenn Sie mir bei jedem Wort eine Frage stellen, kommen wir nie zu Ende, Watson! Sogar Sie müssen doch von dem Insektenforscher Jean Henri Fabre gehört haben. Wissen Sie, was dieser Wissenschaftler bewiesen hat? Daß die Darwinsche Evolutionstheorie nicht immer den Beobachtungen der Wirklichkeit Rechnung trägt! Wie soll man nach Darwins Theorie das Verhalten der Wespen erklären, die genau wissen, in welche Nervenknoten sie eine Spinne stechen müssen, damit sie zwar gelähmt ist, aber nicht stirbt und für die Zeit der Aufzucht den kleinen Wespen als Nest und Nahrungsreservoir dienen kann? Wie, Watson?«

»Ich habe nicht die leiseste Ahnung«, erwiderte ich kühl. »Ich verstehe sehr gut, Holmes, daß Sie weder die Lust noch das Bedürfnis haben, mich in Ihre Angelegenheiten einzuweihen. Aber ich erlaube mir klarzustellen, daß ich auf Ihren ausdrücklichen Wunsch hin gekommen bin. Ich nehme doch an, es ging nicht einfach nur darum, daß ich Ihnen Ihren Tabak und Ihren Kaffee bringe oder daß Sie mit mir, als einem Neuling auf diesem Gebiet, über Ihre Insektenforschungen reden wollen, so begeisternd sie auch sein mögen.«

»Ins Schwarze getroffen, Watson!« sagte er mit einem entschuldigenden Lächeln. »Sie wissen immer, wann es Zeit ist, mich auf den Pfad des gesunden Menschenverstandes zurückzuführen. Das macht Sie so unersetzlich! Verschieben wir den Bericht über meine kleinen Arbeiten also auf später. Mein Benehmen ist unverzeihlich. Ich hätte mich zunächst bedanken müssen, daß Sie meiner Aufforderung dermaßen rasch gefolgt sind. Aber mein Vertrauen in Sie ist von der Art, daß ich Ihre Freundschaft als eine Grundgegebenheit meiner Existenz betrachte.«

»Holmes!«

Ich war gerührt über diese Vertraulichkeit, die so gar nicht seiner gewohnten Zurückhaltung entsprach.

»Das ist die reinste Wahrheit, mein lieber Freund. Übrigens

sehe ich, daß ich recht hatte, weil Sie trotz der wachsenden Bedeutung Ihres Patientenkreises gekommen sind. Ich erkenne daran, daß der Erfolg Sie nicht egoistisch gemacht hat, und ich beglückwünsche Sie dazu.«

»Ich danke Ihnen, aber obgleich eine solche Feststellung für Sie von geradezu banaler Eindeutigkeit sein mag, wüßte ich schon gern, worauf Sie anspielen und wie...«

»Ich habe also recht? Sie beleidigen sich selbst, Watson. Wenn es ein Gesicht gibt, in dem jedes Gefühl und jeder Gedanke ablesbar ist, dann ist es das Ihre. Obwohl es noch so früh ist und ich Ihnen einen unmöglichen Empfang bereitet habe, drückt Ihre Miene Gesundheit aus und dazu eine allgemeine Zufriedenheit, die so, wie ich Sie kenne, gleichermaßen von einem gut gefüllten Bankkonto wie dem legitimen Vergnügen herrührt, daß Sie Ihre Arbeit aufs beste erledigen. Die Goldkette an Ihrer Weste und der solide Tweedanzug bestätigen meinen ersten Eindruck zusätzlich. Soviel zu Ihrer Großzügigkeit... Sie sind schon immer ein hervorragender Wanderer gewesen, Watson, und Sie haben es gerade wieder bewiesen, indem Sie die Strecke von Fulworth bis hierher in Rekordzeit zurückgelegt haben. Der Zustand Ihrer Schuhe aus dem Hause Latimer, richtige Wanderwerkzeuge von wunderbarer Qualität, poliert durch Gebrauch und viele Male neu besohlt, bezeugt es. Man braucht nur einen Blick darauf zu werfen, um zu begreifen, daß Sie trotz Ihrer erfolgreichen Praxis nach wie vor Krankenhäuser besuchen und den Bedürftigen in den entlegensten Winkeln der großen Londoner Kloake zu Hilfe eilen... Ich muß wieder einmal feststellen, daß ich nichts von meiner Fähigkeit verloren habe, Sie auf Anhieb zu verblüffen und mit meinen Erklärungen anschließend zu enttäuschen«, schloß er mit einem Seufzer. »Jetzt frühstücken wir erst einmal. Wenn ich den Geräuschen aus der Küche trauen kann, dürfte alles bereit sein. Ich empfehle Ihnen die Rühreier und das gesalzene Gänsefleisch. Dieser Hühnervogel gedeiht in Sussex, und meine Haushälterin versteht ihn vortrefflich zuzubereiten.«

»Wenn ich Sie habe kommen lassen«, fuhr er eine Stunde später fort, während er seine Pfeife ausklopfte, »so geschah es zuallererst, weil Ihre Unterhaltung mir gefehlt hat, oder besser, Ihre charakteristische Fähigkeit, aufmerksam zuzuhören und zum richtigen Zeitpunkt einzugreifen.«.

Ich verbeugte mich geschmeichelt, obwohl mir bewußt war, daß er sich Mühe gab, den morgendlichen Empfang vergessen zu machen, doch sein lockerer Ton konnte meinen ursprünglichen Eindruck nicht verscheuchen. Etwas Gequältes lag in seinem Blick. Auch die Kochkunst und die Pflege seiner alten Haushälterin hatten nicht bewirkt, daß er eine Unze zugenommen hätte. Seine mageren Unterarme, die er entblößt hatte, als er sich die Ärmel aufkrempelte, um den Ofen nachzufüllen, waren frei von jedem Einstich, und im Zimmer war nicht der kleinste Hauch von Opium zu riechen. Wenigstens dieses Laster hatte er aufgegeben.

»Das Landleben ist wenig geeignet für den Gebrauch von Suchtmitteln. Vielleicht ist das bäuerliche Leben an sich schon eine Droge, Watson... Verzeihen Sie mir, aber wenn Sie Ihre Gedanken vor mir verbergen wollen, sehen Sie sich meine Pupillen und meine Unterarme etwas weniger auffällig an, und vermeiden Sie vor allem das entzückte Lächeln darüber, daß der nicht vorhandene Geruch Ihre Prognose bestätigt. Ich weiß, mein etwas überstürzter Aufbruch in den Ruhestand hat Sie überrascht. Und doch folgte er nur der Logik. Ich lebe in jener Einsamkeit, die für die Jugend schwer erträglich, für das reife Alter aber köstlich ist. Ich habe mehr als genug zur Verbrechensbekämpfung beigetragen, und es kommt ein Zeitpunkt, an dem auch der hartnäckigste Wille nur noch nach Ruhe strebt, zumal die Verbrecherjagd – Sie wissen es ebensogut wie ich – für mich immer nur ein außergewöhnliches Spiel gewesen ist, das Mittel schlechthin, die Fähigkeiten meines Gehirns an den Tatsachen zu erproben.«

»Sie stellen grundlos Ihr Licht unter den Scheffel, Holmes. Das befriedigende Gefühl, der verletzten Gerechtigkeit Genüge zu tun, um die Ungeheuerlichkeit von Justizirrtümern zu vermeiden, hatte ja wohl auch etwas damit zu tun.«

»Mag sein, Watson, mag sein. Aber es gibt mehr verborgene Winkel der menschlichen Seele, als Sie sich vorstellen können. Erinnern Sie sich nur an die Worte des guten alten Goethe: *Schade daß die Natur nur Einen Menschen aus dir schuf, / Denn zum würdigen Mann war und zum Schelmen der Stoff.* Ich gestehe Ihnen, daß es mir manchmal schmerzlich war, einen Banditen in den Kerker oder aufs Schafott zu schicken, dessen meisterhaft erdachte und ausgeführte Missetaten zweifelsfrei bewiesen, daß das Verbrechen wie jedes andere menschliche Tun seine Rembrandts und seine Paganinis hat.«

»Sie reden Unsinn, Holmes!«

»Glauben Sie? Ein gewisser Durkheim, einer der glänzendsten zeitgenössischen Beobachter der menschlichen Gesellschaft, teilt meine Meinung: Das Verbrechen ist nicht die Ausnahme. Es ist eine banale gesellschaftliche Tatsache, und wer es studiert, kann sich nicht erlauben, ihm mit Werturteilen beizukommen, weil er sonst in die falsche Richtung geht. Außerdem muß ich feststellen, daß die Mörder häufig interessanter sind als ihre Opfer. Oder es zumindest waren. Heute ist alles anders, da stimme ich Ihnen zu.«

Er wies lässig auf die Zeitungen, die in einer Ecke gestapelt waren. Ob Ruhestand oder nicht – seine Unordnung glich in allen Punkten derjenigen, die schon Mrs. Hudson in unserer Junggesellenwohnung so betrübt hatte.

»Wir leben vielleicht in einer Übergangsepoche, in der das Verbrechen seine Natur verändert, mein lieber Freund, in der eilige Mörder, Autokraten und unverantwortliche Politiker sich einer noch abgestumpfteren Polizei als gewöhnlich bedienen, um massenhaft zu töten: Heute Sankt Petersburg mit seinen Hunderten von gemordeten Frauen und Kindern und morgen? ... Wo ist der schöpferische Funke, das erfinderische Talent für Verbrechen in großem Maßstab, die ebenso unmotiviert wie häßlich sind?«

»Genau das frage ich mich auch, Holmes.«

»Das hoffe ich. Vielleicht haben Sie von diesem Holmes aus Chicago gehört?«

»Holmes, sagen Sie?«

»Ja, er hatte sich, wohl aus Trotz, für dieses Pseudonym entschieden. Sein wirklicher Name war Mudget. Er hat mehr als hundert Menschen ermordet und sich von dem Geld seiner Opfer eine Art mittelalterlicher Festung mit Verliesen und Folterkammern bauen lassen. Nach meiner Kenntnis ist er neben Gilles de Rai der einzige, der Verbrechen in großem Stil, absoluten Schrecken und Imagination unter einen Hut gebracht hat.«

»Ich glaube allmählich, daß Ihnen die Landluft weniger gut bekommt, als ich gehofft hatte, Holmes. Warum wollen Sie nicht für ein paar Tage Londoner Luft schnuppern? Ich kann Ihnen versichern, daß sich in den Zeitungen haufenweise Zwischenfälle finden, die allesamt merkwürdiger sind...«

»Nein, Watson, keine Angst. Ich bin nicht dabei, vor Einsamkeit verrückt zu werden.«

»Sie erhalten also niemals Besuch?«

Er sah mich scharf an. Aber es gelang mir auch dieses Mal wieder, ihm eine nichtssagende, unschuldige Miene entgegenzuhalten.

»Nicht den geringsten«, erwiderte er nach einem winzigen Zögern. »Sollten Sie aus irgendeinem Grund das Gegenteil glauben? Vielleicht, Watson«, fuhr er fort, ohne mir Zeit für eine Antwort zu lassen, »müssen Sie ein Wörterbuch befragen, um festzustellen, daß es einen, wie ich Ihnen versichern kann, sehr realen Unterschied gibt zwischen Wahnsinn – der Unfähigkeit, die Wirklichkeit und die Beziehungen der Dinge zueinander zu ermessen – und Paradoxie – der richtigen Einschätzung einer augenscheinlich widersprüchlichen Wahrheit. Ein Gedanke, der nicht auf Anhieb dem gesunden Menschenverstand zu folgen scheint, ist nicht notwendigerweise absurd.«

»Vielen Dank für diese philosophischen Klarstellungen, aber wenn Sie mich für untauglich halten, einen solchen Unterschied zu erkennen, verstehe ich nicht, womit ich Ihnen nützlich sein kann.«

»Bitte tausendmal um Entschuldigung, Watson! Meine Flegelhaftigkeit ist unverzeihlich. Zumal ich gerade Ihr Urteilsvermögen in all seiner Schärfe in Anspruch nehmen will.«

»Sie wollen sagen...?«

»Regen Sie sich nicht auf. In der Abgeschiedenheit meines Ruhestandes erhalte ich nach wie vor eine Menge Briefe, Zeugenaussagen, Hilferufe... Ich gebe zu, daß fast die gesamte bemerkenswert langweilige Korrespondenz mir dazu dient, den Ofen zu heizen. Aber sehen Sie sich doch mal an, was ich vor zwei Tagen aus der Schweiz, genauer gesagt, aus Bern bekommen habe.«

Er zog einen völlig zerknitterten Zeitungsausschnitt aus der Tasche seines Morgenrocks und reichte ihn mir.

»Ein Ausschnitt aus dem Berner *Schweizerischen Bundesblatt*«, ergänzte er.

»Wissen Sie, mein Deutsch...« sagte ich nach einem kurzen Blick auf den Artikel.

»O ja, natürlich! Wenn Sie erlauben, werde ich versuchen, für Sie zu übersetzen. Der Titel lautet: ›Ein rätselhafter Tod. Gestern morgen machten die Anwohner der Holzikofen‹ – eine Straße im Süden Berns – ›und vor allem die Nachbarn des Herrn Gruz eine betrübliche Erfahrung. Der wohlbekannte, allgemein in seinem Viertel geschätzte Erfinder wurde nämlich von seiner Haushälterin Frau Emen tot in seinem Laboratorium aufgefunden. Wie jeden Morgen seit achtundzwanzig Jahren war sie gekommen, um ihm den Haushalt zu besorgen und das Essen zuzubereiten. Herr Gruz war keiner dieser zugeknöpften Wissenschaftler, die von einer geheimnisvollen Aura umgeben sind. Er war im Gegenteil ein netter, leutseliger Mann, den alle Kinder des Viertels mochten, weil er freigebig Süßigkeiten unter ihnen verteilte. Sein Tod hat in der Nachbarschaft tiefe Erschütterung ausgelöst, zumal bis jetzt nichts über die Ursache bekannt ist.

Aber wenn das Leben von Herrn Gruz keinerlei Geheimnis barg, so gilt das nicht für seinen Tod, dessen merkwürdige und schmerzliche Umstände in Bern und Umgebung die verrücktesten Hypothesen auf den Plan rufen.‹ Verzeihen Sie, Watson, aber für diesen Stil bin ich wirklich nicht verantwortlich. ›Herr Gruz ist in einer großen, zugekorkten Flasche gefunden worden. – Ich hätte nicht gedacht, daß ich in meinem langen Leben etwas so Schreckliches zu sehen bekommen würde, hat Frau Emen uns anvertraut und zwischen zwei Schluchzern hinzugefügt: Er war ganz nackt und weiß, so daß ich zuerst gedacht habe, es wäre ein riesiger Fisch, mit Verlaub gesagt. – Tatsächlich lag der arme Mann hüllenlos in lauwarmem, leicht schäumendem Wasser, einer Calciumdichloridlösung, wie die Analyse unserer Experten ergeben hat. Ein Thermometer mit Celsius-Skala, das durch den dicken Korkverschluß lief und zu einem Drittel von der Lösung bedeckt war, zeigte nach den ersten Untersuchungen eine leicht über 37° gelegene Temperatur an. Die Polizei hüllt sich bis jetzt in Schweigen, aber der Gedanke drängt sich auf...‹ Bla bla bla... ›Herr Gruz war Mitglied von zwei Akademien, darunter‹, etc. Soweit das Wesentliche, Watson, ansonsten nur absurde Spekulationen von Journalisten, denen nichts einfällt. Haben Sie eine Idee zu der Geschichte?«

»Es ist offensichtlich Mord«, sagte ich, nachdem ich ein paar Minuten überlegt hatte.

»Überaus scharfsinnig! Glauben Sie nicht, daß es eine suggestive Besonderheit gibt?«

»Die Chloratlösung, die Nacktheit, das Thermometer...«

»Nicht Chlorat, Chlorid. Gehen wir der Reihe nach vor. Warum brauchte unser Doktor Gruz diese Menge Calciumdichlorid, unter uns gesagt, eine ganz und gar ungefährliche Lösung? An welchen Experimenten arbeitete er gerade? Was hat er Berühmtes erfunden? Ist das Labor zerstört oder geplündert worden? Sind wertvolle Instrumente verschwunden? Ist eine Autopsie vorgenommen worden und, falls ja, wie lauteten die Schlußfolgerungen der Gerichtsmediziner? Lauter wesentliche Fragen, die im dunklen geblieben sind. Man könnte meinen, daß der Artikelschreiber noch nie in seinem Leben mit Verbrechenserforschung befaßt war. Wirklich und wahrhaftig, Watson, ich habe den Eindruck, daß Presse und Polizei der Schweiz den unseren in nichts nachstehen. Nicht einmal der Konzentrationsgehalt dieser Lösung ist genannt.«

»Wollen Sie damit sagen, daß dieser Wert uns einen Hinweis geben könnte?«

Er starrte ins Leere und schien mich nicht zu hören.

»Er dürfte noch nicht lange tot gewesen sein, als man ihn fand.«

Holmes fuhr zusammen und warf mir einen vernichtenden Blick zu.

»Wie kommen Sie darauf, Watson?«

»Nun, das Thermometer. Wie es scheint, zeigte es ungefähr die Temperatur eines lebenden menschlichen Körpers an...«

»Das Thermometer, Watson, das Thermometer! Guter Gott! Sie sind der rettende Engel eines Detektivs mit Dachschaden! Wie konnte mir etwas so Einleuchtendes entgehen?«

»Ich bin geschmeichelt, aber ich verstehe nicht, weshalb die Tatsache, daß er ein paar Minuten vor seiner Entdeckung gestorben ist, dieses Mysterium aufhellen kann.«

Holmes sah mich verdutzt an.

»Ein paar Minuten? Was erzählen Sie mir da für einen Unsinn? Nein, Watson, nein. Sagen Sie nichts mehr, sonst glaube ich womöglich noch, Ihr Geniestreich war nichts als Zufall. Und das nähme mir alles Vertrauen in die Fähigkeit der Logik, die Welt zu beherrschen. Hören wir auf zu spekulieren. Wir wissen entschieden zu wenig darüber, und ich hasse Ratespiele.«

»Na schön«, schlug ich in der leisen Furcht vor, er würde mir eine barsche Absage erteilen, »meinen Sie nicht, wir sollten uns die Sache ganz einfach aus der Nähe ansehen, damit wir mehr erfahren?«

Zu meiner Überraschung nahm er diesen schüchternen Rat mit einem breiten Lächeln auf.

»Wieder einmal stelle ich fest, daß wir uns einig sind, Watson. Ich hatte es vorausgesehen. Deshalb habe ich mir schon gestern die Freiheit genommen, Ihnen einen Platz auf dem Dampfer von Newhaven nach Dieppe zu reservieren. Er soll um vierzehn Uhr ablegen.«

»Und Sie?« rief ich aufs höchste verblüfft.

»Ich kann Sie leider nicht begleiten, Watson, aber meine Gedanken werden in jedem Augenblick bei Ihnen sein. Haben Sie keine Angst, die Schweizer sind außerordentlich zivilisierte Leute.«

»Aber Holmes...«

»Wenn Sie natürlich zu überlastet sind...«

»Nein, nein, das wollte ich nicht sagen.«

»In diesem Fall begreife ich nicht, wo das Problem liegt. Sammeln Sie Fakten, Watson, befragen Sie die Zeugen, klopfen Sie die Persönlichkeit dieses Herrn Gruz ab, und schicken Sie mir ausführlich und täglich Berichte – nur per Telegramm, darauf bestehe ich! Sollte es nötig sein, komme ich nach, aber erst, wenn ich eine, äh, eine kleine Erbschaftsangelegenheit geregelt habe, die mir am Herzen liegt.«

Seine Haltung brachte mich in Verlegenheit. Auch wenn ich gerührt war, daß er weiterhin soviel Vertrauen in meine Fähigkeiten setzte, fand ich es doch sehr ungehörig, mich auf diese Weise in die Schweiz zu befördern. Dennoch kapitulierte ich.

»Also gut, ich nehme an.«

Eine kleine Demonstration

»Wer hat Ihnen eigentlich diesen Presseausschnitt geschickt?« fragte ich ihn, während wir nach Fulworth wanderten, wo der Herbergswirt mit seinem Gespann auf mich wartete.

»Sieh an«, sagte Holmes, »Sie haben sich also entschlossen, die erste kluge Frage des Tages zu stellen. Besser spät als nie.«

Ich besaß Gleichmut und Würde genug, auf seine sarkastische Bemerkung nicht einzugehen.

»So seltsam es auch klingen mag, es war eine anonyme Sendung.«

»Eine Sendung kann also anonym bleiben, auch wenn Sie sie einmal untersucht haben?«

Meine Ironie kam nicht an.

»Ich konnte feststellen, daß derjenige, oder besser, diejenige, die mir den Artikel geschickt hat, etwas mit Büchern zu tun hat, vermutlich eine fleißige Leserin, mindestens fünfundvierzig Jahre alt. Viel mehr kann ich leider nicht sagen.«

»Und ihre Augen? Grün oder braun?«

»Wenn Sie sich die Mühe gemacht hätten, diesen Presseausschnitt genauso aufmerksam zu betrachten wie ich, würden Sie Ihre Spötteleien für sich behalten.«

»Was das Geschlecht angeht, stelle ich mir vor, daß die Adresse auf dem Umschlag...«

»Sie liegen falsch. Schrift und Tinte gehören zu einem Postangestellten, wahrscheinlich Linkshänder und Billardspieler. Der Umschlag trug den Briefkopf des Savoy in Bern. Das bedeutet lediglich, daß die Absenderin sich entweder in diesem Hotel aufgehalten hat, dort arbeitet oder sich einen

Umschlag bei der Rezeption besorgt hat, als sie in dem Viertel unterwegs war. Haben Sie sich einmal die Ränder des Blattes angesehen?«

»Ich muß gestehen...«

»Der Artikel ist offensichtlich nicht mit einer Schere ausgeschnitten worden, denn die Ränder sind gezackt. Nur ein Papiermesser aus Elfenbein oder Holz bewirkt so ein Ergebnis. Wenn jemand lieber ein Papiermesser als eine Schere benutzt, dann, weil ersteres schneller zur Hand ist als letzteres. Daraus kann ich ohne große Denkanstrengung schließen, daß dieser jemand eine fleißige Leserin ist.«

»Aber weshalb eine Frau von fünfundvierzig?«

»Wenn Sie Deutsch beherrschten, hätten Sie bemerkt, daß die Person darauf geachtet hat, mit ihrem Papiermesser das Stück eines Artikels zu umranden, der auf den ersten Blick zu dem uns interessierenden gehört, aber nur auf den ersten Blick und einzig wegen einer Laune des Umbruchs. In Wirklichkeit handelt es sich um einen Absatz, der sich mit einer Blumenausstellung befaßt. Unsere Leserin muß also beim Ausschneiden schlecht gesehen haben und folglich an einer dieser harmlosen Krankheiten leiden, mit denen sich das Alter rächt: Weitsichtigkeit. Daher meine – zugegebenermaßen sehr grobe – Schätzung des Alters.«

»Aber warum eine Frau?«

»Weil ein Mann, der so weitsichtig ist, seine Brille nicht nur zum Lesen tragen würde. Man muß schon eine Frau sein, um seinem Äußeren so viel und der Bequemlichkeit so wenig Bedeutung beizumessen. Im vorliegenden Fall sollte ich mich allerdings nicht beschweren: Diese Eitelkeit ist meiner kleinen Demonstration zugute gekommen.«

Wir befanden uns jetzt ganz in der Nähe des Pfades, wo ich ihn ein paar Stunden zuvor hatte auftauchen sehen. Ungeachtet seines brillanten Vortrages – oder vielleicht, weil er ihn mir so herablassend serviert hatte –, beschloß ich, mir eine kleine Genugtuung zu verschaffen.

»Der Tag hält, was er morgens versprochen hat«, stellte ich fest und wies auf das Meer und den Horizont. »Bleiben wir einen Moment stehen. Ich habe die Gegend zu dieser Jahreszeit selten so friedlich gesehen.«

»Glaubt man Hobbden, dem alten Angelsachsen, der meine Bienenkörbe baut, ist dieser Friede nicht von Dauer.«

»Also stehen weitere Schiffbrüche bevor«, sagte ich betrübt. »So etwas!« rief ich und blickte zu Boden. »Sehen Sie mal, da!«

»Was?« sagte Holmes verwundert. »Ich sehe nichts.«

»Was soll das heißen, Sie sehen nichts? Dieser Abdruck auf der Klippe, am Beginn des Weges, der zum Strand hinunterführt. Das ist ein Schuhabdruck! Ein Damenpumps, der Größe nach. Was kann eine elegant gekleidete Frau an dieser einsamen Küste zu suchen haben? Der Abdruck ist ganz frisch. Vielleicht sollten wir lieber unten auf den Kieselsteinen nachsehen...«

Holmes zuckte mit verdrießlicher Miene die Achseln.

»Sie wollen also unbedingt Ihr Schiff verpassen?« sagte er bissig. »Und woran erkennen Sie überhaupt, daß dieser Abdruck jüngeren Datums ist?«

»Über diesen Pfad ist eindeutig eine Schafherde gezogen, man braucht sich nur die alten Spuren anzusehen. Wenn der Pumpsabdruck nicht von ihren Hufen zertreten worden ist, schließe ich daraus...«

»Schon gut, Watson, schon gut! Sie machen wahrhaftig laufend Fortschritte...«

»Gott im Himmel, sehe ich da nicht eine Zigarettenkippe?«

Ehe er mir zuvorkommen konnte, war ich zum Rand der Klippe gestürzt und hatte den kleinen gelben Zylinder aufgehoben, der in den wilden Gräsern über dem Abgrund hängengeblieben war. Ich roch vorsichtig an den wenigen Hälmchen, die noch daran hafteten.

»Ein merkwürdiger Geruch... Eine türkische oder russische Zigarette, meinen Sie nicht auch? Warum hat sie sich für diese Zigarette Zeit genommen, bevor sie zum Meer hinunterging?«

Holmes riß mir die Kippe aus der Hand und zerbröselte sie.

»Beachtlich, Watson, beachtlich«, sagte er in lässigem Ton, der einen überraschenden Kontrast zu seinem Gesichtsausdruck bildete. »Ich wußte gar nicht, daß Sie in der Lage sind, zwischen russischem und Latakia-Tabak zu unterscheiden. Ich verspreche Ihnen, daß ich auf dem Rückweg von Fulworth jeden Kieselstein an diesem Strand einzeln absuchen werde. Sollte ich dabei eine Wassernymphe in Seenot entdecken, die am Ufer gestrandet ist und Zigaretten mit hohlem Pappmundstück raucht, werde ich es Sie umgehend wissen lassen. Aber im Augenblick muß ich Sie dringend bitten, sich zu beeilen!«

Sein Ton war so frostig und verbittert, daß ich einen besorgten Blick auf ihn nicht verbergen konnte. Diese Prüfung ließ ihn unbeteiligt. Mit gerunzelten Brauen und zusammengekniffenen Nasenflügeln starrte er unerbittlich aufs Meer. So hatte ich ihn bisher nur gesehen, wenn er mit den gefährlichsten unserer Gegner konfrontiert war.

Eine Begegnung auf der Brücke

Obwohl es frisch war, blieb ich – von ein oder zwei kleinen Ausflügen in die Gesellschaftsräume abgesehen – auf der Brücke und verließ mich auf die Meeresbrise, um einen klaren Kopf zu bekommen.

Gleich nach meiner Einschiffung hatte ich bedauert, so leichtfertig abgereist zu sein. Ich hätte darauf bestehen sollen, daß Holmes mich begleitet. Als die Küste von Sussex schon lange verschwunden war, hatte ich noch mit dem Gedanken gespielt, gleich bei meiner Ankunft in Dieppe das Schiff in umgekehrter Richtung zu besteigen. Pech für meinen Freund, wenn er sich verraten fühlte. Man kann nicht alles von einem Menschen verlangen, schon gar nicht, wenn man ihm die wahren Gründe seiner Besorgnis vorenthält.

Nach und nach ließ mich die jodhaltige Luft (wenn es nicht der Tee mit Schnaps war, der an der Bar ausgeschenkt wurde) die Dinge unter einem anderen Blickwinkel sehen. Was hatte ich im Grunde zu verlieren? London ist zu dieser Jahreszeit noch nie eine paradiesische Gegend gewesen... Die verschneiten Alpengipfel wiegen die Westminsterbrücke im Nieselregen allemal auf. Neue Gesichter und Landschaften würden Abwechslung in meine zu seßhafte Lebensweise bringen. Und was meinen Patientenkreis anging... Ich war nicht so selbstgefällig zu denken, sie könnten nicht eine, ja sogar zwei Wochen ohne mich auskommen.

Dem Aufenthalt würde es auch nicht an abenteuerlicher Würze fehlen. Einmal an Ort und Stelle, könnte ich gleich ans Werk gehen. Holmes würde nicht enttäuscht sein! Bei genauerer Überlegung nahm ich ihm seine Geheimniskrämerei und seine schlechte Laune nicht mehr übel. Sogar im Leben eines höchst achtbaren Mannes gibt es Ereignisse, die man lieber verschweigt. Und wenn dieser Mann Sherlock Holmes ist, muß er dann nicht mehr als jeder andere ein Schwächeeingeständnis fürchten?

Es war beschlossene Sache. Ich würde meine Reise in die helvetische Hauptstadt fortsetzen und keine Ruhe geben, bis der arme Doktor Gruz gerächt war. Im Gegensatz zu Holmes' Behauptungen fand ich an der Ausführung dieses Verbrechens weder etwas Schönes noch etwas Bewundernswertes, auch wenn es absonderlich war und jedes Motiv vermissen ließ.

Der feste Entschluß erleichterte mich. Ich entdeckte mein Interesse an der Umgebung und den anderen Passagieren wieder. Hier bot sich eine hervorragende Gelegenheit, mich in der harten Disziplin des Beobachtens und der Deduktion zu üben. Wann würde es wohl soweit sein, daß ich auf einen Blick und ohne meinen Geist lange anzustrengen erkannte, daß dieser Mensch ein Bankkassierer im Ruhestand war, jener andere ein amerikanischer Geistlicher, der mit allen Konventionen gebrochen hatte, ob die Wohnung eines bestimmten Menschen am Ufer oder auf dem Kamm eines Hügels lag, ob diese da ihren Gatten schlug, ob jene junge Witwe von ihrem Personal bestohlen wurde und ob ihr Mann zwei Konkurse mitgemacht hatte, bevor er sich das Leben nahm? Sicher würde ich es nie zu solcher Meisterschaft bringen, aber der Versuch kostete mich nichts.

Wer war zum Beispiel der strenge Mann, der stocksteif vor der Reling stand und sich mit beiden Händen daran festhielt? Ein Jurist? Ein Diplomat, der auf seinen Posten zurückkehrte? Eine hochrangige Militärperson? Die letzte Hypothese war wahrscheinlich die richtige. Sein Teint war zu sonnenverbrannt für einen Dauergast in den Salons der Diplomaten, und lägen sie in den Tropen; sein Rücken war zu steif für einen Notar, seine Haltung zu korrekt für einen Zivilisten. Herausfordernd starrte er die Wellen an, was angesichts der ruhigen See nicht gerechtfertigt war. Aber wenn ich mehr über ihn hätte sagen sollen, wäre ich in Verlegenheit geraten...

Und die schmachtende junge Frau, die sich auf den Arm dieses Rothaarigen mit dem ziegelroten Gesicht und den ständig gerunzelten Brauen stützte? Diesmal mußte man weder Holmes noch Hellseher sein, um das kleine ländliche Drama nachzustellen... Ein Edelmann vom Lande heiratet eine junge Schwindsüchtige. In unserem rauhen Klima, so versichert der Hausarzt, gibt es keine Überlebenschance für die junge Frau, zumal das Schloß nicht geheizt ist und in den Zimmern fast genauso viel Nebel hängt wie draußen. Weil der Mann ein braver Gatte ist, hört er auf den Rat des Arztes: Er fährt mit seiner Frau nach Südfrankreich, vielleicht sogar nach Italien und hofft, daß die Mittelmeersonne genügen wird, sie gesund zu machen. Ich kenne meinen Edelmann gut: Nicht die Aussicht auf ein paar Monate erzwungenen Müßiggangs hat bewirkt, daß er ständig die Brauen runzelt, sondern die wehmütige Erinnerung an prächtige Moorschneehühner, an fette, abschußreife Fasane, die im Gestrüpp herumtollen und um die sich jetzt, wo der Herr abgereist ist, nur der Wildhüter und die Wilddiebe streiten.

Am schwersten zu bestimmen waren unbestreitbar fünf relativ junge Männer, ohne übertriebene Eleganz, aber warm gekleidet, die fleißig an ihren Pfeifen oder Zigaretten zogen, unaufhörlich redeten und gestikulierten. Ich hatte den Eindruck, daß sie mehrere Sprachen gleichzeitig benutzten, Französisch ebenso wie Deutsch und andere unbekannte Idiome. Für sie schienen weder das Meer noch die anderen Passagiere zu existieren, so sehr wirkten sie von ihrer Unterhaltung in Anspruch genommen. Was waren sie? Geschäftsreisende, die einen Kongreß abhielten? Eisenbahntechniker? Etwas Entschlossenes, Gewichtiges lag in der Art, wie sie sich bewegten, ohne aus der Gruppe auszubrechen, ohne eine Redepause einzulegen. Ich begegnete zufällig dem Blick des kleinsten dieser Männer, der zugleich derjenige war, der am meisten sprach. Er hatte ein eigenartiges Gesicht, weit auseinanderstehende Augen, eine kurze, stumpfe Nase, einen vollen, lachenden Mund, einen kurzen Bart. Seine Melone war etwas zu klein und zwängte den massigen, kahlen Schädel ein. Hätte sein Teint nicht den Europäer verraten, man hätte diesen Mann für einen Asiaten halten können. Sein Blick hielt den meinen fest, schweifte ab, kehrte mit größerem Nachdruck zurück. In einer mir unbekannten flüssigen Sprache richtete er rasch ein paar

Worte an einen seiner Gefährten, bärtig wie er, aber sehr viel jünger, der mich nun seinerseits musterte. Ich fühlte mich abgehorcht, fast abgetastet. Was wollten sie? Der erste kam ein paar Schritte auf mich zu. Er hüstelte.

»Mein Herr, darf ich unsere gemeinsame Eigenschaft als Reisende an Bord der gleichen Galeere zum Anlaß nehmen, Sie zu fragen, ob wir uns nicht schon irgendwo begegnet sind?« sagte er mit völlig unbritischem Akzent und Schwung.

»Ich glaube, diese Ehre hatte ich noch nicht, mein Herr«, erwiderte ich.

Seine Gefährten unterhielten sich leise im Hintergrund und beobachteten uns unauffällig.

»Ich kann Ihnen versichern, daß wir die britische Souveränität streng respektieren«, fuhr mein Gesprächspartner fort, »und nie irgend etwas unternehmen werden, das England oder seiner Regierung schaden könnte.«

»Daran zweifle ich nicht«, sagte ich erstaunt, »aber ich verstehe nicht ganz...«

»Einige stellen uns als Menschenfresser oder Vogelscheuchen dar, aber Sie können gewiß sein, daß unser wesentliches Ziel darin besteht, unsere Heimat, Rußland, an das Feld der großen entwickelten Länder anzuschließen. Und wenn wir uns häufig für Ihr Land entscheiden, um uns zu treffen, dann, weil es heute der Leuchtturm der demokratischen Welt ist und viele Jahre lang zwei der bedeutendsten Denker beherbergt hat, die die Welt hervorgebracht hat.«

»Newton? Darwin? Hume? Malthus?«

Der kleine Mann lächelte mit amüsierter Gönnerhaftigkeit.

»Ja, natürlich... Ihr Land hat die Qual der Wahl. An großen Denkern fehlt es ihm nicht. Obwohl ich meine Meinung über die beiden letztgenannten Persönlichkeiten lieber zurückhalten möchte. Aber ich habe nicht an diese ruhmreichen Vorfahren gedacht... Ich meine ganz einfach Karl Marx und Friedrich Engels.«

»Aha!« sagte ich vorsichtig und versuchte verzweifelt, mich zu erinnern, mit welchen wunderbaren Erfindungen sich diese stark germanisch klingenden Familiennamen wohl verbanden. »Ich muß gestehen«, räumte ich kleinlaut ein, »daß mir diese Namen zwar geläufig sind, aber...«

Der kleine Mann runzelte die Brauen.

»Ist das Ihr Ernst?« sagte er verwundert. »Sie kennen sie nicht? Ich glaube, wirklich nicht... Dann wissen Sie also nicht, wer wir sind?«

»Nein.«

»Gehören Sie denn nicht zur Polizei Ihrer Königlichen Hoheit?«

»Weder dazu noch zu irgendeiner anderen.«

Der kleine Mann lachte laut auf und machte eine tiefe Verbeugung.

»So etwas!« sagte er und wurde wieder ernst. »Verzeihen Sie diesen Überfall... Ich werde Lew Borisowitch verkünden, daß er sich wie immer geirrt hat. Es liegt daran, daß man uns dermaßen streng überwacht... Sehen Sie diesen Mann da unten?«

»Den englischen Offizier in Zivil?«

»Englischer Offizier? Sagen Sie lieber, Gralipine, einer der grausamsten Gefolgsmänner der zaristischen Geheimpolizei! Erlauben Sie, daß ich mich vorstelle: Uljanow.«

»Watson«, antwortete ich rein automatisch und immer noch total überrascht.

Ich fragte mich flüchtig, ob mir dieser Name irgend etwas sagen müßte. War Uljanow in bestimmten Kreisen vielleicht ebenso berühmt wie die beiden deutschen Denker? Ich beschloß, mich zurückzuhalten, weil das meiner Meinung nach die angemessenste Art ist, Unkenntnis auszudrücken.

»Sie sind also ebenfalls ein Denker, wie diese Herren, äh, Marx und Engels, nehme ich an?« fragte ich aus instinktiver Höflichkeit und fürchtete gleichzeitig, mein Gesprächspartner könnte sich in einer begeisterten, erschöpfenden Erläuterung seiner Weltanschauung ergehen.

»In gewisser Weise«, sagte er mit einem Lächeln, das seine weit auseinanderstehenden Augen in schmale Schlitze verwandelte. »Obwohl ich mich eher als einen Akteur der Avantgarde sehe, wenn Sie mir diesen Neologismus verzeihen wollen. Der Gedanke ist nur ein Produkt der Materie, lieber Herr Watson...«

So absonderlich diese Bemerkung über einen verzerrten Materialismus auch war, wollte ich mich doch lieber nicht weiter erkundigen.

»Und dieser junge Mann mit dem großen Halstuch, der Sie unablässig von der Gangway her anstarrt? Noch ein Zerberus des Zaren?«

»Ha ha! Beinahe, aber nicht ganz. Das ist einer dieser bürgerlichen Sozialisten, schlaffer Bauch und den Kopf vollgestopft mit Idealismus. Sie schwelgen in fruchtlosen Diskussionen und sind zu jedem Kompromiß bereit. Das sozialistische Büro in Brüssel hat ihn zu unserer Überwachung entsandt, glaube ich...«

Der kleine Mann lächelte mir zu, grüßte mich energisch und ging zu seinen Gefährten zurück.

Akteur! Agitator hätte er sagen sollen! Welchen Teil von Mittel- oder Osteuropa plante er, mit Feuer und Schwert zu verwüsten? Ich hatte nicht die geringste Lust, mehr darüber zu wissen. Dieser Winternachmittag war prachtvoll, der Ärmelkanal glatt wie ein See, und die Aussicht auf eine Untersuchung stimmte mich überaus fröhlich.

Ein kleiner gelber Zylinder zu meinen Füßen fesselte meine Aufmerksamkeit: Uljanows Zigarette. Da ich gut sehen kann, brauchte ich mich nicht zu bücken, um in dieser Kippe den Zwilling derjenigen zu erkennen, die ich vor ein paar Stunden auf der Klippe gefunden hatte. Dieser Zufall brachte mich wieder auf meine ursprünglichen Sorgen. Wie kann man einen Mann seit so vielen Jahren kennen und nichts oder fast nichts über seine Kindheit, seine geheimen Ängste, seine Wünsche wissen...? Ein Humorist hat gesagt, daß die Freundschaft zwischen zwei Briten von Anfang an jeden Bezug zum privaten Leben ausschließt und ihre Fortsetzung findet, indem jedes Gespräch darüber unterbleibt. Meine Beziehung zu Holmes gab ihm teilweise recht. So wenig, wie ich den Wunsch hatte, mich mit ihm über meine häuslichen Auseinandersetzungen zu unterhalten, wollte er mir die wahren Motive für seinen Rückzug in den Ruhestand nennen. War das eine Tugend oder ein Übel? Wäre es nicht mehr wert gewesen, wir hätten von Zeit zu Zeit den Panzer aus Mißmut und Zynismus abgelegt, mit dem wir uns seit dem Jünglingsalter geduldig gewappnet hatten? Hätten wir nicht wenigstens für einige Stunden rückhaltlos offen miteinander sein sollen? Nein! Allein bei der ausdrücklichen Formulierung dieser Fragen stellte sich wie ein Krampf ein nicht zu unterdrückender Widerwille bei mir ein. Jeder von uns würde seine Geheimnisse auf ewig für sich behalten, sie im tiefsten Inneren seiner Seele begraben, und das war besser so.

Als ich mit meinen Gedanken an diesem Punkt angelangt war, ging die Gruppe mit ihrem Anführer Uljanow an mir vorbei. Sie nickten mir freundschaftlich zu und redeten in ihrer flüssigen, singenden Sprache – wahrscheinlich Russisch –, von der ich natürlich kein Sterbenswörtchen verstand. Dennoch hatte ich den Eindruck, ich weiß nicht, warum, daß ich der Hauptgegenstand ihrer Unterhaltung war.

Erster Bericht an Sherlock Holmes

Bern, am 28. Januar 1905, per Telegraph. (Der Beamte war fassungslos.)

Nun bin ich seit vier Tagen an Ort und Stelle, im Herzen des mittelalterlichen Europas. Nach dem eisigen Nebel über der Themse hat die würzige Luft des Aaretals die Wirkung eines Champagnerbades. Kommen Sie schnellstens her, um sie zu schmecken! Ich entdecke ständig neue Gründe, darüber zu staunen, wie schön und romantisch dieses entschlossene Volk seine Umgebung gestaltet hat. Aber keine Sorge. Obwohl ich Lust dazu hätte, werde ich nicht den Baedeker spielen, zumal jedes Wort ein kleines Vermögen kostet. Das beste wäre, darauf bestehe ich, Sie kämen selbst, um diese Atmosphäre in sich aufzunehmen, deren Krönung die fernen Gipfel der Alpen bilden, gelassen und unwandelbar wie der Olymp.

Schwer zu glauben, daß unter allen Städten ausgerechnet hier dieses abscheuliche Verbrechen begangen werden konnte! Viel eher ist man darauf gefaßt, an jeder Straßenecke einen Flötenspieler in Schnabelschuhen oder einen Ritter in blank polierter Rüstung auftauchen zu sehen ... Unnötig zu ergänzen, daß keiner der Bewohner des Viertels begreifen kann, was da geschehen ist. Ich stelle mich als englischer Journalist vor und werde von einem jungen Dolmetscher begleitet, einem Schüler der technischen Hochschule, den mir das Hotel Bristol empfohlen hat. Auf diese Weise konnte ich in aller Ruhe die Nachbarn des Verstorbenen befragen. Obwohl sie überrascht und bekümmert waren, konnten sie mir nichts Neues mitteilen. Anschließend habe ich das Büro der Zentralpolizei aufgesucht. Es liegt in der Taubenstraße in der Nähe eines kleinen Parks, in dem ich lange mit Herrn Spengkler spazierengegangen bin. Er ist verantwortlich für die Ermittlungen. Ein wohlbeleibter Mann mit sanften Manieren, dessen Rang mir dem von Lestrade vor gut zehn Jahren zu entsprechen scheint. So etwas wie Schutzmann oder zweitklassiger Inspektor.

Bei ihm habe ich mich natürlich gehütet zu lügen, und meinem Dolmetscher konnte ich frei geben, weil Herr Spengkler unsere Sprache einigermaßen beherrscht, wenn auch mit einem wunderlichen Akzent.

Als er hörte, daß der große Sherlock Holmes sich für diesen Fall interessiert, noch dazu mit Watson als Mittelsmann, bekam er leuchtende Augen, seine runden Wangen wurden rosig vor Aufregung, und er mußte so kräftig an seiner kurzen Pfeife ziehen, daß er beinahe daran erstickt wäre. Hier nun mit wenigen Worten die Tatsachen, die der Öffentlichkeit verheimlicht worden sind, so wie er sie mir übermittelt hat: Der Gerichtsmediziner hat den Zeitpunkt des Todes auf ungefähr zwölf Stunden vor Entdeckung der Leiche festgelegt, das heißt auf die Mitte des Abends, obwohl das Eintauchen in die Lösung bestimmte biologische Erscheinungen verzögert haben könnte; zum Beispiel den Abfall der Körpertemperatur und die Leichenstarre. Niemand ist jedoch in der Lage zu erklären, weshalb die Temperatur der Flüssigkeit in einem so beträchtlichen Zeitraum nicht gesunken ist. Tod durch Ertrinken ist angesichts der Wassermenge, die man aus seinen Lungen gepumpt hat, auf jeden Fall sicher, und es gibt keinerlei Anzeichen für einen Kampf oder Gewalteinwirkung bis auf einen Bluterguß von der Größe etwa einer halben Krone, genau oberhalb des rechten Ohrs, der fast ganz von den Haaren verdeckt war. Der Gegenstand, der ihn verursacht hat, war bestimmt nicht aus Metall, sondern aus Holz oder ähnlichem Material (ich habe Spengkler Elfenbein oder Hartgummi nahegelegt). Die Haut war nämlich nicht aufgeplatzt, obwohl der Schlag nach Meinung des Gerichtsmediziners ausgereicht hätte, eine Ohnmacht zu bewirken (aber nicht den Tod).

Ich konnte das *Labor der Tragödie,* so die Presse, besichtigen, habe dort aber nichts wirklich Interessantes entdeckt: Phiolen mit verschiedenen chemischen Produkten, elektrische Geräte, Wannen, Pendel, Präzisionswaagen, uhrwerkbetriebene

Maschinen, Räder aller Arten und Größen, deren Besonderheit darin bestand, daß sie keine Nabe hatten, ein ganzer Wust von Sachen, die entfernt nach Wissenschaft aussahen. Herr Spengkler hat mir bestätigt, daß seine Männer nichts zerbrochen oder durcheinandergebracht haben und daß der Mörder allem Anschein nach nichts gestohlen hat – auch wenn es darüber keinerlei Gewißheit gäbe. Aber man kann sich schwer vorstellen, was von irgendeinem Interesse hätte sein können. Es ist allgemein bekannt, daß an Gruz' Erfindungen nur eines bemerkenswert war: Mit keiner von ihnen ist es ihm je gelungen, ein Patent zu ergattern. Gemäß Ihren Anweisungen habe ich mich nach der Zimmertemperatur erkundigt und gefragt, ob eine Feuerstelle vorhanden war. Spengkler hat mich für verrückt gehalten, sich jedoch kundig gemacht. In dem Labor gab es weder einen Ofen noch einen Kamin, noch sonst eine Wärmequelle, und die Temperatur lag ständig um 15° C.

Herr Gruz besaß wenig persönliches Vermögen, nur eine kleine Rente, die er von einem Onkel geerbt hatte; neben der Gratisverteilung von Süßigkeiten an die Kinder des Viertels bestand seine einzige gesellschaftliche Aktivität darin, daß er einer Art Club angehörte, einer Vereinigung von mehr oder weniger schrulligen Wissenschaftlern, die sich PERPETUUM MOBILE nennt. Mehr konnte mir Herr Spengkler darüber nicht sagen, er hat mir aber mit einer ironischen Grimasse versichert, von dieser Seite würde ich nichts erfahren. Herr Gruz hatte sozusagen keine Familie (seine wissenschaftliche Berufung hatte ihm ein strenges Junggesellentum auferlegt), und weder Spengkler noch ich erkennen hinter diesem Mord – denn um Mord handelt es sich, das steht inzwischen fest – irgendein plausibles Motiv. Rache? Vorteil? Eifersucht? Rivalität? Keiner dieser klassischen Beweggründe findet hier seine Rechtfertigung, und ich frage mich mit einer gewissen Hilflosigkeit, wie sinnvoll es ist, die Untersuchung eines Verbrechens fortzusetzen, dem nur blinder Stumpfsinn oder Wahnsinn zugrunde liegen kann. Ach! Eine letzte Sache noch: Ich bin zum Savoy gegangen, obwohl ich dort nicht wohne (ich habe das Bristol in der Schauplatzgasse vorgezogen), und habe an der Rezeption gefragt, ob man sich an eine Frau zwischen fünfundvierzig und fünfzig Jahren erinnern könnte, die sich eine Woche zuvor einen Umschlag besorgt und vielleicht eine Brille getragen hätte. »Ohne weiteres mitnehmen ist nicht möglich, wenn man nicht Gast des Hotels ist, aber jeder kann ein Dutzend Umschläge für einen bescheidenen Preis kaufen«, hat mir der zuvorkommende Angestellte geantwortet. »Wie es der Zufall will«, hat er mit einem leicht hämischen Grinsen hinzugefügt, »werden die Schreibwaren quasi ausschließlich von Frauen gekauft, die die Vierzig mehr oder weniger überschritten haben, und unter denen findet sich ein gehöriger Anteil von Ausländerinnen und Brillenträgerinnen. Wenn sie zu alt sind für Ausflüge und Tanz, was bleibt ihnen, außer Briefe zu schreiben und zu empfangen?« hat er abschließend gesagt.

Als ich diesen Bericht militärisch knapp gefaßt und abgeschickt hatte, empfand ich das tief befriedigende Gefühl, meine Pflicht getan zu haben. Nichts Wichtiges oder Bedeutsames war ausgelassen worden, und ich hatte sogar mit einigen Worten die Atmosphäre der Stadt anschaulich gemacht. Was ich nicht übermittelt hatte, waren lediglich ein paar Einzelheiten und Eindrücke, die keinen Bezug zu der Untersuchung hatten, wie jenes ungebührliche Interesse der russischen Revolutionäre an meiner Person – ein Interesse, das hinreichend erklärt war, wenn sie mich für einen Polizisten gehalten hatten. In Bern selbst hatte ich zwei- oder dreimal das unangenehme Gefühl, verfolgt und beobachtet zu werden. Aber wie aufmerksam ich auch die Reflexe in den Schaufensterscheiben erforschte, wie rasch ich auch über meine Schulter blickte, es gelang mir nicht, einen Verfolger zu entdecken. War es der verbindliche Herr Spengkler, der Wert darauf legte, mich im Auge zu behalten? Wollte er mich beschützen oder glaubte er, auf diese Weise meine Absichten kennenzulernen? Fürchtete er, Gruz' Mörder könnte sich an mir vergreifen? Nur ein einziges Mal hatte ich den Eindruck gehabt, unmittelbar vor der Enttarnung meines Schattens zu stehen ... Das war im Savoy, als ich mich nach den Umschlägen erkundigte. Für den Bruchteil einer Sekunde hatte ich das beinahe greifbare Gewicht eines Blicks in meinem Nacken gespürt. Doch beim Umdrehen hatte ich nur das Völkchen erblickt, das sich üblicherweise in den Hallen großer Hotels tummelt: Pagen, Ehepaare im Gespräch, eine Gouvernante, die

Kinder zurechtwies, eine vertrocknete alte Engländerin, die einen hochmütigen Blick auf ihre Umgebung warf... Hatte ich diese Frau nicht schon in der Hauptpost gesehen?

Das Antworttelegramm traf bemerkenswert schnell ein:

Besuchen Sie PERPETUUM MOBILE, und lassen Sie die Damen im Savoy zufrieden. Holmes

Zweiter, unvollendeter Bericht

Ich habe diesen freien Tag genutzt, die Burg Nydegg, die Kathedrale (Münster, sagt man hier), den Zeitglockenturm, den Käfigturm (eine Art London Tower in Miniaturform) und andere berühmte Schauplätze zu besichtigen, die von der glänzenden Vergangenheit dieser kleinen Patrizierstadt zeugen.

Hier bildet die Vergangenheit keinen Bodensatz aus Schmutz und unverständlichen Traditionen; sie gibt dem Leben Kontinuität und Sinn. Man bewahrt, man erneuert, man kauft und verkauft unter den tausendjährigen Arkaden, wie es seit Jahrhunderten geschieht. Es gibt überhaupt keinen Grund, weshalb Bern sich nicht für alle Zeiten selbst treu bleiben sollte. Aber ich will Sie jetzt nicht länger auf die Folter spannen, weil ich nur zu gut weiß, wie gespannt Sie auf das Ergebnis meiner Nachforschungen beim PERPETUUM MOBILE sind.

Zuerst der Rahmen: im Süden der Altstadt am anderen Ufer der Aare ein relativ neues Viertel (soll heißen, es ist nicht älter als drei oder vier Jahrhunderte), Kirchenfeld. Herr Spengkler, der freundliche Inspektor, hat darauf bestanden, daß er mich höchstpersönlich zu dem merkwürdigen Gebäude führt, in dem das Sekretariat des Clubs residiert: Es ist eine Art Kuppel, von einem Säulenrund getragen, das eine weiße Wand mit hohen Fenstern umgibt. Das Bauwerk ist vor einem Jahrhundert von einem Diamantenhändler errichtet worden, der für Neoklassizismus schwärmte und sich in seine Heimatstadt zurückgezogen hat, nachdem er in Südafrika sein Glück gemacht hatte. Dieser Berner Tempel gleicht mehr einem Mausoleum oder einem überdachten Kurbrunnen als dem Wohnsitz eines weißhaarigen Wissenschaftlers. Herr Spengkler hat mich taktvoll nur bis zum Eingang begleitet. Dort wurde ich von einem Pförtner empfangen, der von Arthritis so gebeugt und verkrümmt war, daß er Mühe hatte, den Kopf zu heben, um mich anzusehen. Nach einer kurzen Ansprache von Spengkler wurde ich allein in einen kleinen, verstaubten Salon mit kreisförmigen Wänden geführt, die gut fünfzehn Fuß hoch und vom Fußboden bis zur Decke vollständig mit Regalen und Büchern zugestellt waren. Ich hatte keine Gelegenheit nachzusehen, was in diesen ehrwürdigen, vom Alter blank polierten Wandverkleidungen stand, weil ein runder, rosiger Mensch mit flockigem Backenbart, bekleidet mit einem weiten grünen Gehrock aus Zeiten weit vor dem Krimkrieg, sich durch eine kleine versteckte Tür in den Salon geschlichen hatte und mit ausgestreckten Armen auf mich zukam. Er strengte sich an, seinem pausbäckigen Gesicht einen betrübten Ausdruck zu verleihen, aber vergeblich, seine Züge sind zu sehr zum Lächeln geschaffen.

»Mein lieber Herr, Sie sind also Journalist und englisch!« hat er mit einem reizenden Akzent ausgerufen. »Ich wußte nicht, daß der Ruf unseres teuren Alfred Gruz schon bis ins Herz des britischen Königreiches vorgedrungen ist. Aber glauben Sie mir, ich bin der erste, der sich darüber freut... Gestatten Sie, daß ich mich vorstelle. Thor Wuppen, ständiger Sekretär des Perpetuum Mobile... Wenn Sie mir bitte in mein Büro folgen wollen. Dort können wir einen Portwein auf unseren viel zu früh verstorbenen Alfred trinken, während ich Ihnen einen detaillierten biographischen Abriß zusammenstelle...«

Ich konnte mich nur für seinen warmherzigen Empfang bedanken. Als Herr Wuppen seinen Abriß niederschrieb, den er gleichzeitig mit lauter Stimme kommentierte, habe ich bei mehr als einem Schluck seines Portweins (ein ausgezeichneter Jahrgang) erfahren, was ich bereits wußte: Gruz hat sein Leben dem Perpetuum Mobile gewidmet und eine beträchtliche Anzahl von Maschinen entwickelt – ausgestattet mit den verschiedensten Vorrichtungen, Hydraulik, Triebfedern, Kugeln –, deren einzige Gemeinsamkeit darin bestand, daß sie, einmal in Bewegung gesetzt, fast augenblicklich wieder zum Stillstand kamen. Zum Zeitpunkt seines Todes hat Herr Gruz an der Erschaffung »einer vollkommen neutralen Umgebung«, was immer das auch heißen mag, gearbeitet, in der seine Maschinen endlich funktionieren würden. Er war nämlich nach vierzig Jahren fruchtloser Versuche zu der Schlußfolgerung gelangt, daß der Fehler weder im Entwurf noch in der Realisierung zu suchen war, sondern in der zufälligen äußeren Einwirkung der Umgebung, die stets die Bedingungen des Experimentes verfälschte.

»War er der einzige, der am ... Perpetuum mobile gearbeitet hat?« habe ich mich erkundigt.

»Wir sind sieben!« hat der ständige Sekretär stolz erklärt und dazu den Kopf gehoben und sein rundliches Gesicht in Falten gelegt, daß es aussah wie eine Renette am Ende des Winters. »Um genau zu sein, wir sind sechs, jetzt, wo Alfred nicht mehr ist ... Aber um der Wahrheit willen muß ich sagen, daß einzig Guillaume Rott und Georges Bund noch als aktiv bezeichnet werden können ... Unsere anderen drei Kollegen, die Herren Genkel, Friedhop und Plunk, sind schon älter und glauben nicht mehr so recht daran ... Sie haben gerade noch die Kraft, einmal pro Jahr zur Generalversammlung zu kommen.«

Wuppen hat traurig den Kopf geschüttelt und aus Versehen seine Feder – mit der er, immer weiter redend, Gruz' Biographie zu Papier brachte – in sein Portweinglas getaucht.

»Glauben Sie mir, Herr Watson, ich habe eine Nase für solche Dinge. Gruz war auf dem Weg zum Erfolg, da bin ich sicher. Er war übrigens gerade dabei, ein Interferometer zu bauen, mit dem er die Schwingungen im Äther unserer Stadt messen und sehen wollte ...«

Es folgten sehr technische Erläuterungen, die zu verstehen ich mich geweigert habe.

»Aber daß er gestorben ist, das ist vor allem die Schuld des Patentamts«, hat Wuppen zum Schluß gesagt.

»Wie bitte? Können Sie wiederholen, was Sie gerade gesagt haben?«

Wuppen hat mich überrascht und ein bißchen vorwurfsvoll angestarrt, aber er ist einfach zu frohsinnig, als daß sein Gesicht sich mit einer solchen Grimasse für längere Zeit anfreunden könnte.

»Ja, hat man Ihnen denn nichts gesagt, Herr Watson? Es ist schließlich eine wohlbekannte Tatsache, daß das Patentamt uns verfolgt! Was auch immer die unmittelbare materielle

Ursache für Herrn Gruz' Tod sein mag, die Verantwortung trägt dieses Amt! Die Leute dort haben ihn zur Verzweiflung gebracht! Sie hassen uns.«

Herr Wuppen war so freundlich, mir die Adresse der beiden noch aktiven Kollegen von Gruz zu geben, und wir sind als die besten Freunde der Welt auseinandergegangen...

Bevor ich weiteres berichte, werde ich den Herren Rott und Bund einen Besuch abstatten, auch wenn Sie deshalb ein bißchen warten müssen. Vielleicht können sie die Persönlichkeit des Herrn Gruz um einige unvermutete Facetten bereichern.

Herr Rott, ein alteingesessener Berner, lebte in einer weiträumigen ehemaligen Residenz ganz in der Nähe des Hauses von Gruz. Als ich mich vorgestellt hatte, bestand er sogleich darauf, mir sein Labor oder das, was er als solches bezeichnete, zu zeigen. Was das Labor anbetrifft, hatte ich selten ein dermaßen großes Zimmer mit so vielen perfekt einsortierten und polierten Gegenständen gesehen, in dem nicht die geringste Spur einer Unordnung von irgendeiner Tätigkeit zeugte.

Rott war ein Riese mit einem schwarzen, quadratisch geschnittenen Bart, den Augenbrauen eines Menschenfressers und gewaltigen Händen. Er sprach nicht Englisch, sondern Französisch mit einem leichten Lispeln und leiser, fast weiblicher Stimme. Dazu machte er kleine affektierte Gesten, die in seltsamem Kontrast zu seinem ungeschliffenen Äußeren standen. Er war ganz in Schwarz gekleidet. Mit seinem Aussehen und seinen Manieren war er mir so unsympathisch, wie Wuppen mir einnehmend erschienen war.

»Ein bedauerlicher Verlust für die Wissenschaft und den Fortschritt«, beteuerte er pathetisch, als ich seinen verstorbenen Freund erwähnte. »Er war eine Ausnahmeerscheinung. Sein Leben galt nur der Erkenntnis!«

Trotz dieser Worte schien es mir, als ob in der Art, wie er das Drama anschnitt, eine heimliche, heimtückische Befriedigung zum Ausdruck käme.

»Haben Sie eine Erklärung, einen Grund für diesen Tod?«

Rott zuckte die schweren Schultern.

»Ich kann mir einfach nicht vorstellen, was sich da abgespielt haben kann...«

»Weshalb wurde er in diese Chlorlösung getaucht?«

»Dichloridlösung ...«

Der Riese wandte den Kopf ab, aber nicht schnell genug, um eine Grimasse vor mir zu verbergen. Ich war so gut wie sicher, daß er etwas für sich behielt, eine Tatsache, die er weder mir noch irgendeinem anderen offenbaren wollte. Ich hatte das Gefühl, daß er Angst hatte. Aber wovor?

»Besteht nicht die Gefahr, daß sich Ihre Vereinigung jetzt auflöst?« erkundigte ich mich, nicht aus wirklichem Interesse, sondern weil ich verhindern wollte, daß die Unterhaltung allzu abrupt zu Ende ging.

»Weshalb sollte sie?« kreischte er, das Gesicht vor Erregung gerötet. »Davon kann nicht die Rede sein, im Gegenteil! Stellen Sie sich vor, ein Millionär aus New York, ein ehrenwerter Amerikaner, der korrespondierendes Mitglied unserer Vereinigung war, hat uns vor seinem Tod einen Betrag von zwanzig Millionen Franken vermacht, zu dem einzigen Zweck, daß wir unsere Forschungen jenseits allen materiellen Zwangs fortsetzen können!«

Ich versuchte – mit mäßigem Erfolg – meine Überraschung zu verbergen. Herr Wuppen hatte diese Goldgrube mit keinem einzigen Wort erwähnt!

»Aber... Wer verwaltet die zwanzig Millionen?« fragte ich verwundert.

»Unser treuer Freund Wuppen natürlich! Er ist unser Statutenwächter, unsere Vestalin, Herr Watson! Bei ihm ist das Geld in sicheren Händen; er stellt uns die Mittel zur Verfügung, die wir brauchen, und er wird sich nach einem Ersatzmann umsehen – zunächst einem.«

»Ein Ersatzmann?«

»Ja, ein neues Mitglied anstelle unseres so früh verstorbenen Gruz... Was wollen Sie, Herr Watson, das Leben ist grausam, aber man muß seine Gesetze respektieren! Gruz ist tot... Wir müssen sieben bleiben.«

»Legen die Statuten diese Anzahl fest?«

»Ich glaube es ehrlich gestanden nicht. Unsere Statuten sind ziemlich anpassungsfähig, und als wir die Vereinigung gegründet haben, hatten wir nicht die Absicht, unseren Geist mit Verwaltungskram zu belasten. Es handelte sich vor allem um den freien Zusammenschluß von sechs Männern – Wuppen ist später zu uns gestoßen –, die von einem Ideal besessen waren, sich für die Wissenschaft begeisterten und bereit waren, ihr unendliches Feld zu erforschen, und...«

»Aber warum dann diese schicksalhafte Zahl?«

»Eine Forderung Alec Stuffingtons, unseres amerikanischen Geldgebers. Er fürchtete vielleicht, daß sich zu viele falsche Erfinder von diesem Vermögen angezogen fühlen und in unsere Vereinigung eindringen könnten. Sie wären erstaunt, Herr Watson«, fügte er hinzu und strich über seinen Bart, »wie stark Geld alle möglichen verdächtigen Personen anlocken kann. Und unsere Verantwortung vor der Wissenschaft und vor dem Geld ist groß! Höchstens sieben Mitglieder, nach sorgfältiger Prüfung der Bewerbungsunterlagen durch Kooptation einstimmig zu wählen... darunter drei neue Mitglieder in einem Zeitraum von drei Jahren. Herr Stuffington dachte vielleicht, daß unsere werten Herren Genkel, Friedhop und Plunk nicht mehr ganz auf der Höhe seien...«

»In der Tat«, räumte ich ein; ich hatte es eilig, wieder ins Bristol zu kommen und meinen Bericht mit diesen überraschenden Enthüllungen abzuschließen.

Herr Bund, der nächste auf meiner Liste des PERPETUUM MOBILE, konnte warten.

Die alte Engländerin im Zimmer

Die Tatsache, daß ein Vermögen von zwanzig Millionen vorhanden war – Rott hatte sie mir bestimmt nur anvertraut, weil er maßlos eitel war –, warf ein neues Licht auf den Fall. Endlich ein Beweggrund, klassisch, handfest und überzeugend! Weshalb hatte der Mörder Gruz in eine Flasche getaucht? Wie wollte er an den Rest der Erbschaft herankommen, wenn Gruz doch im Grunde genommen lediglich das Nutzungsrecht an einem Siebtel des Betrages gehabt hatte und die Begünstigten sich strengen Regeln unterwerfen mußten... Lauter geheimnisvolle Punkte, aber ich war überzeugt, daß ihre Aufklärung nur eine Frage der Geduld und der Zeit war.

Die Flasche zum Beispiel; damit hatte der Mörder vielleicht versucht, ein psychopathisch begründetes Verbrechen vorzutäuschen, um die Ermittlungen in die falsche Richtung zu leiten. Das war beinahe gelungen, weil selbst Spengkler dem PERPETUUM MOBILE nur sehr wenig Beachtung geschenkt hatte.

Als ich ins Hotel zurückkehrte, befand ich mich im Zustand einer fortgeschrittenen geistigen Gärung. An der Rezeption wartete keinerlei Nachricht auf mich. Das war nicht weiter überraschend, schließlich mußte ich zunächst einmal einen klug kommentierten Bericht abschicken.

Ich war so in Gedanken versunken, daß es eine Zeitlang dauerte, bis ich die hohe, magere Gestalt im Gegenlicht wahrnahm. Eingehüllt in ein großes schottisches Umschlagtuch, stand sie über meinen Schreibtisch gebeugt und hielt die Blätter meines unvollendeten Berichts in den Händen.

»Wer zum Teufel sind Sie, und was tun Sie in meinem Zimmer!« rief ich aus.

Die unwirkliche Erscheinung begnügte sich mit einem spöttischen Knicks.

»Ich habe Sie schon einmal gesehen!« sagte ich und baute mich zwischen der Tür und dieser Person auf. Es war die alte Engländerin aus dem Savoy! »Hat man Ihnen keine Manieren beigebracht? Ist Ihnen nicht bekannt, daß es nicht sehr ratsam ist, in das Zimmer eines alleinstehenden Mannes einzudringen und seine Post zu lesen? Wer schickt Sie?«

»Niemand, haben Sie keine Angst. Ich will mich weder an Ihrem Geld noch an Ihrer Tugend vergreifen«, erwiderte eine allzu vertraute Stimme.

»Holmes!«

»Bravo, mein Bester! Ihr Scharfsinn hat einige Anlaufschwierigkeiten, aber wenn er einmal da ist...«

»Ich hätte es mir denken sollen. Die Frauenrolle paßt ausgezeichnet zu Ihnen«, sagte ich ironisch und versuchte, wieder etwas Haltung zu gewinnen. »Nur die Perücke macht Sie alt.«

»Weibliche Verkleidung macht Männer alt, so wie Männerkleidung Frauen verjüngt«, erklärte Holmes und warf seine Brille auf den Schreibtisch. »Das ist ein eisernes Naturgesetz. Was Ihre Notizen betrifft...«

»Reden wir nicht mehr davon, sie waren ja ohnehin für Sie bestimmt. Aber das Wichtigste kommt noch. Ich habe ein sehr fruchtbares Gespräch hinter mir. Ihre Erbschaftsangelegenheit in Sussex ist also geregelt?«

»Ich habe nie behauptet, daß sie sich auf Sussex beschränkt. Sagen wir, meine Anwesenheit drüben war nicht länger notwendig.«

»Sagen Sie lieber, Sie haben mich als Aufklärer hierhergeschickt, während Sie im Hintergrund geblieben sind und sich den Zeitpunkt Ihres Einschreitens vorbehalten haben.«

»Ich muß anerkennen, daß Sie allmählich einigermaßen vertraut werden mit meinen Methoden, Watson.«

»Aber wenn Sie mir gefolgt sind... Wie zum Teufel haben Sie dann den Inhalt meines ersten Berichts erfahren?«

»Ganz einfach, indem ich den ziemlich ausführlichen Entwurf Ihres langen Telegramms gelesen habe, den Sie zuvorkommenderweise in den Papierkorb unter dem Postschalter geworfen haben. Verzeihen Sie mir diese kleinen Geheimniskrämereien, aber Sie sind nie ein besserer Akteur, als wenn Sie unbewußt Theater spielen, Watson... Ich lege übrigens Wert darauf, noch eine Weile in Deckung zu bleiben, auch wenn Ihr Ruf darunter leiden sollte.«

»Mein Ruf?«

»Ja, ich habe die Absicht, Sie in dieser oder einer anderen Verkleidung noch des öfteren in Ihrem Zimmer zu besuchen. Falls man sich darüber wundert, können Sie ja sagen, ich sei Ihre Schwester.«

Diese absurde Idee reizte mich unwiderstehlich zum Lachen, zumal Holmes, der sich jetzt im tiefsten Sessel des Zimmers räkelte, seine Pfeife stopfte, die er aus einer Tasche seines weiten Kleides geholt hatte. Dabei warf er mir finstere Blicke zu, deren abschreckende Wirkung durch die graue Lockenperücke und das Rouge, das er zu allem Überfluß auf seine hohlen Wangen aufgetragen hatte, fast vollständig aufgehoben wurde.

»Machen Sie sich keine Sorgen um meinen Ruf. Man müßte schon eine blühende Phantasie haben, wenn man sich vorstellen wollte, daß Sie und ich...«

»Glauben Sie das nicht, Watson. Die überkommenen Vorstellungen sind stärker als der Augenschein. Sie wissen doch, was der Dichter Heine über die Einwohner dieses liebenswürdigen Landes geschrieben hat: *Die Schweizer haben Gefühle so erhaben wie ihre Berge, aber ihre Ansichten der Gesellschaft sind so eng wie ihre Täler.* Und nun erzählen Sie mir von Ihren spektakulären Erfolgen.«

»Gruz, Wuppen, Bund, Rott, Genkel, Friedhop, Plunk... Sind Sie sicher, daß keiner von ihnen Bang oder Pchitt heißt? Haben Sie gemerkt, daß Sie diese sieben Namen nur ausreichend überzeugt und schnell genug aussprechen müssen, damit sie durchaus annehmbar die Geräusche einer auf vollen Touren laufenden Dampfmaschine, eines Maschinenhammers oder eines Automatenwebstuhls wiedergeben? Gruz-wuppen-rott-genk-plunk! Diese Schweizer sind wahrhaftig seltsame Wesen, Watson...«

Ich wartete auf eine Fortsetzung dieser Erklärung, aber sie kam nicht. In den ungünstigsten Augenblicken hatte Holmes die beunruhigende Fähigkeit, sich seiner Umgebung zu entziehen –

zumindest in geistiger Hinsicht. Dann war es nutzlos, ihn zu drängen. Solange er nicht freiwillig aus diesem Trancezustand erwachte, würde er kein Wort sagen. Und wenn er gegangen war, würde ich womöglich noch eine gute halbe Stunde lang beinahe erfrieren, um die letzten übelkeiterregenden Ausdünstungen seines Tabaks zu vertreiben – eine unerläßliche Voraussetzung für meinen Schlaf.

»Ich kehre ins Savoy zurück!« verkündete er plötzlich und ließ mich aus einem unfreiwilligen Nickerchen hochfahren.

Er reckte seine überlangen Arme, bis sie knackten, und gähnte wie eine ausgehungerte Katze.

»Ich will versuchen, einen Kellner aufzutreiben, der so freundlich ist, mir ein Abendessen zu servieren.«

»Warum nicht hier?« fragte ich und bereute diese instinktive Höflichkeitsregung gleich darauf.

»Es ist ein Unterschied, ob man Gerüchten Nahrung gibt oder einen Skandal herausfordert, Watson. Und außerdem wird im Savoy besser gekocht als hier.«

»Nehmen Sie den Fall in die Hand, oder legen Sie Wert darauf, daß ich weitermache...«

»Und ob ich Wert darauf lege!« sagte er, während er sein Umschlagtuch auf den Schultern zurechtrückte und die Perücke, die im Verlauf seiner Meditation eine merkwürdige Neigung erfahren hatte, mit kleinen Püffen bearbeitete. »Ich habe Sie noch nicht beglückwünscht, Watson, aber betrachten Sie das als ausgemachte Sache. Ich kann Ihnen versichern, daß Sie in wenigen Tagen bemerkenswerte Arbeit geleistet haben. Wie geschickt Sie Rott zum Plaudern gebracht haben... Sie haben mit dem Alter einen geschärften Sinn für Psychologie gewonnen. Gleichwohl...«

»Gleichwohl?«

»...hätte ich es für besser gehalten, wenn Sie sofort zu diesem Bund gegangen wären und auch zu den anderen, auf Eis gelegten Mitgliedern des PERPETUUM MOBILE, Friedhop, Plunk und ich weiß nicht mehr, wer..., bevor sie Zeit gehabt haben, ihre Antworten abzustimmen.«

»Sie denken also an diese Erbschaftsangelegenheit...?« fragte ich, durch seine Kritik etwas abgekühlt.

»Ich denke gar nichts, Watson! Dank Ihrer wertvollen Mitarbeit beschränke ich mich im Augenblick darauf, die Tatsachen zu sammeln.«

»In diesem Fall wäre es vielleicht nicht falsch, das Patentamt aufzusuchen. Wer weiß, ob Rott nicht recht hatte? Schließlich wäre das nicht der erste Fall von Eifersucht unter Wissenschaftlern, der tragisch endet. Erinnern Sie sich an die beiden Insektenforscher Grayson und Ruffel-Haird?«

»Wenn Sie mir nicht ein Licht aufstecken würden, ich wüßte nicht, woran ich wäre«, erwiderte Holmes barsch.

Wenn Holmes nie eine Tatsache außer acht ließ und unfehlbar einen genauen Platz im nahezu unendlichen Mosaik seines Gedächtnisses für sie fand, so brachte er selten Dankbarkeit für denjenigen auf, der ihm ein neues Element lieferte. Das stellte er hier wieder einmal unter Beweis.

»Machen Sie sich keine Gedanken um das Patentamt«, sagte er abschließend, als er mit raschelndem Kleid durch die Tür schritt. »Ich kümmere mich darum.«

Ich stellte fest, daß ich mich nicht einmal erkundigt hatte, weshalb er nicht als Sherlock Holmes erschienen war, sondern sich lieber für eine Karnevalsverkleidung entschieden hatte, um sich besser zu tarnen. Er hätte meine Fragen doch nicht beantwortet.

Der Mann, der schrie

Herr Bund war in fast allen Punkten das Gegenteil von Herrn Rott: winzig, aufgeregt, auf dem Kopf eine dichte, struppige Mähne so weiß wie die benachbarten Schneegipfel, die Stimme tief und kraftvoll genug, um die Orgel im Münster auf dem Höhepunkt einer Bach-Tokkata zu übertönen. Er hatte ein listiges, asymmetrisches Gesicht, wie man es auch Voltaire zuschreibt, und er trug einen Jagdanzug aus braunem Samt von seltsamem Zuschnitt, der ebenso altmodisch wie Wuppens Kleidung war.

»Was wollen Sie?« schrie er, als er die Tür seines bescheidenen Hauses in Bahnhofsnähe öffnete.

»Herr Bund? Herr Wuppen, der ständige Sekretär von...«

»Sieh an, englisch? Ich weiß, wer Wuppen ist«, unterbrach mich die Stentorstimme. »Es ist nicht nötig, daß mein Haus sich in einen Eisschrank verwandelt, während Sie mir die Gründe Ihres Kommens darlegen. Treten Sie ein oder gehen Sie!«

Trotz seiner Schroffheit entschied ich mich für die erste Wahlmöglichkeit. Mein Gastgeber nahm mich mit in ein winziges Büro, in dem ein Höllenfeuer brannte. Er ließ sich in einem Sessel nieder, auf dem sich noch die Umrisse seines mageren Hinterteils abzeichneten, und verwies mich mit einer Geste auf das Gegenstück ganz in der Nähe der Feuerstelle. Auf die Gefahr hin, geröstet zu werden, gehorchte ich und begann, die Gründe für meinen Besuch zu erläutern.

»Ich brauche das Feuer nicht, aber ich liebe es«, fiel Bund mir gleich zu Anfang ins Wort. »Aus England herüberzukommen, weil der arme Gruz gestorben ist, das geht über meinen Verstand!« schrie er und klammerte sich an die Armlehnen.

»Wenn er seine verflixte Maschine wenigstens entdeckt hätte! Aber nein, nicht einmal das! Erzählen Sie mir nicht, daß sein Ende, Marke Hering in Salzlake, die Phantasie der Engländer angeregt haben könnte! Verbrechen werden täglich zu Hunderten und überall auf der Welt begangen, und glauben Sie mir, sogar hier findet man hundertmal amüsantere Fälle als den grotesken Tod eines harmlosen Greises! Ich wette, Sie haben nichts von dem Fall Schliern gehört. Der Kuhhirte und seine Frau niedergeschlagen und betäubt in ihrem Bett und ihre sämtlichen Tiere geschändet! Erst letzten Monat! Nie hat man herausgefunden, wie, durch wen und warum, weil nichts, absolut gar nichts gestohlen und nur die Bäuerin nicht entehrt worden war!«

Ich mußte zugeben, daß ich in der Tat nie etwas von dieser schrecklichen Lokalnachricht gehört hatte.

»Es liegt daran, daß der Ruf von Herrn Gruz über Ihre Grenzen hinausgedrungen ist«, log ich dreist.

»Leeres Geschwätz! Gruz war ein Dummkopf, Rott ist ein Dummkopf, Wuppen hat vielleicht etwas Verstand, aber ihn interessiert vor allem die Verwaltung... Die anderen drei sind ebenfalls Dummköpfe, nur ist ihr Gehirn im Unterschied zu dem der Erstgenannten schon dermaßen erweicht, daß man bei ihnen besser von einem vegetabilen Stadium reden sollte. Gemüse ist auch nicht schlauer.«

»Ich verstehe nicht«, wagte ich schüchtern einzuwenden. »Schließlich gehören doch auch Sie zu dieser Vereinigung...«

»Das ist keine Vereinigung, sondern ein Club! Ich bin ihm vor vielen Jahren in einem schwachen Moment beigetreten... Und jetzt amüsiert es mich zu sehen, wie diese antiquierten Überbleibsel jedes Jahr ein bißchen mehr zusammenschrumpfen... Mit denen habe ich nichts gemein, Herr Watson, und meine Forschungen schon gar nicht! Diese Rotts, Gruz' und Konsorten sind dermaßen stupide, daß sie sich in eine Sackgasse verrannt haben. Falls ein Perpetuum mobile existieren sollte, sei es aus Eisen, Holz, Stahl, Gummi oder was weiß ich, wäre es längst gefunden worden! Tausende und Abertausende von Wissenschaftlern oder Möchtegernwissenschaftlern in allen Ländern haben versucht, die Hauptsätze der Thermodynamik zu umgehen! Keinem ist es je gelungen. Ihr Kampf ist absurd! Man kämpft nicht mit inerter Materie gegen Entropie und Energieverlust. Genausowenig, wie Sie auf den Mond gelangen, indem Sie sich an den eigenen Haaren hochziehen! Nur eine einzige Maschine ist in der Lage, siegreich gegen etwas zu kämpfen, was die Alten ganz einfach Verschleiß, Reibung, Zeit nannten...«

»Und die wäre?«

»Das fragen Sie? Die zweite, die lebendige Materie, die biologische Maschine natürlich! Nur ein lebendiges Wesen ist ein potentielles Perpetuum mobile.«

»Aber ich war der Auffassung, daß ein Perpetuum mobile keinerlei Energiequelle braucht«, warf ich ein und bedauerte gleichzeitig, daß ich mich auf eine Diskussion einließ, deren gesamte nähere Umstände mir schleierhaft waren. »Die lebendigen Wesen essen, trinken, atmen...«

»Ha ha! Darauf habe ich gewartet!« schrie mein Gastgeber. »Ich habe gesagt, potentiell, Herr Watson! POTENTIELL! An uns ist es herauszufinden, was den Prozeß auslöst! Seit Jahren beobachte ich jahrhundertealte Bäume und Fische, Herr Watson! Ich habe mir sogar ein großes Aquarium in meine Bücherwand einbauen lassen, in dem sich wunderbare Exemplare von Seeschildkröten tummeln. Ich habe das Verhalten der großen Primaten studiert... Aber wozu die Demonstration, wenn die Beweise vorhanden sind!«

Er sprang auf und zog so heftig an einer Kordel hinter dem Kamin, daß sie fast zerriß. Unmittelbar darauf erschien eine sehr junge, prächtig gebaute Frau mit leuchtend roten, runden Wangen. Ihre Augen waren vergißmeinnichtblau, ihre Haut glatt und samtig wie die eines Pfirsichs, ihre Lippen purpurrot. Ein außerordentlich verlockendes Wesen für Liebhaber kräftiger ländlicher Schönheiten.

»Gret«, kommandierte Bund, »bring uns den Likör! Und zwar schnell!«

Er hatte das Wort *Likör* auf ganz eigentümliche Weise betont.

»Obwohl Sie Engländer sind, finde ich Sie sympathisch«, sagte Bund. »Und wenn mir jemand gefällt, gibt es für mich keinen Mittelweg! Sie werden ein Gebräu probieren, das ich erfunden habe. Die Mischungsverhältnisse und bestimmte Bestandteile sind mein Geheimnis. Sollte ich eines Tages, in zwei oder drei Jahrhunderten, einen Anfall von Selbstlosigkeit erleiden, werde ich die Formel vielleicht der Welt schenken.«

»Zwei oder drei Jahrhunderte?«

»Das scheint Sie zu wundern, Herr Watson! Vielleicht halten Sie mich sogar für verrückt? Aber da hätten Sie unrecht, kann ich Ihnen versichern. Ich bin wie die Karpfen Heinrichs IV. Praktisch unsterblich! Hier, fühlen Sie mal!« sagte er zu mir und hielt mir einen knotigen Arm vors Gesicht.

Ich betastete ihn vorsichtig mit den Fingerspitzen.

»Und das hier!« sagte er, seinen mageren Schenkel präsentierend.

»Sieht ganz solide aus«, räumte ich ein.

»Solide! Das ist sicher, was Sie ein *understatement* nennen. Und ob der solide ist! Wissen Sie, daß ich damit im Alleingang Berge erklommen habe, vor denen die erfahrensten Bergsteiger schaudernd zurückschrecken? Und das erst letztes Jahr, im Alter von fünfundsiebzig Jahren! Wissen Sie, daß die entzükkende Gret, die Sie gerade gesehen haben und die trotz ihrer scheinbaren jungfräulichen Unberührtheit ein Wesen von unstillbarer Sinnenlust ist, von keinem anderen als mir befriedigt werden kann?«

»Herr Bund!« protestierte ich verblüfft.

»Den Herrn Bund können Sie sich schenken! Wenn Sie mir nicht glauben, brauchen Sie es nur auszuprobieren! Sehen Sie, da ist sie! Stell das dort ab, Gret, dieser englische Gentleman will etwas von dir.«

»Ich muß doch sehr bitten!« rief ich aus, empört über die Wendung, die das Treffen nahm. »Herr Bund, ich hätte nie gedacht, daß in der Schweiz...«

Mein Gastgeber sprang wieder auf und verbeugte sich. Sein Gesicht sah plötzlich zerknirscht aus.

»Bitte verzeihen Sie mir, Herr Watson! Was müssen Sie von mir denken! Ich vergesse manchmal, was sich gehört. Das ist der Preis für die stolze Einsamkeit, in der ich mich wohl fühle. Bitte kosten Sie diesen Likör. In der Regel genügt ein einziger Schluck, und Sie leben von Ewigkeit zu Ewigkeit, wenn Sie sich darauf beschränken, liegenzubleiben und zu denken. Ihr Herz wird weiterschlagen, Ihr Blut ungestüm durch Venen und Arterien strömen, all Ihre Organe werden funktionieren, obwohl es geschehen kann, daß Magen, Nieren, Eingeweide und andere Organe, derer Sie sich nicht mehr bedienen, allmählich schrumpfen... Bestimmte Pflanzenwurzeln, verschiedene Drüsen großer Primaten, Drüsen chinesischer Fische, Mineralien... Kosten Sie, Herr Watson, es ist das prachtvollste Geschenk, das man Ihnen je gemacht hat! Wenn Sie dem beschaulichen Leben die Tat und das Sinnenabenteuer vorziehen, hindert Sie nichts daran, im Gegenteil. In diesem Fall müssen Sie sich nur auf die gewohnte Weise ernähren. Sind Sie verheiratet?«

»Ich... ja.«

»Dann kann ich Ihnen gar nicht dringlich genug empfehlen, gewisse Vorsichtsmaßnahmen zu treffen, wenn Sie Ihre Frau wiedersehen. Angesichts Ihrer beträchtlich gesteigerten Manneskraft könnte sie sich Sorgen machen oder sich sogar ängstigen. Sie müssen sie zunächst eine Weile schonen. Wenn Sie wollen, könnte ich Ihnen auch etwas von dem Elixier mitgeben. Aber vielleicht legen Sie keinen Wert darauf, daß Ihre Frau ebenso... gut ausgestattet ist wie Sie? Ich bin der erste, der einräumt, daß man die Reise in die Unsterblichkeit besser allein antritt. Ich für meinen Teil habe noch keine Frau gefunden, die würdig wäre, das Experiment zu wagen, wenn man von Gret absieht. Aber die hat es zur Zeit nicht nötig. Sie brauchen mich nur in, sagen wir, etwa dreißig Jahren wieder zu besuchen... Auf Ihr Wohl, Doktor Watson!« sagte er abschließend und lachte, daß die Wände bebten.

Noch nie hatte ich mich in einer so mißlichen Lage befunden. Ich hob mein Glas und tauchte die Lippen in ein grünliches Gebräu, das nach Aussehen und Geruch dem Chartreuse verblüffend ähnlich war, nur dickflüssiger und undurchsichtiger.

»Keine Angst! Die Drüsenextrakte sind sorgfältig zerstoßen worden!« brüllte mein Gastgeber.

Ich unterdrückte mühsam einen Brechreiz und tat so, als nähme ich einen Schluck, bevor ich das Glas absetzte.

»Die Wirkung setzt nicht sofort ein, Herr Watson. Frühestens morgen werden Sie ein leichtes Jucken an den Gliedmaßen verspüren, das einen halben Tag lang zunimmt und dann verschwindet, als ob es nie vorhanden gewesen wäre. Danach werden Sie sich ganz normal fühlen, mit dem einen Unterschied, daß Sie schneller und länger laufen können als je zuvor und auf allen Gebieten Leistungen erbringen, die... bemerkenswert sind. In einem Monat werden Sehschärfe, Muskeltonus, Gedächtnis, Blutdruck, Haarwuchs und die Elastizität der Haut einem zwanzigjährigen Mann entsprechen!«

Ich hatte nur das eine Verlangen: das Haus dieses Verrückten zu verlassen.

»Ja, ich kann mir Ihre Ungeduld gut vorstellen«, sagte Bund mit seinem grauenhaften Lachen. »Sie denken nur daran, Ihre neuen Möglichkeiten auszuprobieren! Für lebendige Maschinen, wie wir es sind, ist das Perpetuum mobile etwas, dessen man nie überdrüssig wird! Besuchen Sie mich wieder, sobald Sie Ihre ersten Heldentaten vollbracht haben! Auf Wiedersehen, Herr Watson. Gret, komm her!«

In meiner Eigenschaft als Arzt hatte ich mich für die Experimente Voronoffs und des kürzlich verstorbenen Brown-Séquard interessiert. Es fiel mir schwer zu glauben, daß Bund in seinem hochgradigen Wahnsinn erfolgreicher gewesen sein sollte als diese beiden, zumal Voronoff und Brown-Séquard immerhin so vorsichtig waren, die Drüsenextrakte direkt in die Hoden ihrer Patienten zu spritzen. Schon der Gedanke an den kaum zwei Jahre zurückliegenden Fall des *kletternden Mannes* und an die furchtbaren Auswirkungen, die das Liebesserum des Pragers Loewenstein auf das Verhalten von Professor Presbury gehabt hatte, reichte aus, daß ich froh und glücklich war, nichts von dieser Lösung getrunken zu haben.

Aber was wäre, flüsterte mir eine innere Stimme leise und beharrlich ein, wenn Bund das wahre Lebenselixier gefunden hätte? War es nicht ein Fehler gewesen, diese wenn auch winzige Chance einer unermeßlichen Lebensdauer auszuschlagen? Eine andere Stimme hielt dagegen und verspottete unbarmherzig mein Bedauern. Die Exzesse einer ungehemmten Sinnlichkeit hatten mich noch nie gereizt.

Alles andere als ausgeglichen, kehrte ich ins Bristol zurück. Ich war so in Gedanken versunken, daß ich auch diesmal mein Zimmer betrat, ohne auf eine regungslose weibliche Gestalt im Dämmerlicht zu achten. Erst als ich das Licht einschaltete, machte mich ein diskretes Hüsteln auf sie aufmerksam.

Ein merkwürdiges Versehen

»Holmes!« rief ich, »wann werden Sie endlich diese lästige Gewohnheit ablegen, mich um jeden Preis überraschen zu wollen. Der Ritter Déon ist aus der Mode gekommen, soweit ich weiß!«

Als der Angesprochene nicht reagierte, überkam mich ein unerklärliches Unbehagen. Er saß reglos da, eine behandschuhte Hand auf die Brust gelegt. Diese Hand, das wurde mir plötzlich bewußt, gehörte nicht zu Holmes – konnte nicht zu Holmes gehören. Sie war zu klein. Und Holmes, ich will sagen, diese unbekannte Person, deren Gesicht hinter einem so dichten Schleier verborgen war, daß man die Züge nicht erkennen konnte, war sicher einen Kopf kleiner als mein Freund, obwohl sie sich aufrecht hielt. Selbst Holmes wäre bei all seiner Verkleidungskunst nicht in der Lage gewesen, sich um mehr als sechs Zoll zu verkleinern und dabei eine so anmutige und stolze Haltung zu bewahren. Sobald mir mein Versehen klar war, sprangen mir weitere Einzelheiten in die Augen: der schlanke Damenhalbstiefel, der unter dem Saum des dunklen Kleides hervorlugte, die Rundung der Hüften, die von den Falten des Stoffs noch betont wurde, die Schultern, deren Feinheit auch ein kurzer Pelzumhang nicht beeinträchtigen konnte. Und schließlich brachte mich etwas nicht Faßbares, Unbeschreibliches, eine Aura von Weiblichkeit, endgültig zu der Überzeugung: Dieses Wesen war ein Ableger des anderen Geschlechts. Jung, wenn man der Schlankheit und der Haltung trauen konnte, und zweifellos hübsch unter dem Schleier. Meine natürliche Neigung zum Optimismus ließ es mich jedenfalls annehmen, obwohl ich schon zu viele gegenteilige Beispiele erlebt hatte, als daß ich mich auf einen so wenig begründeten Wunsch verlassen konnte.

Die Aufzählung meiner Eindrücke mag ziemlich lang erscheinen; ich brauchte jedoch nur ein paar Sekundenbruchteile, um das Gesamtbild zu erstellen. Es war immer noch zu lange, denn die Frau machte eine ungeduldige Geste und sagte mit einer dunklen, musikalischen Altstimme in einem Westend-Englisch, in dem ich nicht die geringste Spur eines ausländischen Akzents ausmachen konnte:

»Doktor Watson, nehme ich an? Hat man Ihnen nicht beigebracht, daß es unhöflich ist, eine Frau anzustarren?«

»Ich habe aber auch sagen hören, daß Eindringlinge ihren Namen zuerst nennen, gnädige Frau«, antwortete ich schroff.

Sie lachte kurz, ein sanftes, tiefes Lachen, und zuckte die Achseln.

»Diese Engländer«, sagte sie mit leisem Spott... »Ein Franzose wäre schon dabei, Albernheiten von sich zu geben, ein Deutscher... Gott allein weiß, was ein Deutscher machen würde. Aber Sie? Sie empören sich darüber, daß ich die sinnlosesten Höflichkeitsregeln nicht einhalte.«

»Sind Sie zu dieser Stunde in mein Zimmer gekommen, um mir eine Anstandslektion zu erteilen?« sagte ich erregt. »Wer zum Teufel sind Sie? Wer schickt Sie? Was wollen Sie?«

»Niemand schickt mich, mein Herr«, antwortete die Frau leise und lachte erneut.

Irgend etwas an diesem Lachen weckte eine ferne, verschwommene Erinnerung in mir, die unter den Ablagerungen von tausend anderen verborgen war... Ich hatte es schon einmal gehört... In London? Vor vielen Jahren, da war ich mir fast sicher. Fünfzehn, zwanzig Jahre? Aber dann war sie nicht mehr so jung... Der Eindruck, sie schon einmal gesehen – besser, gehört zu haben –, hielt sich einen Augenblick in meinem Kopf wie das Kräuseln einer Welle auf der Oberfläche eines Sees, wenn der Fisch, der es verursacht hat, schon wieder in den Tiefen verschwunden ist.

»Sind wir uns nicht schon einmal begegnet?« tastete ich mich vor. Und da sie beharrlich schwieg: »Wenn Sie keine meiner Fragen beantworten wollen, kann ich Sie nur bitten, zu gehen und mich schlafen zu lassen, gnädige Frau, wer Sie auch sind...«

»Noch nicht, Doktor Watson. Er ist hier, nicht wahr?«

»Ich weiß nicht, von wem Sie sprechen; zur Zeit...«

»Schon gut, Sie haben meine Frage beantwortet. Versuchen Sie nie, Ihre Frau zu belügen, Doktor Watson; sie würde es sofort merken. Sagen Sie der Person – nicht Ihrer Frau, sondern derjenigen, die gemeint ist und die Sie kennen – daß... Nein, sagen Sie ihr lieber nichts.«

Sie erhob sich und ging schnellen Schritts zur Tür. Beim Öffnen machte sie eine freundschaftliche Geste.

»Schlafen Sie gut, Doktor Watson, und überanstrengen Sie Ihren Geist nicht, um herauszufinden, wer ich bin. Es wird Ihnen nicht gelingen... Aber ich komme wieder.«

Der spöttische Ton, der diese Herausforderung begleitete, hielt mich einen Teil der Nacht wach. Wütend forschte ich nach dieser Erinnerung, die ich einfach nicht klarer zu fassen bekam. Die Stimme, der Ton, die Haltung, das Lachen... Im Morgengrauen schlief ich endlich ein; in meinem Geist spukten seltsame Kreaturen mit widernatürlichem Betragen. Bund versuchte mit aller Gewalt, mir sein Giftgebräu einzutrichtern; Gret bemühte sich, mich mit ihren kräftigen weißen Armen in eine geheimnisvolle Höhle zu locken, deren schmalen Eingang dornige Büsche verteidigten und deren Wände vollständig mit malvenfarbenem Samt bespannt waren; dann hatte der Eindringling des heutigen Abends seinen Auftritt: Auf dem Kopf, über dem Schleier, prangte eine massive Goldkrone, an deren Zacken große Edelsteine in all ihrem Feuer funkelten. Holmes trat brüllend und gestikulierend in Erscheinung, er kochte vor Wut: »Geben Sie mir die blöde Krone wieder, Sie haben kein Recht, sie zu tragen!« »Was zum Teufel geht Sie ihre Krone an? Werfen Sie sie hinaus!« schrie ich, aber ein unbekanntes Wesen, hinterrücks aufgetaucht, packte mich an den Schultern und schüttelte mich rücksichtslos.

Unter dem Schock öffnete ich die Augen und glaubte zuerst, daß mein Traum auch im Licht des anbrechenden Tages weiterging. Holmes stand über mich gebeugt, starrte mich beunruhigt an und ließ meine Schulter nicht los.

»Ah, so ist es besser, Watson!« sagte er und entfernte sich.

Er ging zum Schreibtisch und kam mit einer Tasse dampfenden schwarzen Tees in der Hand zurück.

»Ich weiß nicht, in welche dämonischen Landschaften Sie sich vorgewagt haben, aber ich danke dem Himmel, daß er mir solche Alpträume erspart. Falls Sie in diesem Punkt noch irgendwelche Sorgen haben, kann ich Ihnen versichern, daß ich mich im Augenblick für keine einzige Krone interessiere, wem immer sie auch gehört.«

Mehr noch als der heiße Tee brachte sein spöttischer Ton wieder Ordnung in meine Gedanken.

»Das unvorhergesehene Ergebnis eines kleinen nächtlichen Besuchs, Holmes...«

»Ein nächtlicher Besuch? Was meinen Sie damit?«

»Wenn ich das wüßte... Eine verschleierte Frau. Sie war schon in meinem Zimmer, als ich gestern abend von Bund zurückkam... In diesem Sessel da hat sie gesessen...«

»Eine verschleierte Frau? Was wollte sie?«

»Wie zum Teufel soll ich das wissen, Holmes! Wenn ich es richtig verstanden habe, aber das ist nur ein Eindruck, war sie auf der Suche nach Ihnen. Sie hat etwas gesagt wie: ›Er ist hier, nicht wahr? Sagen Sie dem, den Sie kennen, daß...‹«

»Sagen Sie ihm *was,* Watson?«

»Nichts, das ist es ja eben!«

»Machen Sie sich über mich lustig?«

»Aber keineswegs. Sie hat ihren Satz nicht beendet und ist gegangen. Ich habe die ganze Nacht von ihr geträumt. Ich bin sicher, daß ich sie schon einmal gesehen habe, allerdings vor vielen Jahren. Aber es gelingt mir einfach nicht, die genauen Umstände zutage zu fördern...«

»Das ist nicht so wichtig, Watson. Was bringt Sie zu der Annahme, daß sie sich nicht in der Tür geirrt hat?«

»Sie hat mich mit meinem Namen angeredet.«

Holmes richtete sich lebhaft auf. Ich stellte fest, daß er seine Verkleidung gegen einen klassischen Straßenanzug für Herren getauscht hatte. Er runzelte die Stirn und fing an, im Zimmer auf und ab zu marschieren.

»Über den Empfang, zuerst am Bahnhof, dann im Hotel... Nein, für sie ist das offensichtlich überhaupt kein Problem«, murmelte er. »Dazu noch ihre verschiedenen Mitgliedschaften... Aber was kann es bedeuten? Was kann es bedeuten?«

»Wovon reden Sie überhaupt, Holmes?«

Er wandte sich abrupt zu mir um, unterbrach seinen Marsch und starrte mich grimmig an, als ob er soeben meine Anwesenheit entdeckt hätte.

»Entschuldigen Sie meine Erregung«, sagte er nach einigen Sekunden angespannten Schweigens. »Ich muß gestehen, daß unsere Untersuchung mich bereits stärker beschäftigt hat, als Sie es sich vorstellen können. Und Sie teilen mir mit, daß eine geheimnisvolle Frau sich für uns interessiert, sich an uns heranmacht... Sie wissen, daß ich bemüht bin, meine Kontakte zum anderen Geschlecht auf ein Minimum zu beschränken, Watson, und ich befürchte, dieses Eindringen hat zur Folge, daß die Schwierigkeiten sich immer drohender über uns zusammenbrauen.«

»Und wenn es die Frau mit der Brille wäre! Die Ihnen die Zeitung geschickt hat!« rief ich, von einer späten Erleuchtung inspiriert.

Holmes' Miene verdüsterte sich erneut.

»Nichts erlaubt uns eine solche Schlußfolgerung; und angenommen, es wäre so, sehe ich nicht, welche Lehre wir daraus ziehen könnten.«

»Aber verstehen Sie denn nicht? Sie sucht Sie, sie will Sie um jeden Preis finden! Aus welchem geheimnisvollen Grund?«

»Und ich will nichts mit ihr zu tun haben, Watson! Um nichts in der Welt. Glauben Sie mir, sie würde nur alles durcheinanderbringen.«

»Wollen Sie damit sagen, daß Sie sich vor ihr fürchten?«

Er sah mich ernst an und nickte zögernd mit dem Kopf.

»Ich glaube, ja«, sagte er schließlich. »Aber uns fehlen Bausteine, um uns eine genaue Vorstellung darüber zu machen, wer sie ist und was sie will. Als gute Logiker sollten wir zunächst vergessen, was wir nicht verstehen können. Erzählen Sie mir lieber von Ihrem Treffen mit diesem... Bund. Und bestellen Sie uns zuallererst ein Frühstück nach Schweizer Art. Ich sterbe vor Hunger.«

Das Patentamt

Während ich berichtete, lief Holmes kreuz und quer durch das Zimmer, die Hände im Rücken verschränkt, den Blick streng konzentriert.

»So, so...«, sagte er zum Schluß. »Unvorsichtigkeit ist eine Gefahr für den gereiften Mann, Watson; wenn ich die Geschichte des kletternden Mannes richtig in Erinnerung habe, stehen wir hier vor einem ähnlichen Fall. Ich habe übrigens nie geglaubt, daß es sich bei Professor Presbury um einen Einzelfall gehandelt hat. Aber wie sollte man darauf kommen, daß diese nüchternen und besonnenen Helvetier sich in Affenmenschen verwandeln könnten... Ich gestehe, daß das über meinen Horizont geht, Watson. Die Geschichte der Menschheit ist ein langer, ständig mit Tücken gepflasterter Weg hin zur Geistigkeit, und da gibt es gebildete, brillante Leute, die versuchen, das Tier in sich wiederzufinden. Ist das unsere Bestimmung, Watson? Eine atavistische Umkehr zu unseren tierischen Ursprüngen, was immer man auch wagt?«

»Dann halten Sie dieses Gebräu also für wirksam?«

»Ja, wenn ich auch nicht sagen kann, in welchem Grad. Aber die unmittelbaren Auswirkungen sind nachgewiesen und unbestreitbar! Nehmen Sie Voronoff. Graf de Mertin, den er mit seinen Injektionen behandelt hat, hatte mit gut achtzig Jahren fünf Kinder von drei verschiedenen Frauen, und ich spreche nicht vom Verhalten Lord Flaxtons nach seiner Behandlung durch Brown-Séquard, als er sich vor einer Suffragettenversammlung über das Frauenstimmrecht ausließ. Sie erinnern sich doch bestimmt an die Überschriften im *Pall Mall,* nicht wahr? Nicht verbürgt ist allerdings, wie lange die Vorteile der Behandlung andauern… Ich bin nicht sicher, ob Herr Bund trotz seiner extremen Vitalität diese Ernährungsweise länger als ein paar Monate – ein oder höchstens zwei Jahre – übersteht. Und was die Konsequenzen für seinen Geisteszustand angeht… Auf jeden Fall darf ich Ihnen gratulieren.«

»Und wozu, bitte?«

»Daß Sie der Versuchung widerstanden haben, natürlich!«

Ich unterließ es, auf seinen Sarkasmus einzugehen.

»Jetzt sind Sie an der Reihe, meine Neugier zu befriedigen, Holmes.«

Er starrte mich an, eine Augenbraue hochgezogen.

»Darum geht es doch gar nicht! Wir haben Dringlicheres zu tun, Doktor. Sobald Sie diese köstlichen Milchbrötchen verzehrt haben, werden Sie den Herren Genkel, Friedhop und Plunk schleunigst einen Besuch abstatten. Wenn man sich die ersten Musterexemplare des Clubs ansieht, sollte man meinen, daß Sie keine Gelegenheit haben werden, sich zu langweilen. Was mich betrifft…«

»Nein«, sagte ich entschlossen. »Ich rühre mich nicht vom Fleck, solange Sie mir nicht ausführlich von Ihren eigenen Untersuchungen berichtet haben. Ich bin Ihr festangestellter Chronist. Zwar besitze ich nicht Ihre Beobachtungsgabe, dafür jedoch das Talent, aufmerksam zuzuhören; es wäre ungerecht, mich zu übergehen, vor allem, nachdem Sie sich an meinem Verdruß geweidet haben.«

»Also gut«, räumte Holmes seufzend ein. »Wie Sie wollen, Watson, aber denken Sie daran, daß mir Ihre unnachahmliche Art abgeht, die Wirklichkeit in rosigem Licht darzustellen. Ich habe nicht Ihre romantischen Gelüste. Sie haben nur Anspruch auf das Wesentliche, auf keinerlei Kunstgriff. Es bleibt Ihnen überlassen, den Honig daraus zu gewinnen, wenn Sie können. Hat Sie etwas gestochen?« rief er, als er sah, daß ich mir wie verrückt den Handrücken rieb.

»Nein«, sagte ich und wunderte mich selbst über diese unpassende Geste. »Nicht die kleinste Spur deutet darauf hin, und ich mag nicht glauben, daß sich in einem so gut geführten Hotel Parasiten finden…«

»Undenkbar, Watson! Oder die Schweiz ist nicht mehr die Schweiz. Vielleicht eine allergische Reaktion; das geht vorbei.

Wenn es Ihnen gelänge, eine Weile mit Ihrer Kratzerei aufzuhören und statt dessen die Ohren aufzumachen...«

»Ich bin ganz Ohr.«

»Das Patentamt, *Büro für Geistiges Eigentum*, um die örtliche Bezeichnung zu verwenden, liegt im Süden von Kirchenfeld, in der Eschmannstraße, nicht weit entfernt vom Wohnsitz Ihres Wuppen, des ständigen Clubsekretärs, und nur ein paar Schritt vom zoologischen Garten. Ich muß ganz aufrichtig sagen, Watson, ich war auf eine Art weltlichen Tempel gefaßt, in dem ernste Männer, bärtig und kreideverschmiert, unter den teilnahmslosen Blicken ehrwürdiger Porträts oder Büsten, in geschraubtem Ton über die Vorzüge dieser oder jener Erfindung diskutieren...«

»Das war also nicht der Fall?«

»Ich kann Sie gleich beruhigen. Mich hat kein so liebenswürdiges Kammerkätzchen wie Ihre üppige Gret in Empfang genommen. Und falls es ehrwürdige Bärtige gibt, die endlos über dieses Rädchen oder jene Nebenpleuelstange debattieren, verstecken sie sich entweder im Dachgeschoß oder im Keller. In den Büroräumen habe ich jedenfalls nur eine kleine Schar lustiger Gesellen in karierten Anzügen getroffen, die offensichtlich nichts zu tun hatten und einzig damit beschäftigt waren, einen ausgezeichneten türkischen Kaffee zu trinken. Übrigens haben sie darauf bestanden, daß ich ihn probierte. Diese jungen Leute waren von offenem und sympathischem Wesen und haben mich herzlich aufgenommen. Daß sie mich vom Hörensagen kannten, ist Ihnen zu verdanken, Watson. Einer von ihnen – der Mentor der Gruppe, wie mir schien –, ein rundlicher Mann mit gelocktem Haar, hat sich mir als *Oberinspekteur Albert Einstein* vorgestellt und mich sofort an meine Auseinandersetzungen mit dem Mathematiker Moriarty erinnert, wobei er diese Anspielung mit einem schelmischen Augenzwinkern betonte. Ich habe gleich gemerkt, daß die jungen Männer, ungeachtet ihres bohemehaften Äußeren, in höchstem Maße die europäische, romanische und germanische Leidenschaft für Philosophie teilen; gegen meinen Willen fand ich mich in eine Unterhaltung verwickelt, die mit meinen Sorgen überhaupt nichts zu tun hatte, Watson. Es war Einstein, der das Feuer eröffnete: ›Sie haben die Welt nicht nur von einem gefährlichen Verbrecher befreit, Herr Holmes, sondern vor allem von einem eingebildeten und unproduktiven Denker.‹ Ich gestehe, daß ich hochgegangen bin; ich habe geantwortet, daß die berühmtesten wissenschaftlichen Autoritäten diesen pervertierten Mathematiker unstrittig als Genie bezeichnet haben. Die Antwort des jungen Mannes hat mich erstaunt. ›Wie soll man sich vorstellen, mein lieber Herr Holmes‹, hat er mir fast wörtlich erklärt, ›daß ein solcher Mensch, der sein Leben dem Bösen gewidmet hat und von Geld und Zerstörungslust angetrieben wird, das Universum und die geheimen Beziehungen unter den Dingen anders als pervertiert betrachtet? Ich habe mich ein wenig mit Physik befaßt und kann Ihnen versichern...‹

Sein Werk über die Dynamik der Asteroiden wird anerkannt wie ein Monument! habe ich, empört über seine Anmaßung, ausgerufen. ›Ein Monument der Dummheit.‹ Seine Freunde, die sich als Besso und Solovine vorgestellt hatten, sind in schallendes Gelächter ausgebrochen. Sogar ein kühler Logiker wie ich kann sich zu seltsamen Reaktionen hinreißen lassen, Watson. So verspürte ich angesichts dieses fachkundigen Gremiums von skeptischen und amüsierten Ingenieuren das gleichermaßen unüberwindliche wie unbegreifliche Bedürfnis, meinen alten Gegner zu verteidigen. Zum ersten Mal in meinem Leben habe ich bedauert, daß ich mich nicht näher mit Astronomie und elementarer Mathematik befaßt habe, um diesem unverschämten Kerl den Schnabel stopfen zu können. Er muß meine Gefühle erraten haben, denn er hat sich mit reizender Höflichkeit entschuldigt.

›Ein ritterlicher Geist sträubt sich, den Gegner, der am Boden liegt, zu verspotten, Herr Holmes. Ich verstehe Ihre Bedenken. Aber ich kann Ihnen versichern, daß die theoretische, rein abstrakte Konstruktion von Professor Moriarty selig genauso viel wissenschaftliche Zukunft hat wie das Modell des Ptolemäus. Doch im Unterschied zu Moriarty gilt für Ptolemäus die Entschuldigung, daß er die Schwächen der Technik des Altertums einzig mit der Macht seines Denkens wettmachen mußte. Moriarty, der, wenn ich mich nicht irre, vor knapp fünfzehn Jahren abgetreten ist, hatte dieses Handicap nicht; ein Umstand, der die Selbstgefälligkeit und Haltlosigkeit dieses Menschen verdeutlicht, Herr Holmes. Obwohl er durch seinen

Reichtum, den er auf üble Weise erworben hat, über alle wissenschaftlichen Instrumente unserer modernen Welt verfügte, hat er sich nur auf die Kraft seiner Logik verlassen wollen... Doch was ist Logik ohne Erfahrung? Von der Realität abgehobenes Denken ist trügerisch. Das haben Sie selbst sehr schön formuliert, und zwar in dem Bericht über einen der seltenen Fälle, dessen Niederschrift Sie nicht Doktor Watson anvertraut haben. *Es kommt vor, daß sich dem Verstand mehrere Erklärungen anbieten; in diesem Fall prüft man sie nacheinander, bis sich die eine oder andere zwingend aufdrängt.*

Und diese notwendige, ja wesentliche wissenschaftliche Bescheidenheit hat Professor Moriarty vollständig gefehlt. Bleibt sein Werk.‹ An dieser Stelle holte der junge Mann aus einer mit Papierkram vollgestopften Schublade das berühmte kleine Buch mit dem nachtblauen Umschlag und schlug es aufs Geratewohl auf: Die Seiten waren mit handgeschriebenen Notizen und Kommentaren übersät. ›Es ist eine sehr einfallsreiche Abhandlung, in der die mathematische Statistik auf die Mechanik der Himmelskörper angewandt wird. Aber sie trägt keinen Funken Neues zu diesem Thema bei!‹

In diesem Augenblick hat Besso, ein schöner, bärtiger Romane, höflich gehüstelt. ›Wenn Sie erlauben... War es nicht Ihr berühmter Landsmann, ich spreche von *Locke*, Herr Holmes, der in seinem *Versuch über den menschlichen Verstand* irgendwo gesagt hat, daß es dem Ehrgeiz genügen müsse, *wenn man als Hilfsarbeiter beschäftigt wird, um den Baugrund etwas aufzuräumen und einen Teil des Schuttes zu beseitigen, der den Weg zur Erkenntnis versperrt...*

›Und dieses kleine Werk Moriartys‹, hat Einstein abschließend gesagt, ›ist nur ein weiterer Teil des Schuttes, fürchte ich. Hüten wir uns vor Mathematikern, mein lieber Herr! Aber es ist schon spät‹, hat er nach einem Blick zum Fenster hinzugefügt. ›Ein anstrengender Arbeitstag geht zu Ende. Hätten Sie etwas dagegen, die spannende Unterhaltung bei mir zu Hause fortzusetzen?‹

Und erst da ist mir klargeworden, daß ich über diese Diskussion vollständig vergessen hatte, weshalb ich gekommen war. Einstein hat mein Gesicht betrachtet und zu lachen angefangen. ›Ich hoffe, Sie sind nicht gekommen, um uns das Patent für eine

Maschine vorzuschlagen, die Verbrecher entlarven soll, Herr Holmes! Ich fürchte nämlich, daß auf diesem Gebiet weder meine Freunde noch ich beschlagen sind ...‹

›Sie sind ziemlich nahe an der Wahrheit. Ich bin gekommen, weil ich Sie fragen wollte, was Sie über einen gewissen Alfred Gruz und seinen Club PERPETUUM MOBILE wissen.‹

Die drei jungen Männer haben sich angesehen. Sie schienen verblüfft. Der Slawe aus dem Süden, Solovine, hat sich zu mir umgewandt und sich den Bart gerieben. ›Ich glaube, ich habe in einer Berner Zeitung irgend etwas im Zusammenhang mit dem Namen Gruz gelesen ... Könnten Sie uns aufklären, Herr Holmes?‹ Meine Erklärungen haben eine ganze Serie von Kopfschütteln bewirkt, aber sonst nichts Brauchbares.

›Ich will Sie nicht enttäuschen‹, hat Einstein schließlich gesagt, ›ich würde Ihnen nur zu gern helfen. Aber es fällt mir schwer zu glauben, daß irgendeine Beziehung zwischen Gruz' Tod und diesen angeblichen wissenschaftlichen Arbeiten besteht. Sie wären überrascht, wenn Sie wüßten, wie viele Patentanträge für Maschinen, die nicht funktionieren und auf gar keinen Fall funktionieren können, jede Woche bei uns eingehen. Von ihrer Nützlichkeit gar nicht zu reden! Ich weiß nicht, ob das in London genauso ist, aber in der Schweiz wimmelt es von Individuen, häufig schon älteren Jahrgangs, die über die Grundzüge des Perpetuum Mobile arbeiten, und zwar unter tiefster Verachtung der thermodynamischen Hauptsätze. Vielleicht ist das eine abartige Neigung von Uhrmachern im Ruhestand ... Falls dieser Gruz hier gewesen ist, um seine wunderlichen Projekte eintragen zu lassen, ist er bestimmt höflich auf seine Verirrungen hingewiesen worden, aber ich sehe nicht, inwiefern seine harmlose Manie mit seinem Tod zusammenhängen könnte ... Begleiten Sie uns, Herr Holmes, ich bitte Sie darum. Denn wenn man entdeckt, daß wir so spät noch hier sind, wird man uns wieder einmal beschuldigen, daß wir die öffentlichen Gelder für Lampenpetroleum und Kohle verschwenden.‹«

Ein Besuch in der Hölle

»Verzeihen Sie, daß ich Sie unterbreche, Holmes, aber mein Juckreiz wird unerträglich. Ich wäre Ihnen dankbar, wenn Sie nach jemandem läuten, der mir ein Einreibemittel bringt.«

»Dabei sieht man gar nichts«, sagte er, während er sich über meine Hände beugte. »Sehr interessant. Weder eine Schwellung noch eine verdächtige Färbung, keine Spur von einem Stich oder Kratzer... Haben Sie vielleicht etwas Ungewohntes gegessen?«

»Nein, nichts Besonderes...«

Plötzlich fiel mir mein Besuch bei Bund wieder ein.

»Das Gebräu! Dieses Elixier!« rief ich. »Allmächtiger Gott! Das Gift dieses verfluchten Bund! Er hat mich vergiftet! Er selbst hat von Juckreiz gesprochen!«

»Hatten Sie mir nicht gesagt, daß Sie nichts davon getrunken haben?«

»Doch, natürlich! Ich muß aus Versehen ein paar Tropfen verschluckt haben, als ich mir die Lippen damit benetzte... Ich mußte doch so tun, als ob ich tränke.«

»Hat Bund in Ihrem Beisein davon getrunken?«

»Nein. Er hat behauptet, die einmalige Einnahme genüge.«

»Wenn das so ist und wenn er in bezug auf seine eigene Person nicht gelogen hat, haben Sie nichts zu befürchten, Watson.«

»Ich bewundere Ihre Kaltblütigkeit!« bemerkte ich verbittert.

»Panik hat noch nie zu etwas Gutem geführt. Die unerwünschten Nebenwirkungen werden in ein paar Stunden abgeklungen sein, und dann brauchen Sie das Ganze nur noch als eine weitere Erfahrung zu verbuchen!«

»Aber begreifen Sie denn nicht! Die Folgen, Holmes, die Folgen! Was wird aus mir, wenn mich das unwiderstehliche Verlangen überkommt, auf Bäume zu klettern oder mich unschicklich zu benehmen, sobald mir der erste Weiberrock über den Weg läuft?«

»In der Tat«, sagte Holmes nachdenklich. »Ich würde Ihnen gern eine ganz einfache Frage stellen, Watson. Wenn sie Ihnen zu taktlos erscheint, brauchen Sie nicht zu antworten...«

»Nur zu.«

»Plagt Sie so etwas wie, äh, Priapismus?«

»Nein!« versicherte ich und versuchte gewaltsam, die immer hartnäckigere Erinnerung an die füllige Gret zu verdrängen.

»Würde es Ihnen etwas ausmachen, wenn ich ein kleines Experiment anstellte, Doktor?«

»Falls es Ihnen nötig erscheint, bitte sehr... Aber was tun Sie?«

»Sie sehen doch, ich läute.«

»Sie sind verrückt!«

Fast unmittelbar darauf wurde dreimal diskret an die Tür geklopft. Das Zimmermädchen der Etage kam herein und blieb in der Zimmertür stehen. Die Frau war bei weitem nicht mehr jung, hatte vorstehende Zähne, und die strenge Hoteluniform war nicht vorteilhaft für ihre eckige Figur. Dennoch überlief mich bei ihrem bloßen Anblick ein so köstlicher und entsetzlicher Schauer, daß es mich eine gewaltige Willensanstrengung kostete, nicht beide Hände auszustrecken und sie zu ergreifen.

»Mein Herr?« fragte sie und senkte unter meinem feurigen Blick die Augen.

Ein Stöhnen formte sich in meiner Kehle und drang aus meinem Mund, obwohl ich die Zähne zusammenbiß. Ich hatte das grauenhafte Gefühl, daß in meiner Brust ein monströses Wesen rumorte, das verzweifelt einen Ausgang suchte, auf die Gefahr hin, mir die Rippen zu brechen.

»Bitte tragen Sie dieses Tablett hinaus«, hörte ich Holmes der Frau zurufen. »Und zwar schnell!«

Ich wollte protestieren, wollte rufen. »Nein! Bleiben Sie, ich will es!« Meine ausgestreckten Finger verkrampften sich wie Klauen. Aber eine magere Hand hielt mir mit unbändiger Kraft den Mund zu.

Ich wehrte mich eine Weile, ohne den Blick von der Tür zu

lassen, aber die Frau verschwand, und ich sank vollkommen kraftlos aufs Bett zurück.

»Na, na«, keuchte Holmes, während er mich losließ und sich die Armmuskeln massierte, »Sie hätten mir beinahe den Ellenbogen verrenkt, Doktor... Lieber Himmel, ich wage nicht, mir vorzustellen, was passiert wäre, wenn die Unglückliche in meiner Abwesenheit eingetreten wäre.«

Diese Vorstellung ließ mich erneut erschauern, diesmal aus reinem Entsetzen.

»Was soll ich nur tun?« murmelte ich. »Ich bin verloren. Für immer verloren. Was wird Mary sagen?«

»Sie wird gar nichts sagen, weil Sie bald wieder gesund sein werden. Sie haben zu wenig von diesem verwünschten Elixier getrunken, als daß die Wirkung von Dauer sein könnte. Was Sie jetzt brauchen, ist ein starkes Beruhigungsmittel. Sie dürfen dieses Zimmer auf gar keinen Fall verlassen. Zur größeren Sicherheit werde ich Sie auf dem Bett festbinden und verbieten, daß man Sie stört, egal, unter welchem Vorwand.«

»Lassen Sie mich nicht allein!« rief ich.

Mit einem beruhigenden Schulterklopfen brachte er mich zum Schweigen.

»Fürchten Sie nichts, alter Freund, ich werde nicht lange brauchen. Ich glaube, ich weiß, wo ich das Beruhigungsmittel finde. Versuchen Sie unterdessen zu schlafen. Oder denken Sie an unsere Untersuchung. Wer weiß, ob Sie in Ihrem übererregten Geisteszustand nicht auf die Wahrheit kommen?«

Ich versuchte es. Gott sei mein Zeuge, daß ich mit aller Kraft versuchte, mich zu konzentrieren. Aber es gelang mir nicht, mir über Gruz' Tod Fragen zu stellen. Zehntausend in Scheiben zerlegte Gruz' hätten nicht ausgereicht, mich zu interessieren. In jedem Augenblick verdrängten empörende Visionen meine kläglichen Bemühungen um rationales Denken. Das Zimmermädchen, Gret, die Unbekannte mit dem Schleier, andere Frauen, flüchtig auf der Straße oder den Hotelfluren gesehen, peinigten mich und verhöhnten mich, indem sie mich mit den Fingerspitzen streichelten, über meine Bedrängnis lachten, vollkommen unempfindlich gegenüber meinen Verrenkungen, meinen unkontrollierten Sprüngen, meinen halb flehentlichen, halb wahnsinnigen Grunzlauten.

Ich könnte nicht genau sagen, ab wann die verschleierte Frau mir – ich weiß nicht, warum – realer, faßbarer vorkam als meine anderen Trugbilder. Gefesselt und gequält von dem unauslöschlichen Verlangen, das meine Haut wie Feuer brennen ließ, war es mir unmöglich, den Zeitablauf einzuschätzen. In der Tiefe meines Deliriums hatte ich gemeint, das Schlüsselloch klicken zu hören, einen Hauch zu spüren, der mir über das Gesicht strich... Sie war da. Ich verschlang sie mit den Augen. Im Gegensatz zu den anderen Frauenzimmern, die meinen Alptraum bevölkerten, war sie von Kopf bis Fuß bekleidet und trug immer noch ihren dreifachen Schleier.

»Mein Gott, was hat man Ihnen angetan? In welche Lage hat man Sie gebracht?«

Ich träumte nicht. Oder träumte ich? Diese fein modulierte Altstimme – keiner meiner Visionen war es bis dahin gelungen, sie so perfekt zu rekonstruieren. Ich hatte nur einen einzigen Wunsch, zu ihr zu stürzen, sie zu umarmen, herunterzureißen, was immer sich zwischen ihre und meine Haut schieben konnte... Dennoch wuchs mir aus irgendeinem Winkel meines Inneren die fürchterliche Entschlossenheit zu, mit meinen Verrenkungen aufzuhören und mit klagender Stimme zu stöhnen: »Einbrecher... Mörder... Ich flehe Sie an... Befreien Sie mich...«

Ein Teil von mir hatte sich in einer unzugänglichen Ecke verkrochen und beobachtete mit Schrecken diesen dämonischen Schachzug, während mein anderes Ich, unendlich mächtiger und gefährlicher, sich fragte, ob es die Kraft hätte, sich zu beherrschen, bis wenigstens eines der Handgelenke aus seiner Fessel gelöst war.

Wellen des Verlangens schlugen über mir zusammen, als die zarten Hände sich mit Holmes' komplizierten Knoten abmühten (er hatte zu diesem Anlaß meine Hosenträger und Sockenhalter benutzt, weil kein Seil zur Hand gewesen war).

»Dahinten... das Rasiermesser... auf der Kommode«, murmelte ich. Meine Kehle war wie zugeschnürt, und meine Muskeln zuckten unter der Anstrengung, die ich ihnen abverlangte.

Ihr verhülltes Gesicht war nur noch ein paar Zentimeter von meinem entfernt. Der Schleier konnte nicht verhindern, daß ich gierig ihren Atem und ihr Parfum einsog. Als das Rasiermesser über die ledernen Hosenträger knirschte, fühlte ich, daß sie mir gleich auf Gedeih und Verderb ausgeliefert sein würde; nur noch ein paar winzige Augenblicke, und ich konnte sie in meine starken Arme nehmen, mit einem Schwung an mich reißen und von all diesem überflüssigen Stoff befreien, der eine lächerliche Barriere für unsere Leidenschaft war.

Aber was war das? Warum diese Verzögerung? Was geschah da? Die Klinge des Bartmessers wollte aufhören zu schneiden, das Gesicht wich zurück. Woher kam diese heimtückische, rauhe Stimme, die unablässig leise wiederholte: »Fliehen Sie ... fliehen Sie ... Gefahr ... schrecklich ... Fliehen Sie ...« Woher kam es, daß das verschleierte Gesicht sich immer weiter zurückzog, wie von Entsetzen gepackt, daß die fleißigen Hände untätig wurden? Was war das für eine unheimliche Stimme, so schwach und trotzdem so gegenwärtig? Es war, wie ich plötzlich entdeckte, meine eigene Stimme! Sie drang aus meinem Mund, aus meiner Kehle, aus *mir*, vielmehr aus jenem Teil von mir, der noch menschlich war! Verstört vor Wut brachte ich sie zum Schweigen. In einer allerletzten Anstrengung zerriß ich die schon brüchig gewordene Fessel endgültig. Sie knallte wie eine Peitsche. Die Frau flüchtete schreiend, aber meine Reflexe waren nicht mehr die eines zivilisierten Wesens. Ich war schneller als sie. Der hintere Teil des Kleides zerriß unter meinen Fingern. Ich sabberte, brüllte vor Freude und zog sie dabei ruckweise zu mir heran, drückte sie an meine Brust, endlich meines Sieges sicher und taub gegenüber den entsetzten Protesten meines niedergeschmetterten Gewissens.

Um mich herum tanzten bedrohliche Schatten. Ich kümmerte mich nicht darum: Die Kratzer, die Fußtritte und Faustschläge, die Bisse – es waren lauter Zärtlichkeiten. Das Leder, das meine Beine und das andere Handgelenk festhielt, gab bald nach. Ich war frei. Frei! Endlich. Irrtum. Noch ein Schatten, undurchsichtig, bedrohlicher ... Was macht er? Wer wagt es, sich zwischen meine Beute und mich zu stellen? Ich schiebe ihn beiseite, aber er läßt nicht locker ... Meine Hand ist plötzlich in einen Schraubstock eingezwängt ... Irgend etwas sticht mich, ich schlage um mich, ich brülle vor Wut und Enttäuschung ... Und dann nichts mehr.

Erwachen

Als ich erwachte, saß Holmes an meinem Bett. Das Tageslicht, das durch die Vorhänge fiel, drang stechend in meine Augen. Nie hatte ich mich so niedergeschlagen und kraftlos gefühlt, außer vielleicht während meines Aufenthalts in den Zelten eines Feldlazaretts, wo ich vor vielen Jahren nach einer beinahe tödlichen Auseinandersetzung mit afghanischen Rebellen gelandet war.

Ich war nicht mehr gefesselt. Meine Handgelenke waren mit einer übelriechenden Salbe eingerieben worden, deren Wirksamkeit unzweifelhaft schien. Weder meine Glieder noch meine Haut juckten.

»Nun, Watson«, sagte Holmes mit einer leisen Stimme, die mir in den Ohren weh tat, »Sie kommen von einer langen Reise zurück...«

»Welche Arznei haben Sie mir verabreicht?« brummelte ich. »Und wie? Es dürfte nicht leicht gewesen sein, mit mir fertigzuwerden.«

»So ist es«, sagte er und zeigte mir sein verbundenes Handgelenk. »Eine einfache Verstauchung, beruhigen Sie sich... Aber Sie haben einem der Hotelkellner ein ordentliches Stück aus der Wade gebissen...«

»Großer Gott!« stöhnte ich. »Und was noch?«

»Sonst nichts Schlimmes, keine Angst. Ich habe alle reichlich entschädigt.«

»Und... die Frau?«

Holmes verfinsterte sich. »Welche Frau?«

»Die Frau mit dem Schleier! Der ich das Kleid heruntergerissen habe...«

»Einbildung, Watson, Einbildung. Gott sei Dank hatten Sie mit keiner einzigen Person des schwachen Geschlechts Kontakt. Falls Sie das Zimmermädchen meinen ...«

»Aber nein, Holmes! Sogar in meinem Delirium war ich in der Lage, den Unterschied zu merken! Lieber Gott, kann es sein, daß ich das alles geträumt habe? Wenn es nur wahr wäre ... Sie glauben nicht, wie mich das erleichtern würde. Wenn ich daran denke, was ich ihr angetan habe ... Oder vielmehr, was ich geglaubt habe, ihr ...«

»Genug, Watson, genug«, unterbrach Holmes schroff. »Reden wir nicht mehr darüber. Dieser Augenblick des Wahnsinns gehört der Vergangenheit an. Zumal ich der Hauptverantwortliche dafür bin.«

»Was wollen Sie damit sagen?«

»Ich war es schließlich, der Sie zu Bund geschickt hat, oder nicht? Versuchen Sie, sich auszuruhen und zu vergessen. Spätestens morgen sind Sie wieder auf den Beinen ...«

»Sie haben mir immer noch nicht gesagt, welche Arznei ...«

»Eine Morphiumzusammensetzung. Leider habe ich es nur in Sulfatform bekommen und mußte Ihnen eine Menge verabreichen, mit der man einen ganzen Gorillastamm einschläfern könnte. Immerhin besteht bei Sulfat keine Gefahr, daß Sie abhängig werden. Ich habe übrigens zwei Nadeln in Ihrem Unterarm abgebrochen, aber es war kein Problem, sie während Ihres Schlafes wieder herauszuholen. Sind Sie zufrieden?«

»Wie sollte ich es nicht sein?» sagte ich mit höhnischem Lachen.

»Ich habe für Sie einen Platz im Zug nach London gebucht.«

»Wie bitte?« sagte ich und richtete mich auf.

»Ich finde, ich habe nicht das Recht, Ihre Mitarbeit noch länger in Anspruch zu nehmen. Dieser unglückselige Unfall ...«

»Kommt überhaupt nicht in Frage!« brüllte ich. »Gerade nach dem, was vorgefallen ist, habe ich eine persönliche Rechnung mit Gruz' Mörder zu begleichen. Er ist der Hauptverantwortliche, mehr noch als dieser Schwachkopf Bund!«

»Verrückt sicherlich, aber kein Schwachkopf«, korrigierte Holmes. »Wirklich, Watson, wenn hier jemand zu tadeln ist, dann bin ich es. Und ich wäre Ihnen dankbar, wenn Sie Ihren Entschluß noch einmal überdenken und diesen Zug nehmen würden. Falls Sie lieber einen Abstecher über Paris oder Genf machen wollen, um sich ein wenig zu zerstreuen, bevor Sie ...«

»Bestehen Sie nicht darauf. Oder ich habe guten Grund zu der Annahme, daß Sie mich ausschalten wollen.«

Zum ersten Mal schien Holmes verlegen. Er zuckte die Achseln und griff nach seiner Pfeife.

»Wie Sie wollen», sagte er mit einer Grimasse. »Wenn ich Ihren Wutanfall betrachte, frage ich mich, ob die Wirkungen des Bundschen Wundergebräus schon völlig abgeklungen sind ...«

»Meinen Sie das, was Sie da sagen?«

»Beunruhigen Sie sich nicht. Es besteht keine Gefahr mehr für Sie. Sobald Sie sich rasiert haben, werden die letzten Spuren des kleinen Dramas beseitigt sein.«

Ich fuhr mechanisch mit den Fingern über Wangen und Kinn. Wie war das möglich? Es war kaum zwölf Stunden her, daß ich mich rasiert hatte, und meine Haut war von einem Dreitagebart bedeckt, der so dicht und stachelig wie eine harte Bürste war.

»Was beweist Ihnen, daß ich geheilt bin?«

»Soll ich nach dem Zimmermädchen läuten?«

»Nein! Sie sind verrückt!«

Merkwürdigerweise suchte mich bei diesem Gedanken keinerlei scheußliche Vision heim. Vorsichtig versuchte ich, mich an die ungefällige Gestalt zu erinnern. Es gelang mir ziemlich gut, ohne daß ich dabei den geringsten Schub eines ungesunden Verlangens verspürte.

»Da sehen Sie es«, sagte Holmes, der mein Mienenspiel aufmerksam verfolgt hatte.

»Sehr gut. Sie haben recht. Läuten Sie nach ihr.«

»Meine Herren?« fragte sie beim Eintreten und sah uns, leicht erstaunt über unser Schweigen, nacheinander an.

»Wären Sie bitte so freundlich, einen Augenblick in diesem Zimmer auf und ab zu gehen?« fragte Holmes sie.

Sie warf ihm einen verwirrten Blick zu, errötete vor Zorn und stieß ein paar empörte Knurrlaute aus, die unüberhörbar deutsch klangen. Ich beugte mich vor, betrachtete eingehend ihre Fesseln, ihren Oberkörper, ihr langes Pferdegesicht und erforschte dabei meine Sinne, ob noch irgendein Anzeichen für einen Rückfall in die Krise vorhanden war. Zu meiner unendlichen Erleichterung empfand ich nur große Gleichgültigkeit, in die sich, Gott weiß, warum, eine vage Enttäuschung mischte.

»Sie können ihr sagen, daß sie gehen soll«, murmelte ich. »Sie hatten recht. Ich bin geheilt.«

»Sind Sie auch ganz sicher?«

»Wenn Sie meine Wiederherstellung beschleunigen wollen, sehe ich nur eine Möglichkeit, Holmes.«

»Was meinen Sie?«

»Fahren Sie mit dem Bericht über Ihre Untersuchung fort.«

Die Olympia-Akademie

»Auf der kurzen Strecke vom Patentamt zur Wohnung des Ingenieurs (wo seine Frau wartete), machten es sich die jungen Leute zur Aufgabe, mein Beobachtungstalent auf die Probe zu stellen, Watson, und zwar auf Kosten der Passantinnen und Passanten, wie auch ihrer selbst. So konnte ich ihnen sagen, was sie bereits wußten, nämlich daß der Inspekteur Einstein glücklicher Vater eines Kleinkindes ist (die Breiflecken auf seinem Ärmel waren ein untrügliches Zeichen), daß seine Gattin dunkelhaarig ist, daß Herr Besso gerade geheiratet hat (er berührt unablässig seinen Ehering, knickt und streckt den Ringfinger, weil er sich noch nicht ans Tragen gewöhnt hat), daß Herr Solovine rumänischer Abstammung ist und noch viele weitere Einzelheiten, die mir im ersten Augenblick einleuchtend erschienen, die ich aber ehrlich gestanden schon wieder vergessen habe. Sie können sich nicht vorstellen, wie sehr diese einfachen Schlußfolgerungen sie begeistert haben, zumindest solange ich die nicht weniger einfachen Beobachtungen verschwiegen habe, die mir erlaubt hatten, dahin zu gelangen. Ja, Watson, genau wie Sie, nur daß sie nicht aufhörten, mich über meine Methode und die ihr zugrunde liegende Theorie zu befragen. Diese Fundamentalisten geben sich nicht mit der Oberfläche der Dinge zufrieden, Watson. Wirklich wißbegierige junge Leute sind das!«

Während ich Holmes zuhörte, konnte ich nicht umhin, mich zu fragen, warum er dem Trio gefolgt war. Mir war nicht recht klar, wobei sie ihm helfen könnten. Hatte er es lediglich getan, weil er ein ihm ergebenes Publikum schätzte?

»Ehe Sie mir Eitelkeit vorwerfen«, fuhr Holmes fort, als ob er direkt in meinen Gedanken gelesen hätte, »gestehe ich Ihnen, daß ich drei gute Gründe hatte, sie zu begleiten. Primo: Ihrer lässigen Haltung und ihrer Leidenschaft für die Philosophie zum Trotz verstehen es diese jungen Leute besser als jeder andere, eine falsche Erfindung von einer richtigen zu unterscheiden, einen Scharlatan und einen Wissenschaftler auseinanderzuhalten. So eine Gabe kann uns nützen. Secundo: Ich hatte zum ersten Mal das Glück, Menschen zu begegnen, die sich mehr für Prinzipien und Verknüpfung von Gedankengängen als für Ergebnisse an sich und spektakuläre Einzelheiten interessieren.« (Ich habe mich gehütet, auf den impliziten Vorwurf zu reagieren.) »Der Inspekteur Einstein hat mir übrigens seine Unterstützung zugesichert unter der Bedingung, daß ich ihn an unseren Untersuchungen beteilige. Die drei jungen Leute haben mit Freunden einen Diskussionskreis gegründet, den sie Olympia-Akademie getauft haben. Dort wird jedes neue Experimentierfeld begrüßt.«

»Ein Club?«

»Wenn Sie damit einen Saal meinen, in dem man sich versammelt, um Zigarren zu rauchen, Zeitung zu lesen und sich so selten wie möglich miteinander zu unterhalten, liegen Sie ganz falsch. Ich habe noch nie Leute gesehen, die so bereitwillig alle Augenblicke debattieren, ganz gleich worüber. Alle Auffassungen sind willkommen. Einsteins Frau hat ebenfalls Mathematik studiert und beteiligt sich zwischen zwei Fläschchen sehr rege...«

»Das hat tatsächlich keine Ähnlichkeit mit meiner Vorstellung von einem Club. Und diesmal waren Sie das Diskussionsthema?«

»Nicht wirklich. Es handelte sich eher um die Beziehungen zwischen Wirklichkeit und Theorie. Und auch darum, wie man am besten zur Entdeckung dieser Theorien gelangt. Das Ganze gestützt auf Kriminalrätsel.«

»Welche?«

»Wir sind bei allgemeinen Darlegungen geblieben... Ich hätte Angst, Sie zu langweilen, Watson, wenn ich die Sache weiterverfolgte. Außerdem bin ich nicht sicher, ob bei Ihrem Zustand eine Lektion über Intuition und Logik angezeigt ist...«

»Wenn Sie die Güte hätten, auf konkreteres Gelände zurückzukehren, bestünde für mich vielleicht eine kleine Chance zu begreifen«, stellte ich bissig fest.

»Wie Sie wollen, Watson ... Den jungen Leuten zufolge gibt es mehrere Formen der Intuition: Zunächst die klassische, die an die Sinne und die Vorstellungskraft appelliert. Von ihr profitieren alle Menschen, die ein Minimum an Empfindungsvermögen besitzen und fähig sind, sich auch in anderes als die unmittelbare Realität zu versetzen. Aber es gibt noch eine weitere. Sie ist wissenschaftlicher und besteht in der Verallgemeinerung durch Induktion, die sich genau nach den Methoden der experimentellen Wissenschaften richtet ... Nehmen wir unseren Fall: Ihr ausgezeichneter Bericht und der Artikel in der Berner Zeitung haben mir eine gewisse Anzahl von Tatsachen geliefert, die ein einigermaßen vollständiges Bild ergeben, selbst wenn das Motiv für das Verbrechen im Augenblick noch verborgen ist. Halten wir einige davon fest: Herr Gruz war angeblich Wissenschaftler, er ist ertrunken, man hat ihn in einer wässrigen Lösung gefunden, die Temperatur dieser Lösung lag um 37° usw.«

»Sie vergessen das Wichtigste: Gruz war ein harmloser Mensch, er hatte keine Feinde ...«

»Nein, Watson! Der wissenschaftliche Geist beschränkt sich darauf, von einfachen, direkt zugänglichen und nachprüfbaren Fakten auszugehen. Wenn Sie den schlichten Satz ›Gruz hatte keine Feinde‹ aussprechen, ist das eine unzulässige Verkürzung! Diese scheinbar gerechtfertigte Aussage umfaßt eine gewaltige Menge von Gegebenheiten, die eine nach der anderen überprüft werden müßten, bevor man – Irrtum ausgeschlossen – behaupten kann: Gruz hatte keine Feinde. Sind Sie mir bis dahin gefolgt?«

»Es ist Ihnen noch nicht gelungen, mich abzuhängen.«

»Einige der Fakten, die ich genannt habe, sind miteinander verbunden. Zum Beispiel hat man Gruz untergetaucht gefunden, und seine Lungen waren von der Lösung getränkt. Das zeigt mit einem geringfügigen Interpretationsspielraum, daß er in seiner Flasche ertrunken ist und der Schlag auf den Kopf ihn lediglich bewußtlos machen sollte.«

»Aber das Ganze liegt doch auf der Hand!«

»Geduld, Watson! Es gibt Tatsachen, die aussehen, als ergebe sich die eine aus der anderen, aber es gibt auch widersprüchliche Fakten, oder besser gesagt, allem Anschein nach widersprüchliche. Zum Beispiel: Die Untersuchung der Eingeweide beweist, daß die Verdauung ungefähr zwölf Stunden vor seiner Entdeckung ausgesetzt hat, er also zu diesem Zeitpunkt gestorben ist; das Thermometer (es funktionierte einwandfrei, das ist überprüft worden) zeigte jedoch eine Temperatur von ungefähr 37°C an, als er gefunden wurde. Logisch wäre doch, daß sich Gruz' Temperatur und die der Flasche nach zwölf Stunden auf 17°C eingestellt hätten, das heißt, auf die Temperatur des Zimmers, selbst wenn die Flasche eine doppelte Wand gehabt hätte!«

»Das ist in der Tat merkwürdig. Es sei denn, die Chlorlösung hätte die Eigenschaft, Wärme zu konservieren...«

»Ganz heiß, Watson! Aber soweit sind wir noch nicht. Die Logik gestattet uns, den Finger auf einen Widerspruch zu legen. Lassen wir die induktive Intuition ihre Arbeit tun! Was ist diese Calciumdichloridlösung? Wie erhält man sie Ihrer Meinung nach?«

»Ich habe nicht die leiseste Ahnung.«

»Das ist in Wirklichkeit ziemlich einfach. Selbst der unbedarfteste Chemiestudent könnte es Ihnen vorführen: Sie lösen Calciummonoxydkristalle in einer Chlorwasserstofflösung auf. Das Chlor der Chlorwasserstofflösung und das Calcium verbinden sich und werden zu Calciumdichlorid. Durch diese chemische Umwandlung wird unvermeidlich Wärme freigesetzt. Nachdem Sie Ihre Reise zum europäischen Festland angetreten hatten, habe ich ein kleines Experiment gemacht: Ich habe eine Hammelkeule genommen – sozusagen statt Herrn Gruz – und sie auf die menschliche Körpertemperatur vorgewärmt. Dann habe ich sie in eine Säurelösung getaucht und anschließend die Kristalle hinzugefügt! Nach zwölfstündigem Mazerationsprozeß waren die Ergebnisse außerordentlich ermutigend. Die Temperatur hatte sich praktisch nicht verändert! Diese überraschenden Resultate haben mich bewogen, sofort zu Ihnen zu fahren.«

»Der Mörder soll diese Verbindung selbst fabriziert haben, um Gruz darin zu ertränken und die Kriminalpolizei über den genauen Todeszeitpunkt seines Opfers zu täuschen? Das ist absurd!«

»Selbstverständlich, weil der Gerichtsmediziner diesen Trick auf lächerlich einfache Weise durchkreuzt hat. Nein, ich kann nicht glauben, daß der Mörder diese Absicht gehabt hat. Er ist kein Idiot. Es geschah auch nicht, um Gruz in der Säure aufzulösen, denn die Lösung war gerade konzentriert genug, um den Schleimdrüsen die Farbe zu entziehen... und außerdem hätte der Mörder auf jeden Fall eher Zitronen- oder Schwefelsäure benutzt... Nein. Ein anderer, zwingenderer Grund liegt vor.«

»Ich nehme an, Ihre induktive Intuition hat ihn gefunden?«

Holmes schüttelte langsam den Kopf.

»Intuition ist keine Zaubermethode, Watson. Aber es scheint mir... An diesem Punkt verlasse ich den Bereich der Fakten und wende mich Hypothesen zu, der Intuition im klassischen Sinn, wenn Ihnen das lieber ist. Es scheint mir, daß es eine Notwendigkeit geben muß, wenn jemand sich solche Mühe macht... Ein Bedürfnis... Etwas, das für den Mörder noch wichtiger war als Gruz' Tod...«

Holmes war aufgestanden. Er ging mit großen Schritten im Zimmer auf und ab, die Arme hinter dem Rücken verschränkt. Obwohl er laut weitersprach, hatte er meine Anwesenheit vergessen. Ich hütete mich, ihn daran zu erinnern.

»Es ist lächerlich«, monologisierte er. »Ein schlechter Studentenstreich, ein Jux, der übel ausgegangen ist... Oder eine empörende Art und Weise, sich über Herrn Gruz bis zum Tode lustig zu machen... oder eine perverse Art und Weise, sich an die Lebenden zu wenden... an Gruz' Kollegen. War vielleicht die Methode in diesem Fall wichtiger als der Mord?«

Mit dieser letzten, geheimnisvollen Befragung verstummte er, griff wieder zu seiner Pfeife, klopfte mit dem Pfeifenkopf zerstreut gegen die beschlagene Fensterscheibe, so daß sich ringsherum die Asche verteilte. Plötzlich heftete er den Blick auf einen Punkt weiter unten. Seine Mundpartie verkrampfte sich wie bei einem heftigen Wutanfall.

»Ich muß jetzt gehen«, sagte er und drehte sich rasch zu mir um. »Ich habe gerade gedacht... Ich komme später wieder, um zu hören, was es Neues gibt. Erholen Sie sich, Watson!«

»Warten Sie! Vorhin haben Sie gesagt, Sie hätten sich aus drei Gründen für die jungen Leute im Patentamt interessiert. Wie lautet der dritte?«

»Später, Watson, später!«

Sobald er das Zimmer verlassen hatte, lief ich ans Fenster, obwohl meine Beine von der Arznei noch gefühllos waren. Dick eingemummte Passanten hasteten durch den kalten Nordwind. Eine Maronenhändlerin stampfte mit den Füßen auf den Boden und sortierte ihren Kram... Nicht der geringste verdächtige Anblick.

Als ich zu meinem Bett zurückging, bemerkte ich auf dem weißen Bettuch einen dunklen Fleck, der eckig und unregelmäßig geformt war. Es war kein Fleck, wie ich beim Anfassen feststellte, sondern ein seidener Stoffetzen. Von gräßlicher Furcht gepackt, rieb ich ihn zwischen den Fingern, roch daran. Kein Zweifel: Im Gewebe haftete noch das Parfum meiner geheimnisvollen Besucherin. Eiskalter Schweiß brach mir aus allen Poren. Holmes hatte gelogen. Sie war kein Wesen aus meinem Delirium. Sie war hier gewesen, und zwar auf dem Höhepunkt meiner Krise. Herr im Himmel, was hatte ich getan? War Holmes rechtzeitig gekommen, um das Schlimmste zu verhindern?

Ein exaltierter junger Mann

In verzweifelter Raserei ging ich daran, das Zimmer und besonders das Bett zu durchsuchen. Zentimeter für Zentimeter durchforstete ich die Tagesdecke, zerwühlte die Laken, die Überzüge, nahm die Kopfkissenbezüge ab, hob die Matratze hoch, schob den Bettrost von der Wand, um an den Fußboden zu gelangen, untersuchte jede Teppichfaser.

Am Ende dieser Nachforschungen stand ich keuchend da und starrte mit verlorenem Blick auf meine magere Ausbeute: Außer dem seidenen Stoffetzen gab es noch drei Haare, ein blondes und zwei braune, zu lang, um von einem Mann zu stammen, fünf Haarklammern (davon zwei gleiche), ein Taschentuch mit Initialen, aber an der Ecke so gründlich zerrissen, daß lediglich ein geheimnisvolles I übriggeblieben war (es war mit dem gleichen leichten Parfum getränkt wie das Stück Stoff); eine kleine, etwas verbogene Metallschnalle, die Teil einer Befestigung für weibliche Garderobe sein *konnte;* ein winziges Stück violetter Gaze (ein Ende des Schleiers?). Gott sei Dank fanden sich weder auf den Bettüchern noch auf den Bezügen sonderlich aufschlußreiche Spuren, so daß mir die allergrößte Bestürzung erspart blieb. Aber daß sie nicht vorhanden waren, bewies noch gar nichts... Und wem gehörten diese Dinge? Ihr? Oder waren es die Hinterlassenschaften anderer Gäste? Die Haare? Ich kannte nicht einmal die Haarfarbe der Unbekannten. Ich nahm das blonde, knickte es, zog daran, drückte es zwischen zwei Fingernägeln zusammen und ließ danach den beiden braunen die gleiche Prozedur angedeihen. Sie rollten sich ein wie Spiralfedern, während das blonde steif geblieben war, was zu beweisen schien, daß die braunen jüngeren Datums waren. Im übrigen waren sie gewellter, glänzten stärker im Licht und waren weniger brüchig. Nichts bewies, daß sie nicht einem weiblichen Hotelgast oder einem Zimmermädchen gehörten... Und die kleine Schnalle aus Weißmetall? Hatte eine Frau sie in Eile von einem Korsett oder einem Strumpfband abgerissen, oder war es... Ich erschauerte, wenn ich mir vorstellte, oder besser, versuchte, mir nicht vorzustellen, was dieses schlichte Metallteil bedeuten konnte.

Angesichts gewisser Ereignisse, gewisser empörender Möglichkeiten weicht der Geist lieber betroffen vor Entsetzen zurück, als daß er sich der vernichtenden Wirklichkeit stellt; er flüchtet sich dorthin, wo er eine Chance zu finden glaubt, seine Integrität zu wahren. Das war die einzig plausible Erklärung für die betonte Lässigkeit, mit der ich beschloß, den seidenen Stoffetzen und meine anderen Fundstücke zu verbrennen. Man kann mich gefühllos, ja materialistisch nennen, aber hatte ich die Wahl? Indem ich mich bemühte, diese dramatische Episode auszulöschen, hegte ich die winzige Hoffnung, Holmes könnte rechtzeitig eingeschritten sein. Ich hatte nur den einen Wunsch, daß die Unbekannte mir nie wieder begegnen würde.

Ich fragte mich, wohin Holmes mit solcher Eile verschwunden war. Es war sinnlos, sich in Vermutungen darüber zu verlieren. Das wußte ich aus Erfahrung; aber hier, in diesem Zimmer eingesperrt, konnte ich nicht mehr warten. Ich mußte handeln, mußte Körper und Geist beschäftigen. War das eine Nachwirkung des Giftes? Sobald ich meine Gedanken auf unseren Fall konzentrierte, auf die Ereignisse, die Begegnungen und Unterredungen, die ich gehabt hatte, kam mir alles wieder mit vollkommener Klarheit ins Gedächtnis. Alles, was sich bis jetzt abgespielt hatte – ausgenommen die schrecklichen letzten Stunden –, tauchte auf und breitete sich vor mir aus. Ich brauchte nur aus dieser verschwenderischen Fülle zu schöpfen, um den einzuschlagenden Weg zu finden.

Eine erste Schlußfolgerung zeichnete sich in diesem Durcheinander ab: Wie konnte Holmes die Spur, die sich mit der Stuffington-Erbschaft bot, so vollständig außer acht lassen? Das war bisher das einzige Motiv (und was für ein Motiv!), mit dem Gruz' Ermordung erklärbar wurde.

Vielleicht interessierte diese Spur meinen berühmten Freund

zu Recht nicht. Für mich, der ich keine sechsunddreißig Formen der Intuition kannte, war es unerläßlich, dem Weg des gesunden Menschenverstandes zu folgen. Mein Pech, wenn er nirgendwo hinführte. Und falls sich Holmes durch ein ungewöhnliches Zusammentreffen täuschte, wäre ich sehr stolz, ihm zu beweisen, daß der Schüler den Meister ausgestochen hatte.

Gerade als ich meinen Mantel nehmen wollte, klopfte es an der Tür. All meine Schrecken stellten sich mit furchtbarer Heftigkeit wieder ein. Ich war so verwirrt, daß ich mit den Blicken sogar nach einem Platz suchte, an dem ich mich verstecken konnte. Wenn das nun die Frau war?

Eine Regung von Stolz forderte meinen Widerstand heraus. Ich würde mich nicht von meinen Alpträumen überwältigen lassen. Andernfalls blieb mir nur die Heimfahrt nach London. Es konnte nicht die Unbekannte sein; ihre Rückkehr nach der Erfahrung, die sie gemacht hatte, wäre geradezu schwachsinnig. Meine Angst und dieser Ansatz von Überlegung ließen mich nicht mehr als ein paar Sekunden zögern. Ich holte tief Luft und beschloß, meinem unbekannten Besucher die Stirn zu bieten.

»Herein!« rief ich mit fester, sicherer Stimme.

Die Tür wurde leise geöffnet. Auf der Schwelle erschien ein kleiner Mann mit dichtem, blondem Haar, den sanften Augen des Kurzsichtigen und gebeugten Schultern. Der unerwartete Anblick verschaffte mir auf Anhieb eine gewaltige Erleichterung.

»Verzeihen Sie mir diesen Überfall«, sagte der Mann mit schriller Stimme und leicht österreichischem Akzent. »Bin ich hier richtig bei Doktor Watson?«

»In der Tat«, sagte ich so herzlich, daß er überrascht schien. »Mit wem habe ich die Ehre?«

»Doktor Watson, der Herrn Holmes', Herrn Sherlock Holmes' Freund und Vertrauter ist?« vergewisserte er sich.

»So ist es, aber...«

»Darf ich einen Augenblick hereinkommen?«

Statt einer Antwort trat ich beiseite und schloß die Tür hinter ihm.

»Oh«, sagte er, »tut mir leid, ich habe mich nicht vorgestellt!«

Er schlug die Hacken zusammen und verbeugte sich zu einem typisch deutschen Gruß.

»Friedrich Adler, Philosoph, Physiker, Sozialist.«
»Adler? Ihr Name ist mir nicht unbekannt.«
»Tatsächlich?«
Er errötete, als ob meine harmlose Bemerkung ihn verunsichert hätte.
»Sie denken bestimmt an Victor Adler, den berühmten österreichischen Psychiater und sozialdemokratischen Parteiführer, nicht wahr?«
»Schon möglich«, räumte ich ein, obwohl das nicht der Fall war.
»Das ist mein Vater. Ein bemerkenswerter Mann.«
Mit dieser Beteuerung verstummte er.
»Daran zweifle ich nicht«, fuhr ich fort und ergänzte, angesichts seines Schweigens bemüht, ihm über seine Schüchternheit hinwegzuhelfen: »Kann ich etwas für Sie tun? Kommen Sie im Auftrag Ihres Vaters?«
Er fuhr zusammen.
»Ganz gewiß nicht! Ich möchte – ich möchte mit Herrn Sherlock Holmes sprechen!«
Da Holmes mir keine Anweisungen hinterlassen hatte, zögerte ich. Sollte ich zugeben, daß er in Bern war, und diesem jungen Mann versprechen, ihn so bald wie möglich von seiner Bitte zu unterrichten? Oder sollte ich kategorisch leugnen, daß sich Holmes in der Stadt aufhielt? Ich entschied mich für den Mittelweg.
»Im Augenblick kann ich ihn nicht erreichen, aber wenn ich Kontakt mit ihm habe, werde ich ihm Ihren Wunsch sogleich übermitteln.«
Er schüttelte den Kopf, als ob er nie damit gerechnet hätte, soviel zu erreichen.
»Ich bin Ihnen unendlich dankbar, Doktor Watson, und bitte verzeihen Sie mein Eindringen.«
»Woher wußten Sie, daß ich in Bern und überdies im Bristol bin?«
»Das war keine Schwierigkeit, Herr Doktor Watson«, sagte er und blickte zur Tür. »Sie sind schließlich bekannt...«
»Könnten Sie mir einen kleinen Hinweis geben, aus welchen Gründen Sie Sherlock Holmes zu sprechen wünschen?«
»Ich bin ein revolutionärer Sozialist.«

»Das ist ja sehr interessant, aber mir ist nicht klar, worin ...«

»Doch!« rief er plötzlich mit fiebrigem Blick und so heftig, wie es nur die Schüchternen können. »Darauf kommt alles an! Sie sind wie mein Vater, Sie möchten mich am liebsten für überspannt, was weiß ich, für verrückt halten! Sind Sie vielleicht Psychiater wie er, Herr Doktor Watson?«

»Aber keine Spur.«

»Um so besser! In diesem Fall sind Sie bestimmt empfänglich für den gesunden Menschenverstand, genau wie Ihr Freund. Sie werden zugeben, daß Gruz' Tod neben dem Tausender hingemordeter Arbeiter bedeutungslos ist, und Ihre Talente anderswo einsetzen.«

»Was wissen Sie über die Ermordung von Herrn Gruz?« sagte ich leise und stellte mich unauffällig zwischen die Tür und ihn.

»Was gibt es da zu wissen? Ein alter Exzentriker stirbt, das passiert jeden Tag! Ist das ein Grund, hier herumzuschnüffeln? Wissen Sie, was in diesem Augenblick in Rußland vorgeht? Und vielleicht bald in Deutschland, in Frankreich, in Österreich und sogar in Ihrem guten alten England, Herr Doktor Watson, überall nämlich, wo die unbarmherzige Ausbeutung des arbeitenden Volkes sich auf Regierungen stützt, die unter einer Decke stecken und korrupt sind! Wer hat Sie beauftragt, über diesen Mord Nachforschungen anzustellen? WER? Ich bestehe darauf, daß Sie antworten!«

Es gab keinerlei Ähnlichkeit mehr zwischen dem sanften jungen Mann, der vor zehn Minuten hereingekommen war, und diesem Hitzkopf, der reif war für die Zwangsjacke. Ich wußte nicht recht, wie ich mich verhalten sollte, und war stark geneigt, ihn am Kragen zu packen und auf den Flur hinauszusetzen. Aber war es nicht besser, ihn dazubehalten, bis Holmes eintraf, vorausgesetzt, er ließ nicht zu lange auf sich warten? Bei meinem Zustand depressiver Müdigkeit war mir nicht danach zumute, diese Manieren und diesen Ton noch sehr viel länger zu ertragen.

»Vielleicht ist Holmes gleich da«, sagte ich in dem Versuch, ihn zu beruhigen. »Er wird Ihnen Rede und Antwort stehen.«

Der junge Mann betrachtete mich mit einer beunruhigenden Mischung aus Mißtrauen und Abneigung.

»Sie reden doch Unsinn! Vorhin wußten Sie nicht, wo Sie ihn

erreichen, und jetzt behaupten Sie, er käme gleich... Ich habe hier nichts mehr zu tun! Richten Sie ihm nur aus, was ich Ihnen gesagt habe. Er soll den Fall Gruz vergessen!«

»Ist das eine Drohung?«

»Nein, Herr Doktor Watson, eine ehrlich gemeinte Warnung. Sie wissen nicht, wohin Sie hier geraten sind. Seit den Ereignissen in Sankt Petersburg sind alle Revolutionäre in Bern und Zürich in Aufruhr. Die geringste Provokation kann verheerende Folgen haben. Und jetzt lassen Sie mich durch.«

Ich trat unwillig zur Seite. Was sollte ich sonst tun? Ich war mit keinerlei Vollmacht ausgestattet, auch wenn mir dieser junge Mann höchst verdächtig erschien, und wollte keinen Skandal dadurch riskieren, daß ich ihn festhielt.

»Einen Augenblick noch!« sagte ich, als er die Tür öffnete.

»Ja? Habe ich mich nicht deutlich genug ausgedrückt?« sagte er ironisch und begab sich dabei wohlweislich außer Reichweite.

»Wissen Sie, wer Herrn Gruz umgebracht hat?«

Er wurde bleich. Für den Bruchteil einer Sekunde wich sein Blick zur Seite aus. Aber als er antwortete, klang seine Stimme fest: »Darüber weiß ich nichts. Das geht weder mich noch Sie etwas an, Herr Doktor Watson. Adieu.«

Wuppens Liste

Da ich stets langsam reagiere – das ist typisch für mich –, mußte der junge Mann erst verschwunden sein, bis ich mich verwünschte, daß ich nicht versucht hatte, ihn unter irgendeinem Vorwand festzuhalten. Wenn es der Mörder war, den ich dummerweise hatte gehen lassen, würde ich mir deswegen für den Rest meines Lebens Vorwürfe machen. Und selbst wenn dieser Adler kein Mörder war, hatte er nicht bewiesen, daß er erheblich mehr darüber wußte, als er mir hatte sagen wollen? Im günstigsten Fall handelte er als Bote, als Bote einer Person, die sich – zu Recht – von Holmes und mir bedroht glaubte.

Es blieb nur ein Ausweg, und der war ungewiß: Ich mußte ihm folgen und sehen, wohin er ging, bevor er in einem der engen Altstadtgäßchen untertauchen konnte.

Ein kurzer Blick aus dem Fenster genügte, um die kleine, vorgebeugte Gestalt zu erkennen, die auf dem gegenüberliegenden Bürgersteig eilig dem Bundesplatz zustrebte.

Einige Augenblicke später hatte ich mich an seine Fersen geheftet. Fast unsichtbare Schneeflocken besprenkelten mein Gesicht. Ich atmete mit Genuß die eiskalte, vom Wind durchtoste Luft ein und dachte für eine Weile nicht mehr an die Schrecken des Vortages. Die grauen Nebel meiner depressiven Anwandlung rissen auf, wurden von den sauerstoffgesättigten Sturmböen weit fortgetragen. Eine vollkommen ungerechtfertigte Lachlust überkam mich plötzlich, als ich sah, daß der junge Adler, so mißtrauisch er auch war, überhaupt nicht auf den Gedanken kam, man könnte ihm folgen. Er schritt ordentlich aus, fast im Trab, und warf keinen Blick hinter sich. Seine schmächtige Gestalt krümmte sich unter dem Nordwind, der

Saum seines langen, braunen Umhangs peitschte seine Waden. Kurz vor dem großen Platz bog er unvermittelt nach Norden ab. Die Berner Altstadt ist geformt wie eine ausgestreckte Zunge, die in der Horizontalen nach Osten zeigt, sich zur Spitze hin leicht einrollt und mit Ausnahme der Wurzel von der Aare umgeben ist, wie es sich gehört. Auf diesem großen, querverlaufenden Platz, dem Bärenplatz, waren trotz der Kälte noch viele Passanten unterwegs. Mehrmals verlor ich Adler beinahe aus den Augen, so entschieden und rasch schlängelte er sich durch die Menschenmenge, flink und nicht zu fassen wie ein furchtsames Tier im Schatten eines Unterholzes. Gott sei Dank bin ich, wie Holmes unterstrichen hatte, gut zu Fuß und nicht so leicht zu schlagen. Ungeachtet meines jüngst erlittenen Schwächeanfalls und der Pferdearznei, die mir mein berühmter Freund verabreicht hatte, fühlte ich mich so kräftig wie selten. Kein Krampf, keine Atemnot, nicht das geringste Seitenstechen hemmten meinen Gang, während Adler sechzig Meter vor mir allmählich langsamer wurde. Er blieb plötzlich stehen, weil er ohne es zu merken im Vorbeigehen einen dicken Mann angerempelt hatte. Zum Glück hatte ich seine Bewegung vorhergesehen und flüchtete unter einen Vorbau, bevor er den Kopf wenden konnte. Seine verwirrte Miene verriet mir, daß dieses Zögern nicht der Befürchtung entsprang, verfolgt zu werden, so wie auch sein schnelles Tempo kein Zeichen dafür gewesen war, daß er mir entkommen wollte: Ihn bestimmten einzig Nervosität und Unsicherheit. Über die paar hundert Meter, die er im Laufschritt zurückgelegt hatte, hatten sich seine Ungeduld und seine Wut anscheinend erschöpft; er wußte nicht mehr, was er tun sollte. Bis jetzt hatte ich ihn als einen entschlossenen, ja gefährlichen Gegner betrachtet. Sein Zögern ließ ihn verwundbar erscheinen und nahm seinen Drohungen einen guten Teil ihres Gewichts.

Er zog eine dicke Uhr unter seinem Umhang hervor und warf einen ratlosen Blick darauf. Dann entschied er sich für eine Gasse und ging dort in ein Café. Ich trat näher. Durch die beschlagene Scheibe sah ich, daß er sich an einen Tisch setzte und ein Heft aus seiner Tasche holte, in das er sogleich mit nervöser Hand zu schreiben begann.

Mir wurde von Minute zu Minute kälter, da ich nicht in das

Café einzutreten wagte, aus Furcht, er könnte mich erkennen. Ich wollte schon aufgeben, als eine Gruppe von jungen Leuten, eingemummt in weite Überwürfe, in das Café drängte und Adlers Tisch umringte.

Es entspann sich eine lebhafte Unterhaltung, an der der junge Mann sich aktiv zu beteiligen schien. Wer waren diese Leute? Ich versuchte, ihre Gesichtszüge in meinem Gedächtnis festzuhalten wie auf einer photographischen Platte (damit mein Bericht nicht mit diesen Ungenauigkeiten behaftet war, die Holmes in Wut brachten), und trat den Rückweg zum Hotel an. Meine Nase und die Füße waren in beklagenswertem Zustand.

Obwohl der Wunsch, meine eingefrorenen Glieder vor einem ordentlichen Feuer aufzuwärmen, mich mehr und mehr ausfüllte, hatte ich eine starke Abneigung dagegen, mein Zimmer, das Zentrum meiner Alpträume, aufzusuchen. Unsinnigerweise hatte ich den Eindruck, daß die Ungeheuer, die sich ganz hinten in meinem Kopf verkrochen hatten, auf meine Rückkehr warteten, um mich in eine neue Krise zu stürzen. Nicht Abenteuerlust, sondern diese Furcht war es – das muß ich in aller Bescheidenheit zugeben –, die mich antrieb, meinen ursprünglichen, durch Adlers unerwartetes Auftauchen verschobenen Plan wiederaufzunehmen: Ich wollte unsere Untersuchung durch eine entscheidende Tat voranbringen.

Wuppen hatte nicht mit meinem Besuch gerechnet. Er gab sich sogar den Anschein, als würde er mich nicht wiedererkennen, obwohl es meinem erfahrenen Blick natürlich nicht entging, daß er sich ganz genau an mich erinnerte. Seine gesunde Gesichtsfarbe sah noch gesünder aus als bei unserer ersten Begegnung, und sein weißer Backenbart sträubte sich wie ein Hahnenkamm.

»Herr Watson«, sagte er, als er mich nicht in sein gemütliches Büro, sondern in den verstaubten Raum führte, der eine Mischung aus Bibliothek und Wartezimmer war, »hatten Sie nicht behauptet, Sie seien Journalist? Inspektor Spengkler ist soeben gegangen, er hat mir von Ihnen erzählt. Ich bedaure, daß Sie gemeint haben, mir Ihre Tätigkeit für einen Detektiv verheimlichen zu müssen, und ich sehe nicht...«

»Verzeihen Sie mir diese Unterlassungssünde, Herr Wuppen«, sagte ich so reumütig, wie ich nur konnte. »Es war nicht meine Absicht, Ihnen eine Falle zu stellen. Ich wollte lediglich umständliche Erklärungen vermeiden, zumal ich ebensowenig wie Sie weiß, warum mein berühmter Freund Sherlock Holmes sich so sehr für den Tod Ihres bedauernswerten Kollegen interessiert.«

»Schon gut, schon gut! Ich schätze es nur nicht, wenn man glaubt, ich sei so leicht zu täuschen.«

»Ein solcher Gedanke liegt mir völlig fern! Gerade um meinen Fehler wiedergutzumachen, bin ich ja heute gekommen.«

Wuppen schüttelte ernst den Kopf. Er wollte Milde walten lassen. Ich merkte, daß er sogar an dem Punkt war, mir ein Glas Portwein anzubieten.

»Um so mehr, als ich Sie nicht belogen habe«, fügte ich hinzu. »Ich nehme an, Sie kennen die Zeitschrift *The Lancet?*«

»Die große britische Ärztezeitschrift?« murmelte Wuppen.

»Genau die meine ich. Als neugieriger Kopf schreibe ich gelegentlich für sie, und Ihre bemerkenswerte Vereinigung würde mir ein außergewöhnliches Thema liefern.«

»Ich verletze aber auch all meine Pflichten, Herr Watson – pardon, Herr Doktor Watson«, sagte Wuppen und nahm mich beim Arm. »Wollen Sie mir bitte in mein Büro folgen? Dort wartet ein guter Portwein auf uns.«

Erst beim zweiten Glas und nach einer langen Reihe völlig uninteressanter Fragen (wobei ich so tat, als ob ich die Antworten aufs Komma genau in meinem Notizbuch festhielte) wagte ich mich an den Kern der Sache.

»Jetzt, nachdem Herr Gruz tot ist, wird ein Ersatz für ihn gefunden werden müssen, nicht wahr?«

»So ist es«, räumte Wuppen mit einem kurzen Lachen ein. »Und ich kann Ihnen versichern, daß an Kandidaten kein Mangel besteht! Der internationale Ruf des PERPETUUM MOBILE, die Bedeutung seiner Arbeiten, das Profil seiner Mitglieder, all das bewirkt, daß man sich um den Eintritt drängt.«

»Das bezweifle ich nicht. Hätte ich statt meines bescheidenen Medizindiploms einen Doktorgrad in Physik erworben, auch ich würde ...«

»Glauben Sie das nicht, Herr Watson! Es gibt nicht nur Universitätsangehörige bei uns. Die offizielle oder vorgeblich offizielle Wissenschaft ist so von sich selbst überzeugt, daß sie sich den Anschein gibt, uns nicht zu kennen...«

»Wer sind denn dann Ihre Kandidaten?«

»Oh, Herr Watson! Es sind die unterschiedlichsten Leute. Viele begeisterte junge Menschen, die den Wunsch haben, ihren Beitrag zum Fortschritt zu leisten, aber auch Träumer...«

»Und wie wollen Sie darunter die Auswahl treffen?«

»Das ist eine schwere Verantwortung, Herr Watson. Zum Glück muß ich sie nicht allein tragen. Nach einer unerläßlichen Vorentscheidung durch mich stimmen wir alle sechs in geheimer Wahl ab. Gerade jetzt bin ich mitten in der Auslese...«

»Das muß sehr schwierig sein. Zumal Sie über jeden Kandidaten Erkundigungen einziehen, Angebereien in Rechnung stellen und sich von der Eignung überzeugen müssen...«

»Richtig, Herr Watson! Richtig! Eine ermüdende, aber unendlich notwendige Arbeit! Es kann immer ein Hochstapler unter all diesen wissenschaftsbegeisterten Männern sein, eine skrupellose Person, die...«

Er hielt plötzlich inne, biß sich auf die Lippen.

»Was meinen Sie damit?« sagte ich mit geheucheltem Erstaunen. »Was für ein Interesse könnten unehrenhafte Leute daran haben, sich in Ihre Vereinigung einzuschleichen? Schließlich sind die beträchtlichen Vorteile doch rein ehrenamtlicher Natur.«

In Wuppens Gehirn spielte sich ein Kampf ab; das konnte man mit beunruhigender Leichtigkeit seinem blühenden Gesicht ablesen. Was würde den Sieg davontragen, die Verschwiegenheit oder die Eitelkeit?

»Das ist ein ernstes Thema«, sagte er endlich, »und ich bitte Sie, darüber größte Zurückhaltung zu wahren.«

»Aber gewiß«, sagte ich im gleichen Ton. »Ich werde Ihr Vertrauen nicht mißbrauchen, Herr Wuppen.«

»Nun gut... Unsere spärlich bestückte Kasse ist kürzlich in unvorstellbaren Ausmaßen gefüllt worden. Das verdanken wir dem Testament eines sehr bedeutenden Finanziers... Ein Amerikaner.«

»Sein Name?«

»Sein Name ist nicht so wichtig, Herr Watson. Sie werden verstehen, daß wir in solchen Dingen zu schweigen gehalten sind... Unser, äh, großzügiger Spender wünscht nicht, daß seine Identität bekannt wird, was übrigens ein ganz und gar bewundernswertes Zeichen von Bescheidenheit ist.«

»In der Tat! Darf ich Sie ein Letztes fragen, Herr Wuppen?«

»Nur zu. Falls es nicht um den Namen des Spenders geht...«

»Aber nein. Ich würde gern einen Blick auf die Liste der Leute werfen, die das Glück hatten, von Ihnen ausgewählt zu werden.«

Wuppen zögerte nur einen kurzen Moment.

»Also gut, einverstanden! Ich verstehe Ihre Neugier. Vorausgesetzt, es bleibt unter uns...«

Aus einer flachen Schublade seines Schreibtisches holte er ein Blatt Papier und reichte es mir. Die Liste enthielt zwölf Namen.

»Sie werden feststellen, daß ich meine Wahl nicht auf Bürger helvetischer Abstammung beschränkt habe«, sagte Wuppen. »Nehmen Sie es als Zeichen für unseren universellen Geist. Die Wissenschaft kennt keine Grenzen.«

»Ja, unbedingt«, antwortete ich, in Gedanken anderweitig beschäftigt.

Elf der Namen waren mir vollkommen unbekannt.

»Ich sehe, daß mindestens ein Italiener und zwei Russen unter Ihren Kandidaten sind... Mussolini, Dimitroff, Solotareff...«

»Wirklich bemerkenswerte junge Leute! Große Idealisten! Sie haben einen so guten Eindruck bei mir hinterlassen, daß ich sie ohne Zögern eingeschrieben habe, nachdem ich die Erkundigungen eingeholt hatte. Dieser Dimitroff ist übrigens kein Russe, sondern Bulgare.«

Ich hatte diese unbekannten Namen nur ausgesucht, um ihn vollständig über meine Absichten zu beruhigen, bevor ich ihm den Todesstoß versetzte.

»Und dieser Rupper Stuffington?« sagte ich in gleichgültigem Ton. »Ist er Engländer oder Amerikaner?«

Wuppen verfinsterte sich augenblicklich.

»Amerikaner«, entfuhr es ihm wider Willen. »Ein vielversprechender Bursche.«

»Lebt er in Bern?«

»Im Augenblick nicht. Er hat in den Vereinigten Staaten wichtige Angelegenheiten zu regeln...«

»Wie beispielsweise die seines Vaters, des Dollarmillionärs Alec Stuffington?«

Wuppen sprang auf.

»Wer hat Ihnen das gesagt?« rief er. »Wie haben Sie das in Erfahrung gebracht?«

»Es war nur eine simple Vermutung... Eine Schlußfolgerung, wenn Ihnen das lieber ist, Herr Wuppen.«

»Sie lügen! Seit wann ist es möglich, aus nichts etwas zu folgern?«

Ich hätte beinahe geantwortet, daß das auch nicht viel schwieriger sein dürfte, als irgendwelche Vorrichtungen ohne jede Energie in Bewegung zu setzen, aber eine vernünftige Regung ließ mich diese sarkastische Bemerkung unterdrücken.

»Aber nein, Herr Wuppen«, sagte ich leise. »Sie selbst haben mir gestanden, daß Ihr großzügiger Spender Amerikaner sei, und ich entdecke einen amerikanischen Namen auf der Liste. Die Verbindung hat sich instinktiv eingestellt... Wenn ich mich geirrt habe...«

Flink wie eine verschreckte Eidechse riß Wuppen mir das Blatt aus den Händen.

»Ich habe Ihnen alles gesagt, Herr Watson«, erklärte er, während er die wertvolle Liste wieder in der Schublade unterbrachte. »Und jetzt wollen Sie mich bitte entschuldigen. Ich habe wichtige Dinge zu erledigen. Eine Versammlung...«

Ich erhob mich.

»Natürlich. Ich habe Ihre Zeit lange genug in Anspruch genommen. Ich danke Ihnen für den liebenswürdigen Empfang, Herr Wuppen.«

Er musterte mich argwöhnisch, fand aber keinen Ansatzpunkt, meine Aufrichtigkeit in Zweifel zu ziehen.

In der Diele stieß ich mit einem Pärchen zusammen. Die Züge der jungen Frau kamen mir bekannt vor, aber ich merkte schnell, daß nur die verblüffende Ähnlichkeit ihres runden Gesichts mit dem Wuppens mich getäuscht hatte. Ihr Begleiter war sehr groß und sehr schlank. Seine bartlosen Wangen wiesen jene Bräune auf, die nur ausgedehnte Arbeit im Freien verleiht.

Ich entschuldigte mich auf Französisch für meine Ungeschicklichkeit, und der junge Mann antwortete überaus höflich mit einem starken amerikanischen Akzent. Ich starrte ihn überrascht an. Ich weiß nicht, welcher Teufel mich dazu brachte, hinzuzufügen:

»Guten Tag, Fräulein Wuppen. Guten Tag, Herr Stuffington.«

In diesem Augenblick begegnete ich dem zornigen Blick Wuppens. Mir schien, er hätte gern auf dieses unerwartete Zusammentreffen verzichtet.

»Oh!« rief ich aus. »Tut mir leid, Herr Wuppen, ich habe meine Handschuhe auf dem Sessel liegenlassen!«

Ohne seine Antwort abzuwarten, nutzte ich die Verwirrung und stürzte zum Büro. Völlig skrupellos und mit einer Kühnheit, die mich später in Erstaunen setzte, stahl ich die Liste aus der Schublade und ging wieder hinaus. Ich verbeugte mich tief vor den jungen Leuten und vor einem Wuppen, der pausenlos den Mund auf und zu machte wie ein dicker, roter, frisch aus seiner natürlichen Umgebung gezogener Fisch.

Doktor Watson erleidet einen Rückfall

Ungeachtet dieser schlechten Tat kehrte ich in aufgekratzter Stimmung ins Bristol zurück. Wuppens Liste steckte gefaltet in der Innentasche meines Jacketts. Zwölf Namen. Das hieß zwölf Verdächtige. Daran bestand für mich kein Zweifel. Einer der zwölf Männer, dessen Name sich hier so selbstgefällig breitmachte, hatte eine einfache und gründliche Methode gefunden, einen Teil des neuen Vermögens des PERPETUUM MOBILE für sich zu verbuchen: die Wahl als Ersatzmann für Gruz. Erster Schritt: Gruz töten. Zweiter Schritt: als Kandidat angenommen werden. Dritter Schritt ... Man würde sehen.

Wuppen würde möglicherweise Anzeige gegen mich erstatten. Aber hatte er selbst eine saubere Weste? Zum einen hatte er sorgfältig verheimlicht, daß seine Vereinigung erst kürzlich eine märchenhafte Summe geerbt hatte, deren einziger Verwalter er war. Zum anderen war es ein eigenartiger Zufall, daß der Begleiter seiner Tochter der junge Stuffington war. Nein, er würde die Gerichte nicht bemühen. Ich hegte nicht die geringste Befürchtung. Ich mußte im stillen lachen, als ich Wuppens Gesicht wieder vor mir sah, und schmatzte laut mit den Lippen beim Gedanken an die appetitliche Figur der Tochter. Der junge Stuffington hatte wirklich keinen schlechten Geschmack. Dieses junge Ding hatte die aufreizenden Rundungen einer algerischen Haremsdame von Delacroix, etwas im Blick, das einen erschauern ließ... He he, ein Glückspilz, dieser Bursche! Vielleicht würde ich Wuppen noch einmal besuchen und mich bemühen, mehr über dieses temperamentvolle Geschöpf zu erfahren.

Als der Hotelangestellte mir in der Halle den Schlüssel reichte, faßte mich jemand beim Arm. Ich befreite mich mit einer heftigen Bewegung und wandte mich, empört über diese Vertraulichkeit, der aufdringlichen Person zu. Inspektor Spengkler wich mit einem Sprung zurück und hob die Hand vors Gesicht.

»Herr Doktor, ich wollte Ihnen wirklich nichts Böses!«

Ich nahm mich auf der Stelle zusammen.

»Verzeihen Sie, wenn ich Sie erschreckt habe, mein guter Spengkler. Ich hasse diese Art von Überraschungen!«

Während ich sprach, fiel mir auf, daß meine eigene Stimme sich in meinen Ohren seltsam anhörte. Spengkler schien beunruhigt, und mehrere Vorübergehende drehten sich nach uns um.

»Es ist nur, weil ich Sie nicht wiedererkannt habe«, fügte ich hinzu und versuchte, meine Lautstärke zu drosseln. »Ich war in Gedanken woanders. Ich komme von diesem kleinen Gauner Wuppen...«

»Herr Wuppen, ein kleiner Gauner?« jammerte der Inspektor händeringend. »Was sagen Sie da, Herr Watson? Herr Wuppen ist einer der achtbarsten Männer der Stadt, ein ehemaliger Abgeordneter des Nationalrats! Ein einflußreicher Mann!«

»Mag sein, aber das hat nichts zu sagen. Sie sind nicht gekommen, um mir zu widersprechen, Herr Spengkler, nicht wahr? Was wollen Sie?«

»Es ist... Könnten wir uns in Ihrem Zimmer unterhalten, wenn es Sie nicht stört, Herr Watson? Es geht um etwas höchst Vertrauliches, und...«

»Schon gut«, unterbrach ich ihn und gab ihm einen Klaps in den Rücken. »Folgen Sie mir.«

Ich mußte mich oben auf den Stufen gedulden, solche Mühe hatte der Inspektor, mir zu folgen. Wuppens Blatt wärmte mir die Brust durch das Taschenfutter. Ja, das war gute Arbeit gewesen! Sogar Holmes würde das zugeben müssen. Ich konnte es kaum erwarten, ihm die Liste unter die Nase zu halten.

»Dalli, dalli, Spengkler!« donnerte ich. »Sie sollten ein bißchen üben. Sehen Sie lieber mal her!«

Die Beschließerin, die in diesem Augenblick über den Flur ging, stieß einen spitzen Schrei aus, aber es gefiel mir zu glauben, es sei die Überraschung und nicht der Schmerz, der sie dazu gebracht hatte, sich dermaßen zu vergessen. Ich hatte weiter nichts getan, als ihr freundschaftlich ins Hinterteil zu kneifen. Sie ließ ihren Wäschestapel fallen, drehte sich mit weit aufgerissenen Augen um und ergriff die Flucht. Dabei stieß sie die erfreulichsten Quiektöne aus und rieb sich mit den Handflächen den Hintern. Bei anderer Gelegenheit wäre ich ihr gefolgt und hätte sie in eine kuschelige Ecke gedrängt. Doch dafür war jetzt entschieden keine Zeit.

»Herr Watson!« japste Spengkler. »Ich weiß nicht, welche Freiheiten Sie sich in Ihrem Land herausnehmen können, aber ich weise Sie darauf hin, daß es bei uns verboten ist, Frauen zu schlagen, auch Hotelangestellte!«

»Bei uns auch, Spengkler, bei uns auch. Aber keine Sorge, ich habe sie nicht geschlagen. Ich habe ihr mein Interesse gezeigt, das ist alles. Im übrigen beweist ihre Reaktion, daß sie sich geschmeichelt fühlte! Sparen Sie sich Ihre Vorwürfe und Ihren Atem. Wir sind da.«

Die Tür wurde in dem Moment geöffnet, als ich den Schlüssel ins Schlüsselloch steckte. Holmes stand da, die Pfeife in der Hand, das Gesicht so erschrocken, wie es bei ihm nur möglich war.

»Allmächtiger Gott, Watson!« rief er aus. »Endlich! Wo sind Sie gewesen?«

»Was gibt es denn so Wichtiges?« sagte ich und stieß ihn zurück, um einzutreten. »Ich kann mich nicht mehr von der Stelle rühren, ohne daß Sie sich gebärden wie ein Huhn, das den Fuchs gesehen hat! Und was ist das für eine Art, mein Zimmer in eine Bahnhofshalle zu verwandeln?« fügte ich hinzu, als ich neben meinem Schreibtisch einen kraushaarigen Mann sitzen sah, der sich jetzt erhob und mich höflich anlächelte.

»Wie unvorsichtig! In Ihrem Zustand hätten Sie nie ausgehen dürfen, Watson! Sie hätten jeden Augenblick einen Rückfall bekommen können! Und wer ist dieser Mann...«

Spengkler hatte begriffen, wer mein Besucher war, und sich verbeugt. Ein komischer Ausdruck von Achtung und Entzücken breitete sich auf seinem feisten Gesicht aus.

»Herr Holmes«, murmelte er, »ich bin Inspektor Spengkler. Vielleicht...«

»Schon gut, Spengkler«, fiel ich ihm ins Wort. »Genug der Katzbuckelei! Kommen Sie zur Sache. Ich habe andere Sorgen.

Welche vertrauliche Angelegenheit haben Sie mit mir zu besprechen?«

»Es geht um...«, begann Spengkler und warf einen beunruhigten Blick auf den dritten Mann.

»Und Sie!« schrie ich plötzlich, als ich den fülligen Mann mit dem Lockenkopf wiedererkannte. »Waren Sie nicht vor knapp zwei Stunden in einem Café am Bärenplatz damit beschäftigt, mit einer Bande von Ganoven eine Verschwörung anzuzetteln?«

Er starrte mich verblüfft an, und sein Gesicht rötete sich.

»Aber...«, sagte er schließlich, »mir ist nicht klar, wie Sie das erfahren haben. Ich war tatsächlich mit Freunden gegenüber vom Turm. Es sind keine Ganoven, und...«

»Keine Ganoven!« brüllte ich. »Wem wollen Sie das weismachen! Und dieser Adler, ist das vielleicht kein gefährlicher Aktivist?«

Ich wandte mich Spengkler zu, der von Minute zu Minute bestürzter aussah, packte ihn bei der Schulter und schleuderte ihn auf den Dicken zu.

»Verhaften Sie diese Person, Inspektor«, befahl ich. »Er ist der Komplize – wenn nicht Schlimmeres! – eines gewissen Adler, der mich hier in diesem Zimmer erst heute morgen bedroht hat und der Ermordung des alten Gruz' schuldig ist! Da sind Sie baff, was, Holmes?« sagte ich, während ich mich wieder zu meinem Freund umdrehte.

Dieser sah mich nicht etwa bewundernd an, sondern stand mit dem Rücken zu mir über den Nachttisch gebeugt und war mit irgendeiner unbedeutenden Aufgabe beschäftigt.

»He, Holmes, verstehen Sie mich nicht? Der Fall ist gelöst! Ich kenne den Mörder. Was zum Teufel tun Sie da? Sind Sie taub geworden?«

Er richtete sich auf und sah mich an, die rechte Hand im Rücken verborgen. Er hatte nicht an den Spiegel am Kamin gedacht! Das zylinderförmige Glas einer Spritze glänzte in seiner Faust. Mit einem verzweifelten Satz versuchte ich, ihm zu entkommen, aber vier kräftige Hände ergriffen mich von hinten. Ein paar Sekunden lang konnte ich noch sinnlos mit den Beinen strampeln. Ich brüllte vor Wut, als die Nadel in meine Ellenbogenbeuge eindrang. Wenig später stand ich einsam mitten in meinem Zimmer und fuchtelte wie ein Besessener mit den Armen herum.

»Komplizen! Alles Komplizen!« fluchte ich und zeigte mit erhobenem Finger auf Holmes, auf Spengkler, auf den jungen Mann. »Ich werde Sie vor Gericht bringen! Ich werde Sie kleinkriegen! Wie konnten Sie ...«

Ich kam nicht dazu, den Satz zu beenden. Eine unaussprechlich sanfte und wohltuende Welle überflutete mich, und wenn Holmes nicht herbeigeeilt wäre, ich wäre auf dem Teppich zusammengebrochen.

Ein zweites stürmisches Erwachen

Als ich wieder zu mir kam, nahm ich die verschwommenen Umrisse von zwei Männern wahr, die sich über mich beugten. Holmes saß auf der Bettkante und beobachtete mich mit dem undurchdringlichen Blick eines alten Sioux-Häuptlings. Das ließ nichts Gutes ahnen. Ich erkannte seinen Gefährten vom Vortag, den fülligen jungen Mann mit dem Lockenkopf.

Ich richtete mich mit einem Ruck auf und legte die Hände an den Kopf.

»Himmel, was habe ich jetzt wieder angestellt!« stöhnte ich.

Holmes lächelte und machte eine lässige Handbewegung.

»Nichts besonders Schlimmes, Watson... Aus dem Schreibtisch eines bedeutenden helvetischen Bürgers ein Dokument gestohlen, einen Vertreter der öffentlichen Ordnung brutal behandelt, ein armes Zimmermädchen grob belästigt, dessen einziges Verbrechen darin bestand, Ihnen über den Weg zu laufen...«

»Schweigen Sie, Holmes! Sie quälen mich. Ich erinnere mich nur zu gut. Das war wieder dieses verfluchte Elixier.«

»Höchstwahrscheinlich, Watson. Falls es Sie interessiert, möchte ich klarstellen, daß Sie nicht Gefahr laufen, die nächsten Jahre in einem Berner Gefängnis oder einer Irrenanstalt zu verbringen. Niemand hat Klage erhoben. Die Wirkung der Bundschen Mixtur dürfte nachlassen, aber Sie müssen auf weitere Krisen gefaßt sein...«

»Nachlassen!«

»Aber ja! Schließlich ist Spengkler heil geblieben, und das Zimmermädchen haben Sie nicht rumgekriegt, nicht wahr?«

»Holmes?«

»Sobald Sie sich erneut, sagen wir, etwas zu aggressiv fühlen, müssen Sie zweimal abschließen, den Schlüssel aus dem Fenster werfen und...«

»Und wie lange kann das dauern?«

»Wer weiß das schon?« sagte er mit einem ergebenen Achselzucken. »Man müßte Bund besuchen, ihn um das Rezept bitten, es an Tieren und Freiwilligen ausprobieren... Ich bezweifle, daß er damit einverstanden ist.«

Ich war mit einem Satz auf den Beinen.

»Machen Sie sich keine Sorgen, Holmes, ich versichere Ihnen, daß er einwilligen wird.«

Der junge Mann war ein paar Schritte zurückgetreten. Er sah besorgt aus, aber Holmes beruhigte ihn mit einem Lächeln.

»Keine Angst«, sagte er. »Es ist nicht mehr das Gift, sondern gerechter Zorn, der da zum Ausdruck kommt. Watson, erlauben Sie, daß ich Ihnen einen jungen Mann vorstelle, von dem ich Ihnen schon viel erzählt habe... Herr Einstein vom Patentamt.«

»Ich bin außerordentlich glücklich, Sie kennenzulernen, Doktor Watson, obwohl ich es vorgezogen hätte, wenn es unter anderen Bedingungen geschehen wäre...«

»Und ich erst. Zur Zeit geht es mir sehr gut«, murmelte ich, während ich mich wieder hinlegte. »Was ich gestern abend gesagt oder getan habe, tut mir leid...«

»Kein Wort mehr zu diesem Thema!« rief Einstein. »Sie können nichts dafür, daß Sie in diese Geschichte geraten sind...«

»Wissen Sie, Watson«, unterbrach Holmes, um die Verlegenheit zu zerstreuen, »daß sich unser brillanter junger Ingenieur eine ganz andere Vorstellung von Ihnen gemacht hat...«

»Das ist wahr«, stimmte Einstein zu, »für mich waren Sie kleiner und, äh, dicker, Herr Watson, und aus irgendeinem Grund auch sanguinisch und rothaarig.«

»Ein kleines Schwein, wie?« erwiderte ich etwas gekränkt.

»Keineswegs, Watson«, sagte Holmes. »Einstein beschreibt gerade sehr genau die physischen Merkmale des anglonormannischen Typs, wie man ihn sich im Ausland vorstellt. Da in Ihren Erzählungen durchscheint, daß Sie beispielhaft, ja massiert alle britischen Tugenden wie Rechtschaffenheit, Mut, Unbeugsamkeit, Mangel an Logik, Treue usw. in sich vereinen, ist es nur normal, daß er Ihnen die entsprechenden physiologischen Eigenschaften zugeschrieben hat.«

»Sehr amüsant«, brummte ich.

»Aber wir sind nicht hier, nur weil wir Sie bewundern wollen, Watson. Trotz Ihres Deliriums gestern abend haben Sie gewisse, sehr interessante Bemerkungen geäußert, und wir hätten gern ein paar Erläuterungen dazu.«

»Wollen Sie über Wuppens Liste reden?«

»Fangen wir damit an, obwohl es nicht das Wichtigste ist. Ich habe dem achtbaren ständigen Sekretär die Liste vorsorglich zurückgegeben, und es ist mir sogar gelungen, ihn dahin zu bringen, daß er Ihnen die, nun ja, unüberlegte Tat nicht allzu übelnimmt.«

»Sie wissen also nicht...«

»Halten Sie mich nicht für einen Narren, Watson. Ich habe natürlich die einfachste Vorsichtsmaßnahme getroffen und eine Kopie davon gemacht, die ich unter anderem Herrn Einstein gezeigt habe. Einige dieser Namen sind ihm vollkommen unbekannt, andere wiederum...«

»Dann haben Sie überzeugende Verdächtige gefunden?«

»Mein Freund hat die mißliche Angewohnheit, auf Schlußfolgerungen zu fliegen«, sagte Holmes verstimmt zu Einstein. »Unter den zwölf Personen auf der Liste, Watson, finden sich vier alte Wissenschaftler oder sogenannte Wissenschaftler, die mehr oder weniger zurückgezogen leben und auf gar keinen Fall des Mordes an Gruz verdächtigt werden können. Bleiben acht Namen.«

»Und Stuffington, der Sohn des Spenders!«

»Ja, Watson, er ist sein Sohn. Die amerikanische *Who's Who*-Ausgabe hat mir ermöglicht, gewisse Dinge in Erfahrung zu bringen, und mit Hilfe von Zeitungsartikeln konnte ich dieses Bild vervollständigen. Wie viele Amerikaner ist er Pragmatiker. Er findet – oder fand zumindest bis vor kurzem – das Testament seines Vaters etwas eigenartig, aber als guter Sohn und beflissener Vollstrecker des letzten Willens seines Erzeugers hat er es selbst übernommen, die Gelder in die Schweiz zu transferieren, wie Wuppen mir berichtet hat. Und nicht nur das. Er hat sich die Mühe gemacht, die Reise zu unternehmen, auf der er – der Zufall ist ein wertvoller Gehilfe der Romanze – Fräulein

Wuppen kennengelernt hat. Das Testament seines Vaters ist ihm plötzlich erheblich weniger unsinnig vorgekommen.«

»Natürlich, weil er sich selbst als Bewerber gemeldet hat!«

»Eine Art, die Gunst seines zukünftigen Schwiegervaters zu gewinnen, Watson. Muß ich ausgerechnet Ihnen erklären, wozu ein verliebter Mann fähig ist? Stuffington rechnet keineswegs darauf, ins PERPETUUM MOBILE gewählt zu werden. Er wird korrespondierendes Mitglied, wie es sein Vater gewesen ist. Das paßt viel besser zu seinen Plänen.«

»Die da wären?«

»Mit der reizenden kleinen Frau Wuppen-Stuffington am Arm in die Vereinigten Staaten zurückzugehen.«

»Und mit einem Teil der Erbschaft, den er sich auf diese Weise wiederholt, oder etwa nicht?«

»Also wirklich, Sie sind einfach böswillig. Der amerikanischen Presse zufolge erbt Stuffington ein Vermögen, das auf mehr als zwanzig Millionen Dollar geschätzt wird. Das übersteigt bei weitem die Summe, die sein Vater dem PERPETUUM MOBILE vermacht hat.«

»Kommen wir zu den sieben anderen Namen.«

»Dimitroff, Mussolini, Solotareff...«

Holmes unterbrach seine Aufzählung, weil es geklopft hatte. Einstein ging zur Tür und kam mit drei Männern zurück, deren Schnurrbärte sie wie Sargträger aussehen ließen.

»Haben Sie mir etwa meinen wahren Zustand verschwiegen?« sagte ich leise zu Holmes.

»Nein«, sagte er, »verzeihen Sie mir, es hat sich nur ein widriger Umstand ergeben... Ich hatte vollständig vergessen, Sie darauf hinzuweisen.«

Die Ansicht eines Fachmanns

Den jüngsten dieser drei Männer hatte ich schon einmal gesehen, aber wo? Holmes schnipste mit den Fingern.

»Oho!« sagte er in dem ihm eigenen spöttischen Ton. »Eine regelrechte Abordnung! Bitte tausendmal um Verzeihung, meine Herren, es war mir entfallen. Tut mir leid, Watson. Aufgrund Ihrer kürzlich aufgetretenen Ungelegenheiten haben diese Herren, die das Hotel führen und verwalten, sich eingefunden, weil sie wünschen, daß Sie Ihr Bündel schnüren...«

»Weil nämlich der Ruf des Bristol...« sagte der Älteste in Englisch (ich erinnerte mich jetzt, wo ich einen der beiden anderen gesehen hatte: in der Hotelhalle, in geheuchelter Langeweile, die Augen ständig in Bewegung.)

»... es nicht länger zuläßt«, vervollständigte Holmes schroff. »Keine Angst, Watson, es besteht kein Mangel an guten Hotels in Bern. Wir werden problemlos etwas für Sie finden.«

»Bitte glauben Sie uns, meine Herren«, der Direktor sprach französisch und hatte einen Tonfall, der noch theatralischer klang als der des alten Verwalters, »daß wir uns einzig vom Interesse unserer Gäste leiten lassen. Einmal, das kann noch angehen, aber beim zweitenmal... Wir sind auf solche Situationen nicht vorbereitet.«

»In der Tat«, sagte Einstein respektlos, »man braucht sich nur anzusehen, wie Ihre Zimmermädchen herumlaufen. Und Doktor Watson ist ihnen ja auch prompt auf den Leim gegangen.«

Ich zuckte zusammen und warf ihm einen vernichtenden Blick zu. Aber er war zu sehr damit beschäftigt, über seinen schlechten Scherz zu lachen, als daß er auf meine Grimassen geachtet hätte.

»Und Sie?« sagte Holmes zu dem dritten Mann, dem diese Auseinandersetzung seltsamerweise peinlich zu sein schien. »Darf ich Sie fragen, in welcher Eigenschaft Sie...«

»Selbstverständlich«, sagte der Mann in Englisch. »Ich bin Professor Krafft-Ebing, Pathologe für Geisteskrankheiten, und bin von diesen Herren zur Beratung hinzugezogen worden. Ich bin gerichtlicher Gutachter.«

»Wollen Sie damit sagen, daß Sie in offizieller Eigenschaft hier sind?«

»Nein, keineswegs, Herr Holmes. Meine Funktion ist nur beratend. Ich wohne zur Zeit zufällig im Bristol, weil ich in einem schwierigen Fall meine Meinung beisteuern soll... Es geht um genotzüchtigte Kühe... Aber das tut jetzt nichts zur Sache. Diese Herren haben mich inständig gebeten, sie zu begleiten. Ich gestehe, daß ich mich nicht lange bitten ließ, zumal ich Ihren Ruf kenne. Nach dem, was ich habe sagen hören, hat sich Doktor Watson zu einer Manifestation von harmlosem Sadismus und damit einhergehendem Po-Fetischismus hinreißen lassen. Nicht sonderlich beunruhigend, nicht wahr?«

Er wandte sich dem Direktor und dem Verwalter zu.

»Hätten Sie etwas dagegen, mich mit Doktor Watson (er beharrte auf dem Doktor) allein zu lassen? Auch Sie, meine Herren«, fügte er mit einem Blick auf Holmes und Einstein hinzu.

»Nun gut«, seufzte Krafft-Ebing, sobald sich das Zimmer geleert hatte, »wenn Sie erlauben, Doktor, setze ich mich zu Ihnen ans Bett, bevor ich Sie befrage... Unter der ausdrücklichen Bedingung natürlich, daß Sie mir auch antworten wollen. Ich möchte Sie keinesfalls belästigen.«

»Wie Sie wünschen, Professor, aber ich bin nicht krank. Nur eine leichte Erregbarkeit...«

Ich beschrieb ihm die Bund-Episode. Er machte sich Notizen und schüttelte ernst den Kopf.

»Wenn Ihr Bericht sich als wahr herausstellt«, sagte er am Ende, »muß ich zugeben, daß das eine außerordentlich interessante Sache ist. Ich glaube, ich werde diesem Bund einen

Besuch abstatten, falls meine Zeit es erlaubt. Die sexuelle Überreizbarkeit, an der Sie offenbar leiden, ihre körperlich-seelischen Wurzeln ... Ein Thema, das mich schon seit langem fasziniert. Falls Sie mir lieber nicht antworten wollen, Doktor, ist das natürlich Ihr gutes Recht, aber ich wäre Ihnen unendlich dankbar, wenn Sie mir freundlicherweise die Art Ihrer Gefühle und Halluzinationen während der Krise etwas näher erläutern würden ... Sehen Sie darin nur das Interesse des Wissenschaftlers. Ich kann Ihnen versprechen, daß Ihr Name auf gar keinen Fall Erwähnung finden wird.«

Von seiner Aufrichtigkeit überzeugt, willigte ich ein.

»Zunächst einige Fragen, um den allgemeinen Hintergrund abzuklären ... Ihre Erbanlagen. Syphilis? Geisteskrankheiten? Epilepsie? Alkoholismus in der Familie?«

»Nicht daß ich wüßte. Mein ältester Bruder legte finanzielle und gefühlsmäßige Unbeständigkeit an den Tag, aber da haben die Umstände eine maßgebliche Rolle gespielt.«

»Jugendkrankheiten? Krämpfe, Tuberkulose?«

»Nein. Eine schwere Verletzung, die ich mir in Asien geholt habe.«

»Wurden lebenswichtige Organe oder Drüsen in Mitleidenschaft gezogen?«

»Nein.«

»Schwierigkeiten im Pubertätsalter?«

»Nicht mehr als meine Mitschüler...«

»Nächtlicher Samenerguß?«

»Seit ungefähr fünfzehn Jahren nicht mehr, bis auf...«

»Zwanghafte Träume.«

»Erst in letzter Zeit.«

»Verheiratet?«

»Ja, seit siebzehn Jahren.«

»Sind Sie glücklich in der Ehe?«

»Ja.«

»Ich will damit sagen«, beharrte er und blickte auf, ohne den Kopf zu heben – die typische Haltung des Arztes, der mitten in der Untersuchung ist, »sind Sie *wirklich* glücklich in der Ehe?«

»Rundum glücklich. Meine Frau ist ein außergewöhnlicher Mensch.«

»Meine auch«, seufzte Krafft-Ebing. »Damit ist meine Frage

nur begrenzt beantwortet, aber lassen wir das. Es wird keine Neuigkeit für Sie sein, wenn ich sage, daß das normale Eheleben dem Geschlechtstrieb Zügel anlegt und Abwechslung in den sexuellen Beziehungen ihn in ganz beträchtlichem Ausmaß verstärken kann.«

»Dann kenne ich Ihre nächste Frage schon«, sagte ich. »Nein, ich habe keine Geliebte, weder ständig noch gelegentlich.«

»Kinder?«

»Nein«, antwortete ich etwas zu hastig.

Sein scharfer Blick musterte mich eindringlich.

»Darf ich annehmen, daß Sie gern welche gehabt hätten?«

»So ist es, aber was nützt es, deswegen betrübt zu sein? Das Leben hat mir viele Freuden gebracht, aber diese hat es mir vorenthalten.«

»Mir fällt auf, daß Sie von Leben sprechen, nicht von Gott. Sind Sie Darwin-Anhänger?«

»Welcher Arzt, der diesen Namen verdient, wäre es nicht? Die Diskussion ist seit vierzig Jahren abgeschlossen«, sagte ich lächelnd.

»In der Tat. Sind Sie mit einer oberflächlichen körperlichen Untersuchung einverstanden?«

»Nur zu.«

Seine trockenen, geschickten Hände, die den praktizierenden Arzt verrieten, tasteten mich ab – Bauch, Achseln, Geschlechtsteile, Gliedmaßen, Lymphknoten – und prüften meine Reflexe. Er begleitete sein Tun mit undeutlichem Gemurmel.

»Sie können sich wieder anziehen«, sagte er schließlich. »Das Knochengerüst ist solide, die Muskulatur gut ausgebildet, der Tonus ausgezeichnet... Ich stelle eine ungewöhnliche, wenn auch sehr lokalisierte Behaarung fest. Auch sieht man selten so viele Haare auf dem dritten Fingerknöchel und dem zweiten Zehenknöchel. Ein erbbedingtes Merkmal?«

»Weder ein erbbedingtes noch ein erworbenes. Ich hoffe, es geht vorüber. Bevor ich Bunds Gebräu getrunken habe...«

»Wir gelangen immer wieder an diesen Punkt. Ich muß den Mann wahrhaftig kennenlernen. Mir ist aufgefallen, daß die Lymphknoten am Hals und in der Leiste sowie Ihre Hoden, vor allem der linke, geschwollen sind. Hatten Sie in jüngster Zeit eine Infektion?«

»Nein. Bunds Gift. Eine andere Möglichkeit sehe ich nicht.«

»Könnten Sie mir jetzt mitteilen, welche geistigen Vorstellungen Ihre, äh, Krisen begleiten?«

Ich nahm mir Zeit zum Nachdenken.

»Was ich meine«, beharrte Krafft-Ebing, »ist nicht die eigentliche, mit der Erregung verbundene sexuelle Obsession; die kann man sich leicht vorstellen...«

»Ich habe schon verstanden. Sie meinen den Rationalisierungsprozeß...«

»Genau das ist es. Diese Frage kann sich natürlich nur an einen geschulten Verstand richten, lieber Kollege. Bei dem Hausmeister, den ich kürzlich in Düsseldorf beobachtet habe – er hatte die abscheuliche Angewohnheit, seine älteste Tochter und seine Schwägerin täglich zu vergewaltigen –, wäre ich nicht auf die Idee gekommen, diese Frage zu stellen.«

»Mir ist aufgefallen, daß die... Krise mit einer allgemeinen, ziellosen, oder besser, gegen die ganze Welt gerichteten Wut anfängt. Es kommt mir vor, als wäre ich der einzige vernünftige Mensch auf Erden, als müßten mir alle gehorchen und meine Wünsche ohne das kleinste Zögern oder Murren erfüllen, als hätte mein Wille Gesetzeskraft. Die gebräuchlichen Regeln des gesellschaftlichen Lebens...«

»Sie vergessen sie?«

»Nein. Aber sie scheinen mir nicht mehr für mich geschaffen. Ich finde sie grotesk, heuchlerisch und unangemessen, erdacht für die niederen Kreaturen, die den Rest der Menschheit ausmachen.«

»Ein typischer Zustand nachlassender Moral, ist es das?«

»Wenn Sie so wollen... Ich habe dann das Gefühl, ein höheres Wesen zu sein. Nur was meinem Verlangen nützt, verdient, in Erwägung gezogen zu werden. Ich wundere mich, daß meine Umgebung sich nicht darüber freut, mir gehorchen zu dürfen... Die geringste Auflehnung erscheint mir kriminell. Ich bin jedoch bereit, notfalls List anzuwenden, wenn ich anders nicht zum Ziel komme. Ich glaube sogar, es macht mir großen Spaß, andere zu täuschen... und auch... auch diesen Rest von Menschlichkeit, der in mir bleibt und mir mit ohnmächtigem Schrecken bei meinen Ausschweifungen zusieht...«

»Ausgezeichnet, Doktor. Eine Art Persönlichkeitsspaltung

also... Diese Beschreibung ist wirklich bemerkenswert. Ich erlaube mir die Empfehlung, die empfindlichen Körperstellen mit Kampferkompressen zu behandeln. Außerdem müssen Sie jedes Stimulans vermeiden, Alkohol, Tee, Kaffee, sogar Schokolade. Machen Sie sich keine Sorgen. In Ihrem Fall handelt es sich nur um eine harmlose Erkrankung. Meiner Meinung nach ist es eher eine isolierte Krise als ein Überempfindlichkeitszustand. Ein Fall von Satyriasis. Ich habe Schlimmeres gesehen. Vor gar nicht langer Zeit wurde ich zur Beratung nach Wien gerufen. Der Kranke war ein Ingenieur, der sich auf einer Geschäftsreise von Triest nach Wien befand. Er ist unterwegs aus dem Zug gestiegen, hat in einem Dorf Station gemacht und dort eine siebzigjährige Frau, die allein zu Hause war, viermal hintereinander kaltblütig vergewaltigt. Nachdem die Dorfbewohner ihn gefaßt hatten, wurde er von der Polizei verhört. Wissen Sie, was er erklärt hat? Er habe das Tierheim gesucht, um seinen erregten Sexualtrieb auf einer Hündin zu befriedigen, und nicht mehr warten können, als er diese Frau an ihrem Fenster gesehen habe! Die Hitze, das Schaukeln des Waggons und familiäre Sorgen hatten ihn um den Verstand gebracht. Wenn Sie ihn gesehen hätten! Er legte ein offenes, fast gelassenes Verhalten an den Tag, zeigte weder Scham noch Reue. Seine Augen waren gerötet und glänzten, seine Stirn war heiß, die Zunge belegt, der Puls voll, weich, über hundert Schläge, die Finger zitterten leicht, der Blick war verschwommen und wies alle Anzeichen von Lüsternheit auf... Nichts davon bei Ihnen, Doktor!«

»Das will ich hoffen!«

»Und die Frauen, die an Satyriasis erkranken! Das sind die Schlimmsten! Die pathologische Liebe verheirateter Frauen zu anderen Männern bedarf dringend der Aufklärung durch die Wissenschaft, und ich befasse mich schon seit Jahren damit! Bei allen Fällen, die ich beobachtet habe, handelte es sich um erblich belastete Personen... Solange der krankhafte Zustand dauerte, waren sie dem Ehemann und dem Kind gegenüber absolut gleichgültig. Das ging sogar bis zum Widerwillen. Und gleichzeitig verkannten sie total, wie bedrohlich das skandalöse Verhalten war, dem sie die Ehre der Familie opferten! Es ist übrigens bemerkenswert, daß die beleidigten Ehemänner eine zugrunde liegende Psychopathie schon vermuteten, bevor ich ihnen ihre Intuition bestätigen konnte.«

Vor lauter Begeisterung für sein Thema hatte Professor Krafft-Ebing sich erhoben. Er ging mit großen Schritten im Zimmer auf und ab und glich auf sonderbare Weise dem Ingenieur, dessen Symptome er gerade beschrieben hatte.

Plötzlich blieb er stehen, holte ein Taschentuch aus seinem Ärmel, wischte sich die Stirn ab und nahm nach einem kurzen trockenen Hustenanfall wieder Platz.

»Nun ja, nun ja, lieber Kollege«, sagte er in heiterem Ton. »Ich lasse mich hinreißen... Gestatten Sie, daß ich Ihnen für diese spannende Viertelstunde danke und Ihnen eine rasche Genesung wünsche. Kein Alkohol! Kein Kaffee! Ich verlasse Sie jetzt und werde Ihren Freunden sagen, daß sie wieder hereinkommen können. Es kommt natürlich gar nicht in Frage, daß ich die Absichten der Hoteldirektion unterstütze. Für mich sind Sie körperlich wie geistig vollkommen gesund. Ihre kleine vorübergehende Krise wird keinerlei Folgen haben. Beim nächsten Mal allerdings... Suchen Sie besser einschlägige Frauen auf. Es gibt nichts Puritanischeres als ein gutes Hotel in der Schweiz.«

Als Holmes und Einstein zurück waren, erneuerten die beiden Repräsentanten des Hotels ihr Ultimatum.

»Wir ziehen aus, keine Angst!« sagte Holmes. »Schicken Sie uns die Hausdiener. Machen Sie sich fertig, Watson.«

Erleichtert und hochzufrieden über den Erfolg ihrer heiklen Mission, bereiteten die beiden Unterhändler einen würdigen Rückzug vor; ihr Abgang mißglückte leider, weil die Tür hinter ihnen plötzlich heftig aufgerissen wurde. Der Direktor stieß einen erstickten Schrei aus und geriet durch die Erschütterung ins Stolpern. Mit hochrotem Gesicht und zerzausten Haaren schoß der kleine Inspektor Spengkler wie ein Springteufel zwischen den beiden Männern hindurch.

»Es ist noch einer passiert! Noch einer!« brüllte er zwischen zwei Hustenanfällen.

Holmes reichte ihm ein Glas Wasser. Der Inspektor griff danach und leerte es unter den ängstlichen Blicken der beiden Besucher in einem Zug.

»Falls das irgend etwas mit unserem Hause zu tun hat, verlange ich...« sagte der Direktor.

»Verlangen wir!« beharrte der Verwalter.

Spengkler hatte die Augen weit aufgerissen und war unzugänglich für alles, was nicht Holmes war. Er hatte die Herren nicht einmal bemerkt.

»Noch ein Mord, Herr Holmes! Ein weiteres Mitglied des PERPETUUM MOBILE ist getötet worden! Ermordet worden!«

Der Verwalter taumelte und legte eine Hand auf seine Brust, während der Direktor ihn stützte; auf seinem Gesicht zeichnete sich eine Mischung aus Empörung und Entsetzen ab.

»Ich verlange...« quäkte er.

Holmes ließ ihnen keine Zeit zu erläutern, was sie denn nun verlangten. Er nahm den einen wie den anderen entschlossen beim Ellenbogen und schob sie auf den Treppenabsatz. Dann schloß er die Tür.

»Ich hätte mehr Zurückhaltung von Ihnen erwartet, Spengkler«, sagte er schroff. »Sie können uns unterwegs berichten. Gehen wir.«

Ein schwieriger Todesfall

Auf unserem Weg war Spengkler noch so erschöpft von seinem Lauf, daß er Mühe hatte, mit Holmes Schritt zu halten. Ich hatte bis jetzt nur eins verstanden: Das Opfer war niemand anderes als Rott, das erste Mitglied des PERPETUUM MOBILE, das ich nach Wuppen aufgesucht hatte.

Einstein begleitete uns. Er war Spengkler als Fachmann vorgestellt worden, dessen Anwesenheit unerläßlich sei. Ein Fachmann worin, du lieber Himmel? Noch nie war ich so neugierig gewesen. Der junge Mann zappelte vor Ungeduld bei dem Gedanken, Holmes an der Arbeit zu sehen. Ich versuchte ihn auf den Schock vorzubereiten, den der Anblick eines gewaltsamen Todesfalles bei einem Laien unfehlbar hervorruft.

»Schon möglich«, erwiderte er, ohne die hagere Gestalt von Holmes aus den Augen zu lassen. »Aber man muß über das Schreckliche hinwegsehen können... Was mich interessiert, Doktor Watson, ist nicht das Verbrechen an sich; ich möchte vielmehr Ihren Freund beobachten, verfolgen, auf welchem Weg er, ausgehend von selektiven Fakten, die Theorie aufbaut...«

Ich begriff allmählich, warum Holmes bei seiner ersten Begegnung mit dem Ingenieur leicht verärgert gewesen war.

»Ich beobachte ihn nun schon seit mehr als zwanzig Jahren«, sagte ich, »und ich verstehe immer noch nicht, auf welche Weise er seine Auswahl trifft und wie er seine Theorie aufbaut.«

Einstein sah mich ungläubig an.

»Wollen Sie damit sagen, daß er Ihnen in fünfundzwanzig

Jahren gemeinsamer Arbeit nie mitgeteilt hat, wie seine Untersuchung sich Schritt für Schritt entwickelt?«

Wie sollte ich ihm erklären, daß Holmes im Gegensatz zu anderen Männern, und seien es die besten Spürhunde von Scotland Yard, sich in Sprüngen vorwärtsbewegte, daß sein Geist Etappen übersprang, daß es ihn wenig kümmerte, wenn wir am Wegesrand zurückblieben, wir, die wir nicht über seine Gaben verfügten?

»Wenn Sie ihn scheinbar abwegige Fragen stellen hören, wenn Sie sehen, wie er plötzlich in einer merkwürdigen Richtung forscht, und sich darüber wundern, wird er Ihnen einfach antworten, daß alles vor Ihren Augen liegt und daß Sie nur die richtigen Schlüsse daraus zu ziehen brauchen. Holmes ist kein Pädagoge. Er ist ein Forscher.«

Einstein schüttelte verlegen den Kopf.

»Und ich, Herr Doktor Watson, habe mir tatsächlich eingebildet, Ihre sogenannte Blindheit während der Untersuchung sei nur ein literarischer Trick, um den Leser in Atem zu halten...«

»Das spielt natürlich auch eine große Rolle!« schickte ich schnell hinterher.

»Das beruhigt mich. Ihre schriftstellerische Arbeit erfordert große moralische Kraft«, sagte er nachdenklich und hielt mich dabei am Ärmel fest, während sich Spengkler und Holmes zu meiner Verzweiflung entfernten und ihre Worte sich verloren. »Sie machen es sich zur Pflicht«, fuhr Einstein fort, »die Heldentaten Ihres Freundes optimal zu beschreiben, und geben sich deshalb stets den Anschein, Sie blieben hinter ihm zurück... Was mich angeht, ich wäre zu so viel Selbstverleugnung niemals fähig.«

Ich studierte das runde Gesicht, konnte aber nicht das geringste Anzeichen von Ironie darin entdecken.

»Das Interesse, das meine – unsere Leser an den Tag legen«, sagte ich, um die Diskussion abzuschließen, »ist die beste Entschädigung.«

»Daran zweifle ich nicht!« rief Einstein. »Daran zweifle ich nicht!«

Ich legte einen Schritt zu, konnte jedoch leider nur noch die letzten Worte von Spengkler aufschnappen:

»... Eine schreckliche Geschichte, die für ungeheures Aufsehen sorgen wird, Herr Holmes!«

Als wir die eindrucksvolle Vorderfront des Rottschen Hauses vor uns hatten, war ich darauf gefaßt, daß wir uns einen Weg durch eine sensationslüsterne Menge, einen Kordon überanstrengter Polizisten bahnen müßten... Aber weder Schaulustige noch irgendein wachhabender Posten waren in Sicht. Wir hätten Rott ebensogut einen Höflichkeitsbesuch abstatten können, wäre da nicht der kleine Unterschied gewesen, daß Spengkler die Tür mit einem kleinen Gabelschlüssel selbst öffnete.

»Gleich nachdem mich das Hausmädchen verständigt hatte, habe ich die beiden Bediensteten angewiesen, nichts verlauten zu lassen und sich in ihre Zimmer zurückzuziehen«, sagte Spengkler und trat beiseite, um uns Einlaß zu gewähren. »Es ist nichts berührt worden.«

»Darf ich Ihnen meine Anerkennung aussprechen«, sagte Holmes überrascht. »Ich wünschte, Ihre britischen Kollegen würden genausoviel Umsicht und Urteilsfähigkeit beweisen.«

Der Polizist plusterte sich auf bei diesem verdienten Kompliment. Einstein stieß mir seinen Ellenbogen in die Rippen.

»... Und dazu auch noch ein geschickter Psychologe«, murmelte er.

»Was ist das?« fragte Holmes und wies mit seinem ellenlangen Zeigefinger zur Decke.

Wir spitzten die Ohren. Mit ein paar Sekunden Verspätung vernahm ich ein rhythmisches Maschinengeräusch.

»O ja, richtig«, murmelte Spengkler. »Ich hatte vergessen, es Ihnen zu sagen. Außer den beiden Bediensteten wohnt auch die Mutter von Herrn Rott hier im Haus. Sie ist es, die Sie gerade hören. Der Tod ihres Sohnes hat sie völlig durcheinandergebracht.«

»Das will ich glauben«, sagte Holmes schroff. »Aber dieses Geräusch dringt ja wohl kaum aus ihrer Kehle...«

»Sie sitzt seit heute morgen an einem alten Spinnrad.«

»Eine seltsame Art, seinen Kummer auszudrücken. Nun ja... Zeigen Sie mir jetzt den Weg, bitte.«

»Es ist im Laboratorium, Herr Holmes«, sagte Spengkler und ging uns voraus.

Obwohl Holmes den Flur und die Zimmer auf unserem Weg mit nahezu gleichgültigem Blick streifte, wußte ich, daß ihm nichts Wichtiges oder Bedeutsames entging. Die Möbel, die Vitrinen, die Bücherschränke aus Mahagoni- und Zitronenholz, die mit zarten Statuetten aus chinesischem Porzellan vollgestellt waren, die ziselierten Nippfiguren, die die kleinen runden Tische und die Kaminoberflächen schmückten, alles, auch die kleinste Kleinigkeit, glänzte vor Sauberkeit. Offensichtlich war nichts in Unordnung gebracht oder gestohlen worden. Keine Fuß- oder Blutspur beschmutzte die Teppiche aus hochwertiger Wolle. Von einer Wand des blitzenden Salons herab betrachtete die handkolorierte, vergrößerte Photographie eines sehr dunkelhaarigen Mannes mit plumpem Gesicht und langer Nase ungnädig unseren Vorbeimarsch. Holmes hatte keinen Blick für sie übrig.

Der Reinlichkeitswahn der Schweizer läßt ihre bürgerlichen Häuser beinahe wie Geschäfte aussehen. Der kleinste Aschenbecher glänzt, das winzigste Deckchen ist strahlendweiß. Man brauchte schon Luchsaugen, um außer den unendlich feinen Stäubchen, die in den Sonnenstrahlen tanzten, irgendwelche Staubspuren zu entdecken... Ein Brite besucht diese ebenso hellen wie blitzblanken kontinentalen Wohnungen immer wieder mit einer Mischung aus Entzücken und leichtem Argwohn. Er kann nicht umhin, sich zu fragen, welche geheime Schändlichkeit sich hinter dieser aggressiven Zurschaustellung von Sauberkeit verbirgt.

Eine hohe, quadratische Doppeltür aus Glas mit kleinen, am Rand schräg geschliffenen Scheiben führte ins Laboratorium. Sie war geschlossen. Spengkler holte einen anderen Schlüssel aus seiner Tasche und öffnete sie.

»War sie geschlossen, als das Zimmermädchen heute morgen eintreten wollte, um Herrn Rott seine Schokolade zu servieren?« fragte Holmes.

»Ja, wie gewöhnlich. Sie hat diesen Zweitschlüssel benutzt, der im Salon aufbewahrt wird.«

»Und sie hat sich die Mühe gemacht, beim Hinausgehen wieder abzuschließen, bevor sie Sie alarmierte? Das nenne ich Geistesgegenwart.«

»Nein, das war ich, Herr Holmes. Um auf Ihre erste Frage

zurückzukommen, diese Tür war immer abgeschlossen, selbst wenn Herr Rott arbeitete, und auch die Vorhänge waren zugezogen, so wie jetzt. Es kommt vor – es kam vor, daß Herr Rott sehr lange aufblieb, dann wollte er seine Mutter nicht mit unpassendem Lärm stören. Die Bediensteten hatten die Anweisung, niemals zu klopfen, sondern das Essen zu festgesetzten Zeiten hereinzubringen, wobei sie die Tür mit diesem Zweitschlüssel, der draußen hing, öffnen und wieder schließen sollten. Es liegt auf der Hand, daß der Mörder ihn benutzt hat.«

»Keine übereilten Schlußfolgerungen!« sagte Holmes.

Spengkler stieß die beiden Türflügel auf und zog kräftig die schweren roten Vorhänge auseinander, deren Ringe klappernd über die Gardinenstange glitten. Dann machte er die melodramatische Geste eines Zirkusansagers.

Das Zentrum des Zimmers, in dem bei meinem ersten Besuch ein riesiger Arbeitstisch gestanden hatte, war freigeräumt worden, um der sonderbarsten und unheimlichsten Sache, die ich jemals gesehen hatte, Platz zu machen.

»Das ist es also«, murmelte Holmes und trat zwei Schritte vor.

Einstein und ich hatten uns dagegen nicht vom Fleck gerührt. Wir standen vor Überraschung wie festgenagelt. Einstein war offensichtlich etwas mehr als überrascht. Seiner Kehle entrang sich ein seltsames Geräusch, er legte rasch die Hand vor seinen Mund und trat überstürzt den Rückzug in den Salon an.

Wenn ich in nüchternen Worten beschreibe, was ich vor Augen hatte, kann das nur den Gesamteindruck wiedergeben. Es war ein unvergeßlicher Anblick, der mich noch lange quälen würde, davon war ich überzeugt. War das erste Gefühl Erstaunen gewesen, so stellte sich als nächstes Grauen ein, zumal diesem Tod etwas Unbegreifliches anhaftete. Während jede Spur von Gewalt oder Blut fehlte, ging etwas Monströses von der halbnackten menschlichen Gestalt aus, die rittlings auf einem Fahrradsattel hing, zusammengesackt, aber in sitzender Position gehalten von zwei waagerechten Metallbügeln, die unter seinen Achseln hindurchgeführt und an einen starren senkrechten Rahmen geschweißt waren, eine Art Eisenbock, an dem der Sattel befestigt war. Stricke, die systematisch um Handgelenke, Ellenbogen und Oberkörper geschnürt waren, hielten den Leichnam. Obwohl sein Gesicht nicht zu sehen war, sprang es ins Auge, daß der Tod sein Werk vollendet hatte. Rotts Körper (leicht wiederzuerkennen für jemanden, der ihn schon einmal gesehen hatte, die herabhängenden Schultern, die langen Arme, der zu dicke Oberkörper des Wissenschaftlers) war festgebunden, als ob er Teil der Maschine wäre. Er trug einen Taucherhelm mit versiegelten Sichtfenstern. Seine Füße steckten in Schnürstiefeln und waren solide an Pedalen befestigt, die ebenfalls mit dem Metallbock und über eine Kette mit einem zylindrischen Kupferbehältnis verbunden waren.

Es war sinnlos, sich zu fragen, wozu dieser ganze Aufwand diente, solange wir nicht wußten, wie Rott gestorben war, aber es fiel schwer, sich keine Fragen zu stellen. Entsetzt über diesen irrsinnigen Tod, hatte man das Bedürfnis, sich auf rationales Gelände zu flüchten.

Holmes trat zur Leiche und versuchte, den Helm anzuheben. Vergeblich. Er war auf eine breite Gummihalskrause mit Kupfereinfassung geschraubt. Die Halskrause wiederum wurde durch Lederriemen, die unter den Achseln hindurchführten und an den Metallarmen sorgfältig verknotet waren, auf den Schultern des Toten gehalten.

Holmes ließ vorerst vom Helm ab und ging zu dem Behältnis, das mit den Pedalen verbunden war. Er klopfte mit dem Zeigefinger an die kupferne Wand. Der Behälter wurde überragt von einer dicken Korbflasche aus Weißblech, die sich nach oben hin rundete. Auf halber Höhe fand sich eine kreisförmige Öffnung, die mit einem Gummiventil verschlossen und mit einer halbzolldicken Röhre aus dem gleichen Material versehen war, deren anderes Ende in den Helm mündete.

In diesem Moment gesellte sich Einstein wieder zu uns. Er preßte sich ein Taschentuch vor den Mund und war sehr bleich, aber sein Blick hatte die alte Lebhaftigkeit wiedergefunden.

»Ist das Rott, der Mann, der da angebunden ist?« murmelte er.

Ich nickte. Spengkler blieb seinerseits in Wartestellung. Sein Mund war von einem verkrampften, unbewußten Lächeln verzerrt. Mit dem ungeduldigen und im voraus entzückten Ausdruck eines Hundes, dem sein Herrchen gleich einen Knochen zuwerfen wird, war sein Blick auf Holmes geheftet.

»Versuchen Sie mal, Ihren Verstand zusammenzunehmen, Watson«, erklärte Holmes mit seiner schrillen, fast kreischenden Stimme, »und sagen Sie mir, ob sich nach Ihrer Erinnerung in diesem Zimmer seit Ihrem letzten Besuch irgend etwas verändert hat – abgesehen natürlich von dieser, äh, Sache.«

Ich schritt langsam durch das große Arbeitszimmer und gab mir Mühe, nicht an die grauenvolle Konstruktion zu denken, die sein Zentrum einnahm. Rotts Laboratorium ähnelte keinem anderen, das mir bekannt war. Es roch deutlich nach Bohnerwachs. Die verschiedenen Geräte, die dem Laden eines Kunsttischlers, eines Schmieds oder sogar eines Keramikers alle Ehre gemacht hätten (ein Ziegelofen stand in der entferntesten Ecke), waren sämtlich sorgfältig aufgestellt, mit Etiketten versehen und so sauber und glänzend, als ob sie nie benutzt worden wären. Nur eine Einzelheit paßte nicht dazu: Der Arbeitstisch, der in den Hintergrund des Zimmers geschoben worden und mit einem Gewirr von Stahlwerkzeugen, Eisendrahtstükken und Kupferröhren bedeckt war. Dieses Durcheinander war der Beweis für die Tatsache, daß die merkwürdige Maschine, deren quasi integralen Bestandteil Rott jetzt bildete, hier an diesem Ort konstruiert oder zumindest zusammengebaut worden war.

Eine riesige Tasse aus weißem Porzellan, gefüllt mit kalter Schokolade, und ein silberner Brotkorb, in dem unter einem Damastdeckchen sechs kleine Milchbrötchen lagen, nahmen sich neben diesem Material ganz und gar ungehörig aus. Das Frühstück des Toten. Ein wenig Schokolade war übergeschwappt und auf die Brötchen gelaufen, das einzige Anzeichen für die Bestürzung, die das Hausmädchen empfunden haben mußte.

Ich wies mit der Kinnspitze auf den Arbeitstisch.

»Es scheint mir, daß bei meinem ersten Besuch auch darauf Ordnung herrschte«, sagte ich. »Diese Geräte haben offenbar dazu gedient, die Maschine herzustellen.«

»Sie sind mir eine wertvolle Hilfe, Watson«, sagte Holmes.

»Ich konnte nicht ahnen, daß er ermordet werden würde«, verteidigte ich mich.

»Das ist wahr. Ich werfe Ihnen nichts vor. Im Gegenteil, ich hätte vielleicht selbst daran denken sollen…«

»Besteht die Möglichkeit, daß es ein Unfall war?« fragte Spengkler.

»Ein Unfall?« schrie Holmes ungeduldig. »Ein Selbstmord, meinen Sie? In diesem Fall müßten Sie mir erklären, wie er es angestellt hat, sich selbst auf diese Weise zu fesseln und ...«

»Ja, gewiß, aber wenn man ihm geholfen hat?«

»Dann würde ich es nicht Selbstmord nennen.«

»Aber nehmen wir an«, sagte Spengkler, »nehmen wir nur einmal an, es hätte sich um ein Experiment gehandelt, das schlecht ausgegangen ist, und Herrn Rotts Gehilfe wäre vor Angst geflohen, als er sah, daß sein Meister tot war.«

»Woher hätte der geheimnisvolle Gehilfe kommen sollen, Spengkler? Bei diesem Stand der Untersuchung macht Ihre Annahme alles nur komplizierter, es sei denn, Sie hätten neue Elemente, die mir fehlen.«

»Nein, nein, Herr Holmes! Es war nur so eine Idee ...«

»In diesem Fall sollten wir uns darauf beschränken, die Fakten zu untersuchen.«

Unter den aufmerksamen Blicken von uns dreien, die ihn überhaupt nicht zu stören schienen, betastete Holmes sehr gründlich Rotts Waden und Schenkel. Dann schnürte er einen der Stiefel auf und drückte mit dem Finger auf verschiedene Stellen an dem Fuß, der mir übermäßig angeschwollen vorkam.

Anschließend machte sich Holmes daran, den Taucherhelm abzuschrauben und sein Inneres zu untersuchen, bevor er ihn vorsichtig auf den Boden legte.

Rotts struppiger Kopf kam zum Vorschein. Er war schräg nach vorn gebeugt. Die erloschenen Augen schienen auf den Kupferzylinder zu starren, und der Mund stand trotz seiner Kopfhaltung weit offen, so weit, daß das Kinn wie in den Brustkorb eingelassen aussah. Die Nase war ganz weiß und an der Spitze durch den langen Kontakt mit der Helmwand plattgedrückt; sie glich einer Rübe, die man in zwei Teile geschnitten hatte. Eine blaurote verdrehte Zunge hing wie eine riesige, gut zwei Zoll lange Nacktschnecke zwischen den Zähnen. Holmes berührte die Zunge mit dem Finger und gab ein kurzes, abschätzendes Gebrumm von sich.

»Ihr Gerichtsmediziner wird Ihnen sicher bestätigen, daß er zwischen Mitternacht und ein Uhr morgens gestorben ist«, verkündete er. »Für eine genaue Einschätzung wird man die Rektaltemperatur und eventuell die Temperatur der unteren Gliedmaßen, in denen das Blut sich gestaut hat, messen müssen. Finden Sie nicht, Doktor, daß der *livor mortis* stark ausgeprägt ist?«

»*Livor mortis?*« fragte Einstein.

»Verzeihen Sie diesen Jargon. Ich verstehe darunter die blaurötliche Verfärbung, die Sie auf der Zunge und an den Füßen bemerkt haben.«

»Das liegt wohl an der Position des Leichnams«, sagte ich.

»Auch, aber nicht nur«, verbesserte Holmes.

Ich untersuchte die pergamentartige Struktur der Gesichtshaut, die blaurötlichen Flecken, die sich unregelmäßig auf den Wangen verteilten, die Trockenheit der Hornhaut. Mit einem kleinen Schraubenzieher vom Arbeitstisch schob ich das untere linke Augenlid nach unten. Die Bindehaut war mit winzigen Blutgerinnseln übersät.

»Vor ein paar Jahren habe ich mir in Bedlam den Leichnam eines Irren angesehen«, sagte ich zu Holmes. »Er wies die gleichen Symptome auf.«

»Woran war er gestorben?«

»Er hatte sich eine Schweinsblase über den Kopf gezogen und sich damit selbst erstickt. Aber seine unteren Gliedmaßen waren weniger angeschwollen und zeigten nicht diese fast einheitliche Verfärbung. Könnte Rott beim Treten der Pedale gestorben sein?«

»Bravo, Doktor! Herr Einstein, Sie sind doch Physiker und Ingenieur. Was fällt Ihnen beim Anblick dieser Maschine ein?«

Jetzt trat Einstein näher. Während er sich bemühte, einen allzu genauen Blick auf die Leiche zu vermeiden, prüfte er eingehend den Fahrradantrieb, den Kupferbehälter, mit dem er durch die Kette verbunden war – sie führte ihrerseits um eine horizontale Achse herum, die quer durch den Kupferbehälter lief –, die Weißblechflasche, das Ventil, die Röhre und schließlich das Innere des Helms. Er wurde noch etwas bleicher und kniff die Nasenflügel zusammen, als er die Sekretreste darin entdeckte; sie besudelten den bronzenen Helm, die Lederriemen, die verhindern sollten, daß der Kopf an die Helmwände schlug, und das Sichtfenster. Aber seine Untersuchung unterbrach er deswegen nicht. Als er sich wieder aufrichtete, zitterten seine Hände ein wenig. Sobald er merkte, daß ich ihn beobachtete, versenkte er sie in den Taschen.

»Es ist verrückt, dafür gibt es kein anderes Wort. Verrückt... Großer Gott, ich wage nicht, daran zu denken, wie lange es gedauert hat, bis er starb. Man müßte wissen, was das Kupfergefäß enthält, aber ich glaube, ich ahne es bereits... Ein System von Mühlsteinen, die sich aneinander reiben, und Maschinenöl, ist es das?«

»Exakt«, sagte Holmes, nachdem er die Flasche angehoben und das Innere des Behälters inspiziert hatte.

»Und die Flasche, die Sie da in der Hand halten?« fragte Spengkler.

Holmes lachte kurz und trocken.

»Sie wissen es genauso gut wie wir, Herr Spengkler. Bevor Sie mich hinzugeholt haben, haben Sie – ohne etwas durcheinanderzubringen, das gestehe ich Ihnen zu – jedes kleinste Detail an dieser Maschine gewissenhaft untersucht.«

»Wie haben Sie...«, rief der Inspektor.

»Zunächst, weil Sie nicht zu der Sorte gehören, die irgend etwas dem Zufall überläßt, dann, weil der rechte Ärmel Ihres Mantels eine leichte Ölspur aufweist – ebenso wie das Taschentuch, das Sie, wie ich beobachten konnte, vorhin herausgezogen haben, um sich die Stirn abzuwischen. Nachdem Sie den Inhalt des Kupfergefäßes inspiziert hatten, haben Sie sich die Flasche näher angesehen, nicht ohne sich zuvor den unteren Teil des Gesichts mit dem Taschentuch zu bedecken. Eine lächerliche Vorsichtsmaßnahme für den Fall, daß die Flasche mit einem tödlichen Gas gefüllt gewesen wäre, das kann ich Ihnen versichern, Herr Spengkler.«

»Auf jeden Fall muß es sich vollkommen verflüchtigt haben, weil ich überhaupt nichts gerochen habe«, sagte Spengkler. »Diese Flasche enthält nur noch Luft.«

»Sie hat nie etwas anderes enthalten. Was meinen Sie dazu, Herr Einstein?«

»In der Tat«, sagte Einstein finster. »Sie haben recht. Nie wäre mir in den Sinn gekommen, daß ein menschliches Wesen seine abartige Erfindungsgabe darauf verwenden könnte, einen seiner Mitmenschen zu ermorden.«

Der Carnot-Prozeß

Als der junge Ingenieur gerade mit seiner Erläuterung begonnen hatte, wurde die Glastür heftig aufgestoßen. Ein riesenhaftes Wesen tauchte auf, das weibliche Gegenstück zu Rott. Sie trug einen malvenfarbenen Morgenrock von den Ausmaßen eines Zeltes, ihr struppiges, graues Haar war kurzgeschnitten, kleine, tiefliegende und gerötete Augen richteten sich auf uns wie Zwillingskanonen aus den Tiefen ihres Bunkers.

Sie musterte uns grimmig, um uns anschließend mit einem Schwall kehliger Laute zu bombardieren und einen anklagenden Zeigefinger auf Spengkler zu richten. Der Inspektor zeigte sich der Situation gewachsen: Er stellte sich auf die Zehenspitzen und bot dem Tornado die Stirn.

»Seltsam«, murmelte Holmes neben mir. »Sie spricht keinen Berner Akzent. Ich tippe auf Norddeutschland.«

»Sie ist empört, weil wir das Heiligtum ihres Sohnes entweihen«, sagte Einstein leise zu mir. »Vielleicht sollte ich...«

»Nein, bleiben Sie!« sagte Holmes. »Sagen Sie ihr«, fügte er an Spengkler gewandt hinzu, »daß sie die Vertreter des Gesetzes ihre Arbeit tun lassen muß, wenn sie will, daß ihr Sohn gerächt wird.«

Der Inspektor tätschelte der Frau jetzt die Hand und drängte sie dabei sacht zum Ausgang.

»Haben Sie das bemerkt?« murmelte Einstein. »Sie hat keinen Blick auf die Leiche geworfen.«

»In der Tat«, sagte Holmes. »Das ist eine keineswegs ungewöhnliche Reaktion. Im Angesicht des Unvermeidlichen flüchten sich manche in freiwillige Blindheit und klammern sich lieber an Nebensächlichkeiten wie Sitte und Anstand. Sie haben es ja gehört, sie hat uns vorgeworfen, daß wir *ohne Erlaubnis* in das Laboratorium ihres Sohnes eingedrungen sind, ganz so, als ob er noch am Leben wäre. Sie hat vorübergehend verdrängt, daß er gestorben ist.«

»Ich habe sie der Köchin anvertraut«, erklärte Spengkler bei seiner Rückkehr und machte die Tür hinter sich zu. »Du lieber Gott, was für eine Frau... Ich habe die Haushälterin angewiesen, einen Arzt zu holen. Ich fürchte, ohne ein Beruhigungsmittel wird sie einen Anfall erleiden, sobald sie ihr Gedächtnis wiederfindet. Hat Herr Einstein schon mit seiner Beweisführung begonnen?«

»Wir haben auf Sie gewartet«, sagte Holmes und hob einen Finger in Einsteins Richtung wie ein Dirigent, der das Tempo seiner Instrumentalisten regelt.

Einstein räusperte sich.

»Also die Funktionsweise dieser, äh, Vorrichtung«, sagte er. »Beginnen wir mit dem Antrieb. Indem Rott die Pedale bediente, hat er die Kette in Bewegung gesetzt, die ihrerseits den beweglichen Mühlstein antrieb, der im Inneren des ölgefüllten Behälters auf die Achse montiert ist. Die Mühlsteine reiben sich aneinander und erzeugen dabei Wärme, und diese Wärme überträgt sich natürlich auf das Öl. Drücke ich mich deutlich genug aus? Das Öl vermittelt seine Erwärmung der Weißblechflasche, die auf dem Behälter steht, und heizt die Luft darin auf. Die so erwärmte Luft dehnt sich aus und gelangt folglich durch die Gummiröhre in den Taucherhelm, wo sie dem Mann, der die Pedale bedient, das Atmen ermöglicht... Die andere Röhre an der Basis des Helms erlaubt die Ableitung des Kohlendioxyds.«

»Aber er brauchte die Pedale doch nicht zu treten«, wunderte ich mich. »Er mußte nur die Luft einatmen, die aus der Flaschenröhre kam.«

»Eben nicht. In der Flasche ist unten an der Luftröhre ein weiteres Ventil angebracht. Es ist ein Spezialventil, bestehend aus einem Rohr und einem kleinen Korkball, der die Öffnung verschließt, wenn man einatmet, es sei denn, der Druck in der Flasche steigt. Außerordentlich genial erdacht und... abscheulich.«

»Und die Öffnung auf der anderen Seite der Flasche, die mit dem einfachen Gummiventil verschlossen ist?« fragte Spengkler.

»Das liegt auf der Hand! Wenn die erwärmte und also ausgedehnte Luft den Korkball verdrängt, durch die Röhre zum Helm hin entweicht und dem Mann zu atmen erlaubt, senkt sich der Druck in der Flasche, und das Gummiventil gibt unter dem Druck der Außenluft nach. So kann sich der Frischluftvorrat in der Flasche erneuern und in dem Maße erwärmen, wie der Mann in die Pedale tritt...«

»Aber das ist unglaublich!« rief ich aus. »Je stärker er in die Pedale tritt, desto mehr Sauerstoff verbraucht er und desto mehr Anstrengung ist erforderlich, um diesen Sauerstoff zu erneuern, und...«

»Und er stirbt an Erstickung«, unterbrach Holmes. »Verstehen Sie jetzt?«

»Das ist grauenhaft«, murmelte Einstein. »Als ob jemand den materiellen Beweis hätte liefern wollen, daß es unmöglich ist, sich über das Clausius-Gesetz hinwegzusetzen.«

»Ich begreife nichts von alledem«, erklärte Spengkler. »Es reicht mir zu wissen, daß Herr Rott von jemandem ermordet wurde, der nicht wollte, daß er seine Forschungen zum Abschluß bringt... Auch ein Wissenschaftler, genau wie er, nicht wahr, Herr Holmes?«

»Ich fürchte, Sie haben nicht richtig erfaßt, was unser Freund uns soeben gesagt hat«, antwortete der Angesprochene in zukkersüßem Ton. »Der Mörder wollte Rott – und allen, die es ihm gern nachmachen würden – beweisen, daß seine Forschungen über das Perpetuum Mobile nicht erfolgreich sein *konnten.*«

»Der Carnot-Prozeß«, murmelte Einstein.

»Was für ein Prozeß?« zeterte Spengkler. »Clausius, Carnot. Ich verstehe wahrhaftig gar nichts mehr, wenn Sie anfangen, in Rätseln zu sprechen!«

»Aber es ist ganz einfach!« sagte Einstein. »In seinen *Überlegungen zur Antriebskraft des Feuers* hat der Physiker Carnot die folgende Demonstration dargelegt: Angenommen, daß Luft bei Normaldruck in einen Zylinder eingeschlossen und mit einem Kolben verstopft wird. Weiterhin angenommen zwei Körper, A und B, deren Temperatur konstant ist. A ist warm. B ist kalt. Bringt man den Zylinder, der die Luft enthält, in Kontakt mit Körper A, steigt die Lufttemperatur, und die sich ausdehnende Luft drängt den Kolben nach oben. Man entfernt Körper A. Die Temperatur sinkt. Man bringt den Zylinder in Kontakt mit B. Die Luft verdichtet sich durch den fallenden Kolben und liefert B die Wärme, die sie beim Kontakt mit A gespeichert hat. Man nimmt Körper B weg. Da die Luft ihre Wärme nicht mehr an B vermitteln kann, steigt ihre Temperatur, während der weiterhin fallende Kolben gleichzeitig für steigenden Druck sorgt. Wenn die Temperatur der Luft wieder die Temperatur von Körper A erreicht hat, bringt man den Zylinder erneut in Kontakt mit A, und der Kolben steigt wieder... Und so weiter. Die Umwandlung dieser Wärme in Arbeit...«

»Schluß!« brüllte Spengkler und hielt sich die Ohren zu. »Schluß! Schluß mit Körper A und Körper B und Druck und Kolben! Ich will mir keinen Physiklehrgang anhören, ich will wissen, warum Herr Rott umgebracht worden ist! Das ist alles!«

Einstein seufzte und warf Holmes einen enttäuschten Blick zu.

»Sehr gut«, sagte Holmes. »Es steht weder in meiner Macht noch ist es meine Absicht, Ihre wissenschaftliche Ausbildung zu übernehmen, Herr Spengkler. Aber wenn Sie bis zum Ende der Beweisführung abgewartet hätten, würden Sie jetzt begreifen, wie der Verstand des Mörders funktioniert, und das scheint mir das Wichtigste, da wir nun einmal keinen materiellen Anhaltspunkt haben und die Bediensteten zu der Zeit, als das Verbrechen seinen Lauf nahm, tief und fest schliefen...«

»Wenn Sie darauf hinauswollen, daß der Mörder ein geistesgestörtes Ungeheuer ist, stimme ich Ihnen bereitwillig zu«, sagte Spengkler mit höhnischem Lachen.

»Ein Geistesgestörter, der ein paar Besonderheiten hat, mein lieber Freund. Ein Geistesgestörter, der uns sagt, und zwar so deutlich, als stünde es Schwarz auf Weiß geschrieben: Da habt ihr den materiellen, den körperlichen Beweis, daß das Perpetuum Mobile nicht existiert, denn wenn es existierte, wäre Rott noch am Leben.«

»Genau!« sagte Einstein. »Rotts Tod ist der Beweis für die Gültigkeit des Clausiusschen Prinzips, das man auch den zweiten Hauptsatz der Thermodynamik nennt. Er lautet ungefähr so: *Es ist unmöglich, Wärme ohne Nebenwirkungen – das heißt, ohne gleichzeitig Arbeit aufzuwenden oder an den beteiligten Körpern irgendwelche Veränderungen herbeizuführen – von einem niedrigeren auf ein höheres Temperaturniveau zu heben.* Im vorliegenden Fall konnte die Wärme, die von den reibenden Mühlsteinen im Öl erzeugt wurde, Rott nicht genug Luft zuführen, daß er mit seinem Treten so viel Luft bekommen hätte, wie er brauchte, um weiterzuatmen. Ich weiß, das ist ein wenig kompliziert...«

»Nehmen wir mal an, es ist so«, sagte Spengkler. »Was bringt uns das?«

»Sehr viel, Herr Spengkler«, sagte Holmes schroff. »Vor allem aber die Erklärung für die Motive beim ersten Mord, dem an Gruz.«

Die beiden Hauptsätze

Spengklers verblüffte Miene wich unmittelbar darauf einem Lachen.

»Ach, Herr Holmes!« sagte er kopfschüttelnd. »Fast hätten Sie mich hereingelegt! Auch wir Berner wissen einen gut vorgetragenen Scherz zu schätzen!«

»Was wollen Sie damit sagen?« fragte Holmes verwundert; seine Wangenknochen hatten eine häßliche rote Färbung angenommen. »Ich weiß nicht, inwiefern der Tod dieser beiden Männer zum Lachen Anlaß gibt.«

»Nein, Sie haben mich mißverstanden, Herr Holmes! Ich meine nur, man braucht kein großer Wissenschaftler zu sein, um zu erkennen, daß einer, den man vollkommen untertaucht, sei es in einer Badewanne, einem Faß oder einer Thermosflasche, ebenso sicher ertrinkt wie der, den man in die Aare wirft.«

»Meine Hochachtung für Ihren praktischen Verstand, Lestrade, Verzeihung, Spengkler. Aber wäre es in diesem Fall für den Mörder nicht einfacher gewesen, vorzugehen, wie Sie es empfehlen, oder seinem Opfer einen Schuß zwischen die Augen zu setzen, wie es ja häufig zu beiden Seiten des Ärmelkanals praktiziert wird?«

»Gewiß, aber...«

»Es gibt kein Aber, Spengkler.«

Holmes wandte sich an Einstein.

»Sagen Sie uns lieber, was Ihnen als einem ehemaligen Studenten der Naturwissenschaften bei der Calciumdichloridlösung einfällt, in die man Gruz getaucht hat?«

»Dichlorid?« fragte Einstein und strich mechanisch über seinen kleinen Schnurrbart. »Das sagt mir nichts. Ich muß Ihnen gestehen, daß ich nie ein besonderer Experte in Sachen Chemie gewesen bin...«

»Dafür braucht man kein Experte zu sein!« rief Holmes. »Was geschieht, wenn man Calciummonoxydkristalle in reinem Wasser auflöst, das so gewonnene Hydroxyd in ein Kalorimeter füllt und in das Ganze Salzsäure gibt... Jedermann weiß, daß daraus Calciumdichlorid entsteht und Wärme, die durch die Reaktion freigesetzt wird!«

»Ja doch, das ist richtig!« sagte Einstein. »Aber es gibt eine einfachere Möglichkeit. Es genügt, das Monoxyd in direkten Kontakt mit der Säure zu bringen. Ich erinnere mich jetzt wieder. Um den alten Schwachkopf Gruffenmuller, unseren Chemieprofessor, in Wut zu bringen, habe ich einmal anstelle von Salzsäure...«

»Das tut nichts zur Sache!« unterbrach Holmes. »Warum ließ man Sie diese Experimente machen, Einstein? Was war das Lernziel?«

»Man mußte anhand des Kalorimeters die Wärmemengen vergleichen, die bei dem einen und dem anderen Fall freigesetzt wurden. Wenn das Experiment richtig durchgeführt wird, erhält man im Prinzip die gleiche Kalorienmenge, unabhängig vom Typ der angewandten Reaktion. Das ist eine der geläufigsten Arten, in der Chemie die Gültigkeit des ersten Hauptsatzes der Thermodynamik zu überprüfen, der lautet: *Welche Veränderungen auch immer im Inneren eines geschlossenen Systems vor sich gehen, die Summe aller Energiearten in diesem System bleibt konstant.* Man kann das auch anders ausdrücken: Wenn Sie auf einer Schiffsbrücke stehen und auf das Segel blasen, wird das Schiff nicht schneller. Dahinter steckt das gleiche. Es ist das bekannte Prinzip von der Erhaltung der Energie.«

»Vielen Dank, Herr Ingenieur! Nun«, sagte Holmes zu Spengkler gewandt, »sind Sie jetzt überzeugt?«

»Nein«, erklärte Spengkler tapfer. »Ich habe überhaupt nichts begriffen.«

»Großer Gott!« rief Einstein aus. »Gerade wird mir klar... Der erste Hauptsatz...«

»Sehr richtig, der erste Hauptsatz«, wiederholte Holmes mit übertriebener Geduld. »Die Temperatur von Gruz' Körper blieb erhalten, weil eine Thermosflasche benutzt worden ist und weil die Reaktion Wärme freigesetzt hat. Die Energie des geschlossenen Systems Gruz-Flasche-Dichlorid blieb konstant, aber Gruz ist trotzdem ertrunken.«

»Wie viele dieser Hauptsätze der, äh, Thermodynamik gibt es, Herr Einstein?« fragte Spengkler nachdenklich.

»Ich sehe, daß Sie schließlich doch noch zum Kern des Problems gekommen sind, Spengkler«, sagte Holmes anstelle des jungen Ingenieurs. »Es gibt zwei, und es sind diese beiden nicht zu umgehenden Hauptsätze, die die Mitglieder des PERPETUUM MOBILE zu leugnen versuchen.«

»Nun gut«, sagte Spengkler mit einem fast komischen kleinen Seufzer, »vielleicht bedeutet das wenigstens, daß es keinen weiteren Mord mehr gibt...«

»Ich verstehe nicht recht, Holmes, was für einen Sinn...«

»Ich bitte Sie, Watson, kommen Sie, packen Sie aus! Ich weiß, daß Sie seit ein paar Stunden darauf brennen, mir eine Szene zu machen; ich bin Ihnen unendlich dankbar, daß Sie mit Ihrem Ausbruch gewartet haben, bis Spengkler und Einstein verschwunden waren. Aber kosten Sie zuerst diesen Wein. Ist es nicht ein schöner Gedanke, daß ein Stückchen vulkanischer Felsen und ein geeigneter Abhang ausreichen, dieses Wunderwerk hervorzubringen? Welche Abfolge ebenso komplizierter wie empfindlicher chemischer Prozesse bewirkt, daß dieser Rebensaft sich von einem gewöhnlichen Rachenputzer unterscheidet? Ist das nicht faszinierend?«

Wir saßen in einem kleinen Restaurant in der Nähe des Münsters. Um meine Ruhe wiederzugewinnen, zwang ich mich zu einem ordentlichen Schluck Tokaier. Holmes hatte recht. Das köstliche Bouquet, fruchtig und pikant, ließ mich die Untersuchung vorübergehend vergessen. Mit einer Kopfbewegung zollte ich meinem Freund Anerkennung für seine Wahl. Allein dieser Schluck Wein hatte in mir eine Flut olfaktorischer Eindrücke ausgelöst; dergleichen hatte ich noch nie erlebt. Die Steigerung meiner Sinneswahrnehmungen war nicht unbedingt ein Vorteil. Eine Welle von Gerüchen drang mir in die Nase und zerstörte den lieblichen Duft des Weines: Es war eine Mischung aus feuchter Wolle, Pelz, Schweiß, gebratenem Fett, Brennspiritus, Leuchtgas und anderen, noch verdächtigeren Ausdünstungen, die ich zu normalen Zeiten nie wahrgenommen hatte. Was hatte Krafft-Ebing gesagt? Kein Alkohol, Doktor Watson, vor allem kein Alkohol! War dieser übermächtige Geruchssinn eine neue Nebenwirkung von Bunds Gift? Ich sah Holmes entsetzt an und teilte ihm meinen Zustand mit.

»Beruhigen Sie sich«, sagte er mit einer Grimasse. »Die Anfälle werden immer seltener und schwächer. Solange sie sich auf Ihre Nase beschränken, ist es nicht weiter schlimm... Falls Sie beim Anblick einer hübsch geformten Taille ein unwiderstehliches Kribbeln überkommt, sagen Sie mir Bescheid, dann ist immer noch Zeit genug, Abhilfe zu schaffen. Schlimmstenfalls kann ich Sie mit einem Schlag betäuben.«

»Sehr gut«, sagte ich und versuchte, über diesen hinterhältigen Angriff und über Holmes' Humor hinwegzusehen. »Sagen Sie mir also, was für einen Sinn der Physiklehrgang von vorhin haben sollte. Ich war nahe daran, Spengklers Gereiztheit zu teilen. War es nötig, diesen jungen Mann und seine Theorien einzuschalten?«

»Sie werden mich doch nicht dazu bringen, Ihnen Inkonsequenz vorzuwerfen, Watson? Niemand kann uns besser als der junge Einstein helfen, diese Morde zu verstehen, weil sie von einem Wissenschaftler oder zumindest von einem, der außergewöhnliche wissenschaftliche Kenntnisse besitzt, begangen worden sind.«

»Ein neuer Moriarty?«

»Ganz und gar nicht. Moriartys Verstand war ebenso brillant wie abartig. Er zerbrach sich den Kopf darüber, wie er alles, was er berührte, verderben konnte, und er wußte Geld zu schätzen. Unser Verbrecher ist von anderem Kaliber. Er ist vom gleichen Geist beseelt wie ein Torquemada, der die Ketzerei verfolgte, oder ein Kreuzritter, der im Namen der Zehn Gebote die Heiden ausmerzte. Er hat sich zum fanatischen Verteidiger der Wissenschaft aufgeschwungen und tötet diejenigen, die nicht seiner Meinung sind.«

»Das ist doch lächerlich!« rief ich.

Als ich sah, daß sich mehrere erstaunte und vorwurfsvolle Gesichter zu mir umdrehten, fuhr ich etwas leiser fort:

»Ohne Wissenschaftler zu sein, weiß ich ganz genau, daß es unsinnig ist, die menschlichen Gesetze auf der gleichen Ebene zu betrachten wie die Naturgesetze! Auch wenn es, zum Beispiel, verboten ist zu stehlen, besteht die Möglichkeit, es zu tun; das Hauptmerkmal der Naturgesetze ist dagegen, daß sie sich sehr gut ganz allein durchsetzen können, weil bis jetzt niemand in der Lage war, sie zu überschreiten. Sie brauchen keine Polizei, um sich Achtung zu verschaffen!«

»So ist es, Watson, und genau da liegt die Bedeutung dieses Falles. Wir haben es mit einem hochrationalen, wissenschaftlichen und sicherlich brillanten Geist zu tun, der sich selbst zum besessenen, irrationalen Verteidiger der Wissenschaft erhoben hat! Dieser Verbrecher handelt, als ob die Mitglieder des PERPETUUM MOBILE unerschütterliche Prinzipien gefährden könnten! Ist das nicht faszinierend? Nun hat der junge Einstein aber eine Abhandlung über die Thermodynamik geschrieben, und diese ist von der Universität zurückgewiesen worden.«

»Wollen Sie etwa sagen, Sie verdächtigen den jungen Mann?« rief ich.

»Nein, ich will nur sagen, daß er sein Thema von Grund auf beherrscht, um so mehr, als er die wissenschaftliche Gemeinde von innen kennt und zugleich ausreichend Abstand hält, um sie beurteilen zu können. Wir beide dagegen, Watson, sind absolute Neulinge. Wenn ich Ihnen Inkonsequenz vorwerfe, geschieht das nicht nur zum Vergnügen, obwohl es mir manchmal diabolische Freude macht, Sie in Wut zu bringen. Haben Sie nicht festgestellt, daß Einstein Beziehungen zu einem exaltierten jungen Mann hat, einem brillanten Physiker, der auf wissenschaftlichem wie auf politischem Gebiet gleichermaßen für seine revolutionären Ideen bekannt ist?«

»Großer Gott, das hatte ich vergessen«, murmelte ich. »Natürlich, Adler!«

»Ganz richtig, Adler. Leider hat Ihr Anfall gestern abend verhindert, daß Sie mir mehr darüber erzählen konnten.«

»Tut mir leid, daß ich nicht fähig war, ihm zu entkommen«, sagte ich kühl.

Dennoch berichtete ich ihm unverzüglich von meiner kurzen Begegnung mit dem jungen Sozialisten, der sich so drohend geäußert hatte. Während ich sprach, beobachtete ich Holmes. Warum hatte ich den Eindruck, daß ich nur Tatsachen bestätigte, die er bereits kannte?

»Ist er nicht der ideale Täter?« schloß ich. »Oder zumindest ein sehr überzeugender Verdächtiger?« fügte ich hinzu, als ich Holmes' Grimasse sah. »Und der Name Adler sagt Ihnen also gar nichts?«

Er zog die Brauen hoch.

»Warum zum Teufel sollte mir der Name irgend etwas sagen? Ich weiß ja, daß Sie mich für eine Art lebendige Enzyklopädie des Verbrechens halten, Watson, aber ich kann Ihnen versichern, daß in meinem Kopf nicht sämtliche Meldungen aus den Polizeiberichten der letzten dreißig Jahre gespeichert sind... Und wenn meine Unterhaltung Sie langweilt, sagen Sie es mir ruhig, ich werde versuchen, ein Thema zu finden, das Ihnen angebrachter erscheint!«

Dieser letzte, in knarrendem Ton vorgebrachte Ausfall erreichte mich mit einer kleinen Verspätung, wie es manchmal vorkommt, wenn der Verstand von einer Tatsache oder einer unvermutet auftauchenden Idee vollkommen besetzt ist. Die Neuigkeit, die mein Herz schneller schlagen und fast so etwas wie Unwohlsein in mir aufkommen ließ, war in diesem Fall durchaus stofflicher Natur: Ein paar Tische weiter hatte soeben eine Frau Platz genommen – *die Frau,* sollte ich sagen, denn ich erkannte sie auf Anhieb, ungeachtet des dichten Schleiers, der an ihrem schwarzen Samthut befestigt war.

»Das ist sie«, flüsterte ich. »Drehen Sie sich nicht sofort um, Holmes, warten Sie, bis...«

Ohne sich um meinen Rat zu kümmern, sah sich Holmes um und blieb eine gute halbe Minute lang so sitzen, dem verschleierten Wesen zugewandt. Meine übersteigerten Sinne quälten mich jetzt noch heftiger. Aus den vielfältigen Gerüchen löste sich ein leichtes, erregendes Parfum, jenes, das... Mit einem kräftigen Schluck Tokaier versuchte ich, diesen Duft und die damit verknüpften furchtbaren Erinnerungen zu ertränken. Holmes hatte mir versichert, daß ich geträumt hatte, daß sie nicht gekommen war, als ich in meinem Delirium lag. In diesem Punkt hatte er gelogen. Aber zumindest mußte er rechtzeitig zur Stelle gewesen sein. Was hatte sich danach zwischen ihm und der Frau abgespielt? Plötzlich wandte er sich mir wieder zu.

»Fühlen Sie sich nicht wohl, Watson?« fragte er besorgt.

Ich bemühte mich, ihn mit einem Lächeln zu beruhigen, aber tatsächlich drehte es sich in meinem Kopf wie verrückt. Ich war nicht sicher, ob meine Beine mich bis zu meinem neuen Hotel, dem Savoy, tragen würden. Seltsamerweise schien es mit Holmes auch nicht besser zu stehen als mit mir. Seine Wangen wirkten noch hohler als gewöhnlich, ein fiebriger Glanz brannte in seinem Blick, so daß man ihm schwer standhalten konnte, sein schmallippiger Mund war nur noch ein kaum sichtbarer Strich.

»Ich begleite Sie zurück«, sagte er. »Sie müssen sich unbedingt ausruhen. Wir werden die Unterhaltung morgen fortführen, und ich verpflichte mich, keinen weiteren Schritt ohne Ihre Hilfe zu unternehmen.«

»Aber... diese Frau, man muß etwas tun!«

Er schüttelte ungeduldig den Kopf.

»Lassen Sie sich nicht von Ihren Schriftstellerphantasien hinreißen, mein Lieber. Was haben wir mit Frauen zu tun, sei es diese oder eine andere? Gehen wir!«

Es schien mir jetzt, als hätte ich alle Elemente beisammen, um zu begreifen oder besser, mich zu erinnern, wie diese Gestalt hieß, wie sie aussah, und auch, warum Holmes sich solche Mühe gab, mir ihre Identität zu verheimlichen. Aber die Wirklichkeit glitt mir unter den Füßen weg wie eine rußige Landschaft, die man von der Höhe eines Berges flüchtig sieht und die sich in dem Maße, wie der Nebel fällt, in Nichts auflöst. Nebel... Diese Frau hatte etwas mit Nebel zu tun...

»Es geht schon wieder, Holmes. Ich kehre allein ins Hotel zurück.«

»Ich begleite Sie«, beharrte er.

»Kommt gar nicht in Frage. Machen Sie lieber dieser ausgezeichneten Flasche den Garaus. Mir ist es hier zu warm. Ich ersticke. Ein kleiner einsamer Spaziergang, und alles ist wieder in Ordnung.«

»Wie Sie wollen. Und denken Sie daran, Sie wohnen nicht mehr im Bristol. Am Kornhausplatz halten Sie sich rechts, nicht links.«

Allein der Gang durch den Saal war schon eine Prüfung. Meinen Vorsätzen zum Trotz mußte ich einfach einen kurzen Blick auf die verschleierte Frau werfen, als ich an ihr vorbeikam. Sie schreckte zurück und warf den Kopf nach hinten, als ob sie fürchtete, ich könnte sie streifen. Oder war das nur eine weitere Laune meiner Sinne? Wieder stiegen all meine Zweifel in mir hoch, meine Wangen brannten vor Scham. Einzig die Flucht schien mir ein ehrenhafter Ausweg.

In die Falle gelockt!

Draußen sprang die Kälte mich an, eine trockene, schneidende, geruchlose Kälte. Eine Wohltat für Nase und Lungen, die vom Übermaß der Gerüche so bedrängt worden waren. Bei jedem Atemzug wurde mein Kopf klarer. Wie zum Teufel hatte ich mich ein paar Minuten vorher dermaßen schlecht fühlen können? Fast wäre ich umgekehrt und hätte mich wieder zu Holmes gesellt. Ich zögerte, die Hand schon am Türknauf. Warum eine neue Unpäßlichkeit riskieren? Holmes hatte versprochen, mich aufzusuchen, bevor er den kleinsten Schritt unternahm.

Dennoch hielt sich tief in meinem Inneren – Intuition oder sechster Sinn – eine vage Unruhe, das verschwommene Gefühl einer bevorstehenden Gefahr, das vielleicht mit dem erneuten Auftauchen der verschleierten Frau zusammenhing. Ich zuckte die Achseln, wie um mich von der Last dieser unklaren Angst zu befreien, und gelangte wieder in den Vollbesitz meiner Kräfte. Die Nacht war so schön, daß ich überhaupt keine Lust hatte, schlafen zu gehen. Anstatt die Hauptstraße, die Kramgasse, zum Hotel zu nehmen, spazierte ich zur Aare hinunter. Das Schauspiel des dunklen, tief ins Gestein eingeschnittenen Wassers, das graue Eisblöcke führte, lockte mich an.

Ich schlenderte am Ufer entlang und folgte ihm in nördlicher Richtung bis hinauf zur Nydegg-Brücke. Jenseits davon wurde die Straße von einem Weg abgelöst, den dunkle Büsche und Bäume mit weißgefrorenen Ästen säumten. Die so nahe gelegene Stadt wirkte fern und abstrakt, zumal vor kurzem alle Lichter erloschen waren. Am anderen Ufer hob sich die düstere Masse Altenbergs kaum vom ebenso düsteren Himmel ab. Im Westen schlugen die Bären des Zeitglockenturms elfmal und wurden sogleich abgelöst von einer, dann einer zweiten Glocke; jede dieser Glocken war höher gestimmt als die vorherige.

War es ihr aufdringlicher Klang oder die Vision des Unendlichen, was mich an Mary denken ließ, ich weiß es nicht... Was machte sie jetzt? Schlief sie? Vor meiner Abreise hatte sie die Absicht gehabt, ihre Tante zu besuchen. Das tat sie seit einiger Zeit immer häufiger. Oder war sie in London geblieben und las in einem Winkel am Feuer in aller Ruhe einen französischen Roman? Ich hatte ihr bisher nur einen kurzen Brief geschrieben und nahm mir vor, diese Unachtsamkeit gleich morgen wiedergutzumachen.

Aus der Ferne erschien sie mir so wie bei unserer ersten Begegnung: blond, zart, mit großen blauen Augen, klein und unbeugsam, bereit, sich in das größte Abenteuer ihres Lebens zu stürzen... Die Entfernung erlaubt manchmal, daß man sein Leben unter sich ausgebreitet sieht wie ein enges Tal am Fuße eines Gebirgspasses. Man umfaßt mit einem Blick die Unebenheiten, die Weiler, die Felder, sämtliche Biegungen des Weges, der einen dahin geführt hat, wo man jetzt ist. Man entdeckt auch die Abkürzungen, die man zu benutzen versäumt hat, prachtvolle Bauwerke, an denen man achtlos vorübergegangen ist, aus Trägheit oder weil eine dünne Wand aus Bäumen sie verbarg. Je mehr der Blick sich dem Talgrund nähert, desto verschwommener und undeutlicher werden die Einzelheiten, desto schwerer fällt es, zu glauben oder sich auch nur vorzustellen, daß es eine Zeit gegeben haben soll, in der man dort unten war, in solcher Ferne und mit einem so gewaltigen Aufstieg vor sich. Es ist nicht nur ein verborgener Zufall, der bewirkt, daß man sich für diesen Paß, diesen Weg und nicht irgendeinen anderen entscheidet.

Was wäre aus mir geworden, wenn ich mich nicht darauf eingelassen hätte, eine möblierte Wohnung in der Baker Street mit einem jungen Sonderling zu teilen, der sich für Chemie und Geigenspiel begeisterte? Wenn meine Abneigung gegen Holmes' Ticks und gegen seine Unordnung stärker als mein fasziniertes Interesse an seinem Talent gewesen wäre? Zumindest darauf konnte ich antworten. Mein Leben wäre sicher nicht so reich an Überraschungen aller Art gewesen...

Dieser Augenblick der Einsamkeit in Dunkelheit und Kälte

hatte meine kurze Krise um den Preis einer kleinen melancholischen Anwandlung beendet. Ich spürte beinahe, wie Bunds Gift aus meinen Venen schwand. Ich war wieder frei und bei klarem Verstand.

Das war der Zeitpunkt, an dem der Schleier zerriß. Kein anderes Bild kann treffender ausdrücken, was geschah. Ich war so beherrscht von meiner Vergangenheit, daß ich nicht einmal mehr an unsere Untersuchung dachte. Und plötzlich wußte ich, wer die verschleierte Frau war, wo und wann ich sie zum ersten Mal gesehen hatte und vielleicht sogar, weshalb sie sich an unsere Fersen heftete. Keine Rede mehr davon, ins Hotel zurückzukehren! Ich hoffte, daß es noch nicht zu spät war, daß Holmes das Restaurant noch nicht verlassen hatte! Im Laufschritt stampfte ich das Gestrüpp nieder, stürzte in die erstbeste Gasse, rannte um das mächtige Rathaus herum. Jeder meiner Sprünge rief ein nachhaltiges Echo unter den Arkaden hervor...

Unmittelbar vor dem Restaurant blieb ich stehen, um wieder zu Atem zu kommen. Es wäre unklug gewesen, rot angelaufen und mit heraushängender Zunge im Saal aufzutauchen und sämtliche Blicke auf sich zu ziehen.

Die Tür öffnete sich vor mir, ein rechteckiger Lichtschein fiel auf das schneebestäubte Pflaster, und Holmes kam heraus. Instinktiv trat ich in den Schatten zurück: Er war nicht allein, sonst hätte er mich sofort gesehen. In einen riesigen pelzgefütterten Mantel gehüllt, stand die verschleierte Frau neben ihm, und beide unterhielten sich lebhaft, aber so leise, daß ich nichts verstehen konnte.

Es galt aufzupassen, aber nicht einzuschreiten. Ich wartete, bis sie sich in westlicher Richtung gut hundert Meter entfernt hatten, und folgte ihnen dann. Ich übernahm diese Aufgabe nur ungern, aber sie schien mir unerläßlich. Aus unverständlichen Gründen war Holmes den Verfolgungen dieser Frau ausgesetzt. Daß er mir diese bedauerliche Tatsache verheimlichen wollte, war sein gutes Recht. Ich als sein Freund hatte jedoch die Pflicht, ihn um jeden Preis zu schützen, und sei es gegen seinen Willen.

Unter anderen Bedingungen hätte Holmes mich trotz meiner Tricks und Vorsichtsmaßnahmen längst entdeckt, doch die

Worte der Frau, mit leiser, zischender Stimme vorgetragen, nahmen all seine Aufmerksamkeit in Anspruch.

Bern schlief. Die Stadt wirkte so ausgestorben und düster wie ein verlassener antiker Ort. Ein eisiger Nordwind wehte von der Aare her und pfiff durch die Gassen, sang zwischen den Säulenreihen der Arkaden, wirbelte über die Plätze und fegte Spiralen von Pulverschnee hoch, der an den dunklen Fenstern und Fassaden klebte. Sie nahmen die Neuen-Gasse und gingen am Savoy vorbei. Ohne auch nur den Kopf zu wenden, strebten sie dem Bahnhof zu. Um diese Zeit fuhr kein Zug. Aber merkwürdigerweise stand dort vor der Bahnhofsfreitreppe ein geschlossener Wagen; zwei Pferde mit dampfenden Nüstern und Decken auf dem Rücken waren angeschirrt. War dies das Ziel des Spaziergangs? Dieser Wagen? Ich hatte das Gefühl einer unmittelbar bevorstehenden Katastrophe.

Als Holmes und die Frau sich dem Wagenschlag näherten, wurde geöffnet, und zwei Männer stiegen aus. Was tun? Ich war hin und her gerissen zwischen dem Verlangen, auf die Gruppe zuzurennen, und der Furcht, daß Holmes mich strengstens zurückweisen würde. Ich hatte keinerlei Entschuldigung vorzubringen, wenn mein unangebrachtes Einschreiten einen sorgfältig ausgefeilten Plan zum Scheitern brachte.

Es war nicht das erste Mal, dachte ich mit einer gewissen Bitterkeit, daß Holmes sich gleichzeitig mit einer ganzen Reihe von Unternehmungen beschäftigte, in die er mich nicht einweihte, dafür aber zuließ, daß ich mich lächerlich machte, wenn ich meinerseits ebenso nutzlose wie spektakuläre Schritte einleitete.

Plötzlich bewegte sich die Gruppe, brach auseinander. Die Frau – es konnte nur sie sein – stieß einen kurzen, durchdringenden Schrei aus; Holmes, von den beiden Männern entführt, fast getragen, verschwand im Inneren des Wagens.

»Halten Sie aus, Holmes!« schrie ich. »Ich komme!«

Zu spät! Holmes hatte seinen Angreifern nicht den geringsten Widerstand geleistet, und genau das war unbegreiflich. Der Wagen setzte sich in Bewegung und wurde schneller, als ich noch gut zehn Meter entfernt war. Ich setzte alles auf eine Karte und rannte weiter, sprang im letzten Moment auf die hintere Feder zu und streckte verzweifelt die Arme aus. Dieser

Satz, der die letzte Chance gewesen war, bescherte mir nur eine längere Rutschpartie auf dem Bauch. Mir blieb der Atem weg, Arme, Knie und Brust schmerzten bei ihrer heftigen, brutalen Begegnung mit dem Pflaster. Ich richtete mich mühsam auf und hörte noch das Hämmern der Hufe und das Knirschen der Wagenfedern, aber der Wagen war verschwunden.

Ein paar Schritte von mir entfernt stand unbeweglich die Frau. Sie hatte sich nicht gerührt. Vielleicht war noch nicht alles verloren! Sie schien meine Meisterleistung nicht bemerkt zu haben.

»Bloody fools!« sagte sie wütend.

Ich humpelte auf sie zu. Endlich geruhte sie, mir ihr maskiertes Gesicht zuzuwenden.

»Doktor Watson, was für eine Überraschung!« sagte sie in einem ironischen Tonfall, der mein Blut in Wallung brachte.

»Ich schwöre Ihnen, wenn Sherlock Holmes durch Ihre Schuld auch nur das Geringste zustößt…«

»Wir sollten nicht hierblieben, Doktor Watson«, unterbrach sie mit ihrer tiefen, sanften Stimme. »Diesem Platz geht um diese Uhrzeit jeder Charme ab. Begleiten Sie mich ins Savoy. Wir haben miteinander zu reden.«

Ein Phantom aus alten Zeiten

Sie nahm mich so selbstverständlich beim Arm, als machten wir an einem schönen Sommernachmittag einen Spaziergang zum Kensington-Park. Ich befreite mich mit einer abrupten Bewegung.

»Wer sind diese Leute? Wohin haben sie Holmes entführt? Wenn Sie mir nicht antworten, schwöre ich Ihnen, daß...«

»So hören Sie doch mit Ihrer ständigen Schwörerei auf, Doktor. Bei meinem Leben, es besteht keinerlei Gefahr für Holmes«, sagte sie nachdrücklich. »Und jetzt kommen Sie mit, oder ich verlasse Sie, und Sie erfahren gar nichts!«

Diesmal packte ich sie beim Arm. Sie konnte eine Schmerzensregung nicht unterdrücken.

»Diese Seite an Ihnen kannte ich noch nicht, Doktor Watson«, zischte sie und entwand sich meinem Griff ebenso heftig, wie ich sie angefaßt hatte. »Holmes hat mir erzählt, daß Sie... einigen Ärger mit einem gewissen Gift haben. Das erklärt vielleicht manche Ihrer, äh, Gesten. Ich habe beschlossen, Ihnen zu vergeben, was Sie mir... Abscheuliches angetan haben, aber das Gift kann offensichtlich nicht alles erklären. Es liegt in Ihrer Natur, Frauen grob zu behandeln!«

Ich trat zur Seite. Eine schreckliche Furcht schnürte mein Herz zusammen. Es hatte also nichts genützt, sich blind zu stellen. Das Erwachen war dafür um so schlimmer.

»Das Stück Seidenstoff...«, sagte ich mit veränderter Stimme. »Ich wußte, daß es kein Alptraum war, aber ich hatte gehofft, daß Holmes rechtzeitig eingetroffen wäre! Er hat mir versichert, ich hätte alles nur geträumt...«

»Wirklich sehr nett von ihm«, fiel sie mir spöttisch ins Wort.

»Wenn Sie mir nicht glauben, kann ich Ihnen gern die Spuren zeigen, die Ihr Traum auf meiner Haut hinterlassen hat. Zum letzten Mal, kommen Sie endlich mit.«

Ich war niedergeschmettert und weigerte mich nicht mehr. Ich glaubte ihr. Zu meiner Scham gesellte sich dumpfe Wut. Mit welchem Recht hatte Holmes mich belogen?

»Seien Sie ihm deshalb nicht böse«, sagte die Frau. »Er hat Ihnen die Wahrheit verschwiegen, weil er seine Gründe hatte ... Sie werden sie später verstehen und sollten sich zwingen, alles zu vergessen, so wie er und ich es getan haben.«

Ich begriff kein Wort von dieser Rede.

Die Hoteltür war abgeschlossen, aber meine Begleiterin kümmerte sich nicht um so banale Einzelheiten. Sie holte einen Schlüssel aus ihrem Ärmel, drängte mich zu einer kleinen Gasse, die um das Gebäude herumlief, und öffnete eine schmale Tür zu einem vollgestellten Büro. Dann führte sie mich durch vernickelte Küchen, deren riesige Öfen immer noch Wärme abgaben. Eine Katze flitzte zwischen meinen Beinen hindurch, ich wäre beinahe in eine Batterie von Töpfen gestürzt, aber bei jedem Hindernis hielt mich die verschleierte Frau mit sicherer Hand fest. Sie öffnete eine unsichtbare Tür. Wir gelangten auf einen Flur, in dem es finster war wie in einem Bergwerksstollen. Der Flur endete unter der Haupttreppe. Leise gingen wir an einem Etagenkellner vorbei, der direkt unter der Nachtbeleuchtung eingeschlafen war, die Wange an die Rückenlehne seines Stuhls geschmiegt. Meine Begleiterin blieb mit einem kleinen unterdrückten Lachen stehen, hob die betreßte Mütze auf, die dem Schläfer auf die Füße gefallen war, und schob sie sanft zwischen die Wange und das harte Holz, ohne den Mann aufzuwecken. Überrascht von dieser Geste, sah ich sie an.

In ihrem kleinen Salon war die Glut noch nicht erloschen. Sie bat mich, das Feuer anzufachen, während sie sich bequeme Kleidung anzog, und kam bald darauf zurück. Sie hatte sich in einen Morgenrock aus Kamelhaar gehüllt, der ebenso umfangreich wie ihr pelzgefütterter Mantel war. Den Schleier hatte sie abgenommen.

Eine lange Minute stand ich da und betrachtete sie. Obwohl sich meine Kenntnis von Frauen auf mehrere Länder dreier Kontinente erstreckt, ist es mir nie vergönnt gewesen, ein

Gesicht von solcher Schönheit und Vollkommenheit zu sehen (abgesehen vielleicht von Marys Gesicht). Siebzehn Jahre hatten der Reinheit dieses Gesichts und der trügerischen Sanftheit seines Ausdrucks nichts anhaben können. Allenfalls eine winzige Erschlaffung des Gewebes um den Mund herum...

Irene Adler, Amerikanerin österreichischer Abstammung, in New Jersey geboren, ehemalige Primadonna an der Kaiserlichen Oper in Warschau, war sich treu geblieben, immer noch die Abenteurerin mit dem Engelsgesicht, die einem König den Kopf verdreht und diesen König wegen eines jungen Anwalts verlassen hatte, die einfallsreiche Person, die sich auf so unverschämte und listige Weise über Sherlock Holmes lustig gemacht hatte, daß der Detektiv davon für alle Zeiten höchst beeindruckt bleiben würde.

»Ich lese in Ihrem Blick«, sagte sie mit einer gewissen Selbstgefälligkeit, »daß Sie mich nicht sehr verändert finden. Setzen wir uns. Möchten Sie ein Glas Wein?«

»Ich könnte keinen Tropfen herunterkriegen bei der Vorstellung, daß Holmes zur gleichen Zeit in einem eisigen Keller eingeschlossen ist und von Ihren Komplizen bedroht wird.«

»Das sind nicht meine Komplizen. Und außerdem... Ach, ganz wie Sie wollen«, sagte sie, schenkte sich ein großes Glas ein und nippte daran. »Sie haben unrecht. Dieser Wein ist nicht vergiftet. Es ist ein ausgezeichneter Burgunder, auf dessen Geschmack Jaurès mich gebracht hat. Bei jedem Kongreß bringt er mir eine Kiste davon mit. Ich verreise nie ohne diese Flaschen.«

Als sie meine ungeduldige Grimasse sah, lächelte sie.

»So merkwürdig Ihnen das auch vorkommt, es war Ihr Freund Sherlock Holmes, der darauf bestanden hat, mich heute abend zu treffen.«

»Ich glaube nichts davon. Seit ich in der Schweiz bin, verfolgen Sie ihn hartnäckig. Er mußte sich sogar allerlei Verkleidungen ausdenken, um Ihnen zu entkommen. Bis vorhin. Was ich nicht recht verstehe, Frau Adler – bitte verzeihen Sie, daß ich den Namen Ihres Mannes vergessen habe –, warum versuchen Sie nach so langer Zeit, sich an Holmes zu rächen? Sie schienen glücklich darüber, den böhmischen König verlassen zu können, und ich bin sicher, daß Holmes alles getan hätte, um Ihre Verfolgung zu verhindern, falls Seine wunderliche Majestät dies beabsichtigt hätte. Es gibt keine Frau, die von Holmes mehr bewundert wird als Sie. Sie hätten ihn sogar beinahe so weit gebracht, daß er seinem unnachgiebigen Frauenhaß abgeschworen hätte.«

Sie schüttelte den Kopf.

»Ich hätte beinahe...« murmelte sie mit traurig verzogenem Gesicht, um dann mit festerer Stimme fortzufahren: »Sie wissen noch weniger über die Tatsachen Bescheid, als ich gedacht hatte. Sie werden ein paar Dinge, die ich jetzt nicht unmittelbar beweisen kann, einfach zur Kenntnis nehmen müssen.«

»So einfach ist das also!«

»Schweigen Sie!« rief sie wütend. »Sie haben kein Recht, meine Worte in Zweifel zu ziehen. Zunächst einmal ist es richtig, daß Sie mich bei meinem Mädchennamen nennen. Godfrey... Godfrey Norton, mein Mann, ist vor sechs Jahren bei einem sinnlosen Unfall ums Leben gekommen.«

Sie verstummte, und ihr Blick verschleierte sich. Ich respektierte ihr Schweigen. Schließlich hob sie den Kopf mit einem kleinen Lächeln, in dem keine Spur von Kummer mehr lag.

»Ich habe um ihn getrauert«, sagte sie leise, eher zu sich selbst als zu mir. »Gott weiß, daß ich um ihn getrauert habe. Niemand kann sich vorstellen, was für ein aufrechter, guter Mann er war und wieviel Glück uns beschieden gewesen ist... Aber eines Tages vor etwas mehr als drei Jahren mußte ich mich entscheiden, ob ich weiterleben oder sterben wollte, Doktor. Ich bin von Natur aus so veranlagt, daß das Leben gewonnen hat. Mein Glück mit Godfrey war von der Art, daß wir darüber unsere Freunde vernachlässigt hatten, und bis auf einen Bruder in Kalifornien hatte ich schon seit langem keine Familie mehr in Amerika. Der Westen reizte mich nicht, darum bin ich nach Europa zurückgekehrt. Einmal auf dem Alten Kontinent, konnte ich mich nicht mehr entschließen, wieder an diesen Höfen, ob königlich oder kaiserlich, zu verkehren, die ich so überstürzt hinter mir gelassen hatte. Ebensowenig wollte ich an meine Laufbahn als Sängerin anknüpfen. All das gehört der Vergangenheit an, und man gewinnt nichts dabei, wenn man den Spuren seiner verlorenen Kindheit nachgeht. Außerdem...

es war etwas über die Throne geweht, Doktor Watson, etwas, das ihr Gold glanzloser gemacht, die Herrscher und ihre Höflinge in Operettenschauspieler oder Metzger verwandelt hat, die glitzernden Bälle in traurige Festparodien, ihre Lakaien in elende Statisten, ihre Kronleuchter und ihren Luxus in trübselige Überreste... Hatte ich mich nach elf Jahren Amerika verändert, fand Europa und seine Prinzen kleinkariert, langweilig und bedeutungslos, oder war die Welt im Begriff, sich in ein beunruhigenderes, aber auch interessanteres, ja... aufrichtigeres Universum zu verwandeln?

Als ich in Österreich eintraf, besuchte ich weder den Hof noch meine ehemaligen Freunde und Bekanntschaften, sondern einen entfernten Cousin, den international renommierten Psychiater und bei Hof sehr schlecht angesehenen Politiker Doktor Victor Adler. Ich war noch jung, und nach einem langen Gespräch mit dem Doktor hatte ich das Gefühl, daß es hier im alten Europa noch genug Anlaß zur Begeisterung gab. Über meinen Cousin habe ich außergewöhnliche Persönlichkeiten kennengelernt, bin geradewegs in eine Welt eingetreten, von der ich bis dahin nichts gewußt habe: In die Welt der Unterdrückten, die sich gegen die Ungerechtigkeit wehren, gegen die Polizei, gegen die schamlose Ausbeutung ihrer Arbeit, gegen dummen Nationalismus, gegen stumpfsinnige Religionen, gegen alles, was sich vereint, um die Privilegien gekrönter, betreßter oder gewählter Marionetten und fetter Kapitalisten zu erhalten, die von Schweiß und Blut von Millionen von Männern, Frauen und Kindern leben!«

Sie ging mit großen Schritten im Zimmer auf und ab. Ihre Wangen waren vor Erregung gerötet, ihre Augen funkelten. Angesichts meiner Überraschung hielt sie plötzlich inne und fuhr mit einem reizenden Schmollmund und in ruhigerem Ton fort:

»Sie müssen mir verzeihen, Doktor, Sie sind nicht hier, um sich den Bericht meiner Bekehrung zu den Idealen der Gerechtigkeit anzuhören. Sie sollen nur wissen, daß ich auf diese Weise Mitglied des Internationalen Sozialistischen Büros geworden bin, einer Instanz, die beauftragt ist, die Wahlen und Entscheidungen der sozialistischen Parteien Europas zu koordinieren.«

»Meinen Glückwunsch, aber ich verstehe immer noch nicht…«

»Ich weiß, daß ihr Briten die ärgerliche Angewohnheit habt, nicht ernst zu nehmen, was auf dem Kontinent geschieht, bis zu dem Tag, an dem ihr aufwacht, aber immer ein wenig verspätet… Vergessen wir das. Trotz meiner gewaltigen Arbeit ist mir eine Idee gekommen… Eine Schrulle, ein unbegreiflicher Wunsch, wenn Ihnen das lieber ist. Ich hatte Lust, jemanden zu besuchen, und zwar jenes merkwürdige Individuum, jenen Detektiv in der Verkleidung eines Geistlichen, der Godfrey und mich so überstürzt hatte fliehen lassen. Ich wußte, daß Holmes' Ruf schon seit langem über die Weltmeere gedrungen war, daß er der Polizei auf mindestens vier Kontinenten als Anreger und Vorbild galt. Ich glaube, ich habe sogar einige der Geschichten gelesen, die aus Ihren gemeinsamen Erfahrungen entstanden sind… Ich war gespannt darauf, den Mann wiederzusehen, der meinen Weg unter so seltsamen Umständen gekreuzt hatte. Vielleicht hoffte ich, bei der Begegnung mit ihm die letzten Augenblicke meiner Flucht mit Godfrey wiederzufinden, diese Mischung aus Liebe, Aufregung, Angst und Lachen, die Freude, diesen fetten Dummkopf von König zum Narren gehalten zu haben… Ich habe mich mit Sherlock Holmes verabredet – unter irgendeinem Vorwand und ohne meinen Namen zu nennen –, und als ich sein unordentliches Zimmer betrat, war das erste, was ich auf dem Tisch stehen sah, die Photographie, die ich für den König im Versteck gelassen hatte… Holmes war bleich und entsprach so sehr dem Bild, das ich von ihm in Erinnerung hatte, daß ich mich um fünfzehn Jahre zurückversetzt fühlte und mein Herz vor Ergriffenheit beinahe zersprungen wäre. Wir haben einander gebannt angesehen… Da habe ich verstanden, warum ich gekommen war, was ich in der Baker Street suchte…«

»Sie meinen…«

»Ich weiß, wie seltsam das aussehen kann, etwas so Seltenes und Bewegendes… Haben Sie jemals geliebt, Doktor?«

Ich dachte sogleich an Mary und an das Gefühl, das mich ergriffen hatte, als ich sie zum ersten Mal erblickte, so klein und zierlich in ihrem grauen Kleid, mit diesen blauen Augen, die mich herausfordernd ansahen…

»Ja«, fuhr Irene Adler fort, »ich sehe schon, daß auch Sie wissen, was das ist. Selbst wenn ich morgen sterben sollte, Doktor, bin ich der Meinung, daß ich in meinem Leben eine außergewöhnliche Chance gehabt habe. Denn ich habe geliebt – ich habe dieses gewaltige und unbezwingbare Gefühl kennengelernt, diesen Aufschwung für Herz und Körper, der dem eigenen Leben plötzlich einen umfassenden Sinn gibt, der den Menschen ohne Rückgriff auf den Verstand begreifen läßt, warum er auf Erden ist. Dieses Gefühl hatte ich zweimal: Zuerst bei Godfrey. Und dann...«

»Großer Gott!« murmelte ich. »Deshalb ist er also nach Sussex gegangen. Er, der nie einen Blick auf einen Baum geworfen hat. Ich habe mich immer gefragt, warum er sich auf dem Lande niedergelassen hat, obwohl er im Vollbesitz seiner Kräfte war...«

»Sie sind auf dem falschen Weg, Doktor. Ich hatte ihn gebeten, sich meinem großen Kampf für Gerechtigkeit anzuschließen, doch er hat abgelehnt. Holmes glaubt nicht, daß sich das Herz der Menschen ändern kann, daß eine bessere Welt eines Tages die alte ablösen kann. Da bin ich gegangen. Aber ich habe es nicht ausgehalten und bin ein paar Monate später zurückgekehrt. Und nun war er verschwunden, hatte sich in diesem Loch in Sussex vergraben. Ich habe viele Wochen gebraucht, ihn aufzuspüren, aber es ist mir gelungen! Ich bin bei ihm geblieben. Bis zu dem Tag, an dem ich abreisen mußte. Meine Genossen brauchten mich. Ich habe noch einmal versucht, Holmes zu überreden. Statt jeder Antwort hat er mir sein Manuskript über die Bienen gezeigt, seine Pfeifen, seinen Kaffeevorrat, sein Kokain. Bienen und Drogen... Ich hätte ihn am liebsten umgebracht!«

»Aber warum die ganze Geheimhaltung? Warum diese Trennungen?«

»Wenn Sie so fragen, Doktor, werden Sie die Antwort nie begreifen. Zwei unbeugsame, nicht zu zähmende Seelen... Keiner kann es ohne den anderen lange aushalten, Doktor, und dennoch, sobald wir wieder zusammen sind, baut sich eine Wand von Funken zwischen uns auf, eine elektrische Barriere, die unüberwindbar ist und nur durch Distanz abgebaut werden kann. Sosehr die Liebe für Frauen eine unvergleichliche Macht ist, so sehr haben starke Männer den Eindruck, daß die Leidenschaft sie schwächt... Und wir beide wissen, wie wenig Holmes sich um Dinge kümmert, die nicht mit reinem Verstand zu tun haben und ihn von seiner verwünschten Deduktionswissenschaft ablenken...«

Sofort fielen mir die Lieblingssprüche meines Freundes wieder ein. »Ich bin ein Gehirn, Watson! Der Rest meiner Person ist nur ein Anhängsel meines Gehirns! Also muß ich zuerst mein Gehirn bedienen!« Was sie sagte, war keine Erfindung. Ich dachte auch an Mary und mich. Wenn wir uns gelegentlich stritten, endete die Auseinandersetzung unfehlbar mit einer heißen Versöhnung, selbst wenn Mary überstürzt zu ihrer Tante abreiste oder ich mich bis spät in der Nacht in meine Praxis zurückzog...

»Sie verstehen, was ich sagen will«, fuhr die Frau fort und zündete sich eine Zigarette an. »Lieben oder nur an Geliebtwerden denken ist für einen Mann wie Holmes ein unerträglicher Zwang, schlimmer als jede Sklaverei. Holmes hat mir das entsetzlich übelgenommen. Wenn sein Verstand und seine Anständigkeit ihn nicht daran gehindert hätten – ich glaube, er hätte mich in gewissen Momenten am liebsten umgebracht... Um sich ein für allemal von dem unendlich lästigen Problem zu befreien, das ich für seinen Geist darstelle: die Quintessenz des Irrationalen... Ich habe aufgegeben. Ich habe mich auf dem Kontinent niedergelassen und statte ihm ab und zu kurze Besuche ab, wobei ich mir jedesmal wieder vornehme, es sei der letzte gewesen...«

»An Bord Ihrer Jacht?«

»Ja. Sieh an, Sie haben davon erfahren? Hat Holmes es Ihnen erzählt?«

»Nein.«

»Ah... Es ist nicht so wichtig. Vor zwei Wochen, ich war auf der Durchreise in Bern, habe ich von der unglaublichen Geschichte dieses ertrunkenen Wissenschaftlers gehört und konnte den Wunsch nicht unterdrücken, Holmes darauf aufmerksam zu machen. Ich habe ihm also den Zeitungsausschnitt zugeschickt. Als ich ihn kurz darauf besucht habe, wollte ich ihn aushorchen, aber gleichzeitig so tun, als hätte nicht ich ihm den Ausschnitt geschickt.«

»Sie sind die Weitsichtige!« rief ich aus.

Sie errötete und runzelte die Brauen.

»In der Tat«, sagte sie schroff, »ich bin weitsichtig, aber für den Fall, daß Sie es nicht wissen, teile ich Ihnen mit, daß es außerordentlich unhöflich ist, Frauen an ihre kleinen Schwächen zu erinnern, vor allem wenn sie sich bemühen, sie zu verbergen. Wie haben Sie es überhaupt erraten? Ich trage keine Brille!«

»Es war nur so ein allgemeiner Eindruck, eine ärztliche Diagnose«, improvisierte ich, wütend auf Holmes und gedemütigt durch die Art und Weise, wie er mir mit seinen Geschichten von dem Papiermesser und dem unachtsamen Ausschneiden etwas vorgemacht hatte.

»Man könnte meinen, Sie sind zornig!« wunderte sie sich. »Wenn es meine Zurechtweisung ist, die Sie verdrießt, so sollten Sie ihr nicht zuviel Bedeutung beimessen. Ich hasse es nur, wenn man mich auf mein Alter aufmerksam macht.«

»Das hat nichts mit Ihnen zu tun. Es war nur eine kleine, unangenehme Erinnerung. Holmes wußte also, daß Sie sich für Gruz' Tod interessierten...«

»Nein, eigentlich wußte er es nicht. Meine Sendung war anonym. Aber wie ich ihn kenne, hat er selbst den Zusammenhang hergestellt. Und zwar so genau, daß er sich trotz seines Interesses an dem seltsamen Fall nicht gleich an Ort und Stelle begeben, sondern zunächst Sie als Aufklärer geschickt hat... Eine ausgeklügelte und niederträchtige Art, mich zu enttäuschen, wenn Sie meine Meinung hören wollen!«

»Die Dinge klären sich ein wenig«, stellte ich kühl fest. »Dennoch fürchte ich, daß Sie ein paar Kleinigkeiten ausgelassen haben.«

»Welche, Doktor Watson?« sagte sie und sah mich scharf an.

»Zum Beispiel: Welche Verbindungen haben Sie zu diesen Bolschewiki?«

»Die Bolschewiki? Ich rauche die gleichen Zigaretten wie Lenin, das ist auch schon fast alles...«

»Und zu einem gewissen exaltierten jungen Mann namens Friedrich Adler, der mich aufgesucht hat...«

»Dann kennen Sie Fred also! Er ist der Sohn des österreichischen Psychiaters, von dem ich Ihnen erzählt habe. Er engagiert sich noch stärker als sein Vater und ich für die Sache des Sozialismus oder zumindest für eine bestimmte Vorstellung von Sozialismus. Er ist, was man im allgemeinen...«

»... einen revolutionären Sozialisten nennt, ich weiß. Obwohl ich ein britischer Untertan bin, reicht mein Interesse gelegentlich über Windhundrennen hinaus.«

Sie brach in das erfrischende Gelächter eines jungen Mädchens aus.

»Das war gelungen, Doktor! Ich fange wahrhaftig an zu verstehen, weshalb Holmes Ihnen solche Zuneigung entgegenbringt, ein dermaßen starkes Gefühl, daß es mich manchmal fast eifersüchtig gemacht hat, muß ich Ihnen gestehen...«

»Ich wäre Ihnen sehr dankbar, wenn Sie beim Thema blieben. Wie der Zufall will, ist ebendieser Friedrich Adler sowohl in Gruz' als auch in Rotts Tod verwickelt und hat geglaubt, Holmes sei ihm auf der Spur. Und da haben Sie Holmes in eine Falle gelockt und ihn Adler und seinen Komplizen ausgeliefert. Oder sollte ich mich irren?«

Die feingeschwungenen Brauen gerunzelt, sah sie mich an, verzog den Mund zu einer merkwürdigen, fast häßlichen Grimasse und brach in Tränen aus. Nie hatte ich mich so verlegen gefühlt.

»Wenn Sie – das – wirklich – denken«, sagte sie schluchzend (und stampfte dabei mit den Füßen auf), »dann bitte ich Sie, augenblicklich mein Zimmer zu verlassen, Doktor Watson! Tun Sie, was Sie wollen, aber gehen Sie mir aus den Augen! Niemals, nein, niemals hat ein Mann es gewagt, mich so zu demütigen, wie Sie es gerade getan haben! Ich, und Holmes ausliefern! Ich, ihn verraten! Eher würde ich ihn mit den eigenen Händen erwürgen!«

Auf der Suche nach Holmes

Diese seltsame und auf den ersten Blick überraschende Erklärung verwunderte mich nicht übermäßig. Irene Adler, DIE Frau, wie Holmes sagte, gehörte zu jenen unbeugsamen Menschen, die zum Schlimmsten und zum Besten fähig, aber absolut nicht in der Lage sind, eine schändliche Handlung zu begehen. Soviel stand bei mir fest: Was auch immer ihre augenblicklichen Gefühle für Holmes waren, sie hatte ihn nicht in eine Falle gelockt – zumindest nicht absichtlich. Dagegen war es sehr gut möglich, daß der junge Adler und seine Komplizen sich ihrer bedient hatten, weil sie wußten, Holmes hielt sie für außerstande, ihn zu verraten.

Das versuchte ich ihr zu erklären. Es war vergeblich.

»Eins ist sicher, Doktor Watson«, sagte sie, nachdem sie sich die Tränen abgewischt hatte, »Sie wissen, wie man die Gunst der Frauen gewinnt: Wenn Sie sie nicht als Deianeira behandeln, wenn Sie ihnen nicht unterstellen, sie würden den Menschen, der ihnen am liebsten ist, meistbietend verkaufen, dann bezichtigen Sie sie offen des angeborenen Schwachsinns. Als ob ich diesen Naivlingen in die Falle ginge! Sie wissen nicht, was Sie sagen. Haben Sie vergessen, daß ich es vor siebzehn Jahren geschafft habe, den großen Sherlock Holmes persönlich auszuschalten? Es gibt nur wenige, die zu einer solchen Glanzleistung fähig sind!«

Sie hatte recht. Kein Verbrecher hatte so viel Entschlußkraft, so viel ungenierte Schlauheit an den Tag gelegt...

»Da sehen Sie es«, sagte sie, von meinem Schweigen ermutigt. »Sind Sie jetzt bereit, sich anzuhören, was ich Ihnen sonst noch zu sagen habe?«

Ich stimmte zu.

»Endlich haben Sie Vernunft angenommen. Anfangs wußte ich natürlich nicht, daß mein kleiner Cousin Fred Adler auf irgendeine Weise in diesen Mordfall verwickelt sein konnte...«

»Das will ich glauben. Andernfalls hätten Sie alles getan, um zu verhindern, daß Holmes sich an der Untersuchung beteiligt, nehme ich an.«

»Aber nein! Sie begreifen wirklich überhaupt nichts, Doktor Watson! Ganz im Gegenteil, ich hätte noch stärker darauf gedrungen! Fred und seine Genossen sind unschuldig, da besteht überhaupt kein Zweifel, und Holmes wird es ohne Schwierigkeiten beweisen. Nie würden sich revolutionäre Sozialisten zu so feigen Attentaten herabwürdigen, nicht für die beste Sache der Welt!«

»Auch nicht, um ihre Umtriebe und ihre Streiks mit einem fetten Brocken von zwanzig Millionen Franken zu finanzieren?«

»Würden Sie mich vielleicht endlich reden lassen, Doktor Watson? Das Drama ist, daß diese jungen Narren genauso denken wie Sie. Jeder von ihnen weiß, daß er selbst unschuldig ist, hat aber keine Gewißheit, wie es bei den anderen steht. Als sie von Sherlock Holmes' Ankunft erfuhren, haben sie sich folglich allesamt eingebildet, der Detektiv sei von der Schweizer Polizei zu Hilfe gerufen worden und das sei der Beginn einer umfassenden Bewegung mit dem Ziel, alle Revolutionäre zu verhören und in ihre jeweiligen Heimatländer abzuschieben! Sie haben Holmes mitgenommen, weil sie sich entlasten wollen!«

»Wenn ich richtig verstehe, haben sie ihn entführt, um ihm ihre Unschuld zu beweisen?«

»Ich weiß, das ist eine törichte Idee, aber es ist die reinste Wahrheit. Es besteht keinerlei Gefahr für Holmes, ich schwöre es Ihnen!«

»Wenn sie sämtlich unschuldig sind, haben Sie vielleicht recht. Aber wenn es unglücklicherweise nicht so ist? Revolutionäre sind für ihre rauhen Methoden bekannt. Können Sie in Kenntnis der Sache wirklich behaupten, daß keiner dieser jungen Männer für den Tod von Gruz oder Rott verantwortlich ist?«

»Das wäre absurd! Warum hätten sie so etwas tun sollen?«

»Ich meine, es Ihnen gesagt zu haben. Weil sie damit eine kleine Chance hätten, in diesen Club der harmlosen Spinner einzudringen und an einen Teil der berühmten zwanzig Millionen heranzukommen! Vielleicht nicht, weil sie abscheuliche Kapitalisten werden wollen, das gebe ich zu, aber um irgendeine Revolution zu finanzieren. Ich wiederhole meine Frage: Sind Sie ganz sicher, daß keiner dieser jungen Männer für den Tod von Gruz oder Rott verantwortlich ist?«

Sie hielt meinem Blick eine Weile stand und wandte dann ohne zu antworten den Kopf ab.

»Wohin sind sie gefahren? In welches Versteck?«

»Das ist mir völlig unbekannt.«

»Ich glaube Ihnen. Können Sie mir die Namen von Friedrich Adlers Freunden nennen?«

»Nein.«

»Selbst wenn es um Holmes' Wohl geht, wollen Sie sich weigern, diese Taugenichtse zu verraten!« rief ich in höchster Verblüffung. »Nach allem, was Sie mir über Ihre beiderseitigen Gefühle gesagt haben!«

»Es gibt etwas, das stärker ist als Gefühle, Doktor Watson, und das ist die revolutionäre Solidarität«, sagte sie mit dumpfer Stimme. »Verlangen Sie nicht das Unmögliche von mir. Auf alle Fälle sage ich noch einmal, daß keine Gefahr für Holmes besteht.«

»Ist unter ihnen nicht ein gewisser, äh, Mussolini und ein Trimodoff, nein, Dimitroff?«

Sie zuckte kaum wahrnehmbar zusammen. Ich hatte ins Schwarze getroffen. Wer von den anderen Mitgliedern auf Wuppens Liste gehörte noch zu diesen Aktivisten?

»Sehr gut«, entschied ich. »Ich ahne allmählich, weshalb Holmes und Sie sich nicht verstehen konnten. Ich weiß, was ich zu tun habe.«

»Sie wollen die Polizei benachrichtigen!« rief sie und faßte mich beim Arm. »Ich flehe Sie an, nur das nicht!«

»Daran hatte ich zwar nicht gedacht, aber Sie haben recht. Es ist meine Pflicht, Inspektor Spengkler zu benachrichtigen.«

Sie ließ mich los und trat mit einem tiefen Atemzug einen Schritt zurück.

»Tun Sie das nicht, Doktor!« wiederholte sie in feierlichbeschwörendem Ton. »Ich weiß, wie Holmes' Verstand funktioniert. Ich weiß, ich bin absolut sicher, wenn Sie die Polizei verständigen und die Polizei ihn befreit hat, wird er es Ihnen nie verzeihen.«

»Vielleicht haben Sie recht«, räumte ich widerwillig ein. »Wie ich eben sagte, ich habe etwas anderes im Sinn, das mir offen gestanden vielversprechender erscheint... und nicht sofort die Polizei einschließt.«

»Offensichtlich, und Sie wollen mir nicht sagen, was?«

»Nein. Ich müßte befürchten, daß Ihre... revolutionäre Solidarität Sie zu einem verbalen Ausfall verleitet.«

Ich bückte mich rechtzeitig, um der Flasche zu entgehen, aber leider nicht ihrem Inhalt, der mir reichlich den Kragen bespritzte.

»Ich werde Spengkler nur benachrichtigen, wenn der erste Plan scheitert«, rief ich und ergriff die Flucht.

Um den Gedanken, mit dem ich unvorsichtigerweise geprahlt hatte, in die Tat umzusetzen, brauchte ich ein Einwohnerverzeichnis der Berner Stadtverwaltung. Ich stöberte es in einem Ablagefach in der verwaisten Rezeption auf. Ehe ich an Ort und Stelle, in der Dunkelheit und auf die Gefahr hin, entdeckt zu werden, hineinsah, nahm ich es lieber mit.

Die Nacht war schon weit fortgeschritten. Ein kalter Mond war aufgegangen, der die Häuser in sein eisiges Licht tauchte und den Schnee glitzern ließ. In dem Verzeichnis fand ich die Adresse des Amtes für Geistiges Eigentum: Eschmannstraße 2 im Süden von Kirchenfeld. Weniger als ein viertelstündiger Fußmarsch, wenn ich mich nicht verlief. Die Räumlichkeiten würden natürlich verschlossen sein, aber ich setzte auf die allgemeine Verbreitung der Verwaltungsmanien. Es gab keinen Grund anzunehmen, daß sich die Schweizer Verwaltung wesentlich von irgendeiner anderen unterschied, und vor allem nicht von ihrem britischen Gegenstück. Noch in dem bescheidensten ihrer Gebäude dürfte ein Nachtwächter oder Pförtner Dienst tun.

Nach einer guten Viertelstunde, die ich damit verbrachte, zu fluchen und die Tür mit Faustschlägen zu bearbeiten, während mein Glaube an die helvetische Strenge ins Wanken geriet, erhellte ein flackerndes Licht flüchtig ein Fenster im ersten Stock und verschwand wieder. Der Wächter war bestimmt so taub wie ein pensionierter Artillerist der Royal Navy. Mein vom Ärger geschärftes Gehör vernahm endlich die schlurfenden Geräusche von Hausschuhen auf einem gebohnerten Parkett. Eine altersschwache Stimme erkundigte sich im örtlichen Dialekt, was ich wollte.

Ich suchte mühsam meine paar Brocken Deutsch zusammen.

»Herr Einstein! Schnell! Offen! Offen!« brüllte ich und verfiel damit der bei Ausländern verbreiteten Illusion, sie könnten sich desto besser verständlich machen, je lauter sie schreien.

Zu meiner großen Überraschung klickte ein Riegel nach dem anderen, und die Tür ging ein Stück weit auf. Der Wächter hatte nichts verstanden, aber es schien ihm sicher einfacher, mir das durch Gesten mitzuteilen, als sich für den Rest der Nacht mein Geschrei anhören zu müssen. Es war ein alter Mann mit einem beachtlichen Bürstenschnurrbart, so weiß wie der Schnee, der jetzt wieder zu fallen begann.

»Was?« sagte er und hob seine Öllampe vor mein Gesicht. »Was? Was wollen Sie?«

»Herr Einstein?«

»Herr Einstein ist nicht hier. Nicht hier!«

»Ich weiß, nicht hier.«

Wie zum Teufel sagt man auf deutsch bloß: Wo wohnt er? Wie ist seine Adresse? Ich probierte es mit home, address, house...

»Haus?« sagte der Alte.

»Ja! Ja!« rief ich. »Haus! Einstein Haus!«

Er schüttelte betrübt den Kopf. Er hatte verstanden, aber er wußte es nicht.

»Papier? Address?« sagte ich und zeigte mit dem Finger auf das Gebäude.

Sein Gesichtsausdruck schwenkte von Teilnahme auf Mißtrauen um. Was hatte ich zu verlieren? Ich stieß ihn zurück, stieg eine schmale Treppe hinauf und landete in einem kleinen Büro, wo es nach Staub, Zigarren und starkem Kaffee roch. Wenn ich Holmes' Bericht richtig in Erinnerung hatte, mußte ich der Sache ziemlich nahe sein. Aber war es dieses oder ein anderes Büro? Ich durchwühlte die Schubladen, ganz benommen von den Verwünschungen des Alten, der mir überallhin folgte, sich an meine Kleidung zu hängen versuchte und mich jedesmal zurückhalten wollte, wenn ich die Tür eines weiteren Möbelstücks öffnete.

Ich stieß auf Aktenstapel, auf Bücher, auf eingerollte Pläne, auf Zeitungsausschnitte, auf unzählige lose Blätter, die mit Kritzeleien bedeckt waren, auf Rechnungen, auf Verpackungskartons... Schließlich fand ich die Adresse des Ingenieurs auf einem amtlich wirkenden Schriftstück. Es war offensichtlich eine unbezahlte Gasrechnung, versehen mit zahlreichen offenen Posten; auf ihrer Rückseite breiteten sich die unvermeidlichen mathematischen Hieroglyphen aus.

Der Wächter versuchte, mir meine Trophäe zu entreißen, aber ich wich ihm geschmeidig aus und warf ihm statt Danksagungen oder Entschuldigungen die wenigen Franken zu, die meine Westentasche enthielt.

Zum zweitenmal in dieser Nacht – und ich hoffte von ganzem Herzen auch zum letztenmal – stand ich vor einer geschlossenen Tür und dunklen Fenstern und schlug mir die Fäuste wund. Das Licht leuchtete schneller auf als im Patentamt, dazu erhob sich ein Geschrei, und die Tür wurde geöffnet, ohne daß sich jemand in einer barbarischen Sprache erkundigt hätte, was ich wollte. Nicht der Ingenieur, sondern eine junge dunkelhaarige Frau mit schlafverhangenem Blick und nackten Füßen, eingehüllt in ein riesiges Deckbett, nahm mich in Empfang.

»Es tut mir leid, Sie um diese Uhrzeit zu belästigen«, sagte ich. »Aber es geht um Leben oder Tod... Ich muß Herrn Einstein sprechen... Es ist sehr wichtig!«

Sie gähnte und schüttelte den Kopf. Dann ließ sie mich wortlos in eine kleine Diele eintreten und verschwand. Irgendwo schrie immer noch das Kleinkind, eine Tür wurde geöffnet, eine andere geschlossen; es folgte ein Wortwechsel, auf der weiblichen Seite lebhaft, auf der anderen verschlafen geführt, und Einstein tauchte auf. Er trug einen Morgenmantel, seine Haare waren zerzaust, seine Lider verquollen. Als er mich erkannte, rieb er sich die Augen in dem Versuch, sie gewaltsam offenzuhalten.

»Was gibt es denn?« sagte er in seinem stark akzentgefärbten Englisch. »Was für ein neues Unglück? In einer, äh, neuen Krise Sie nicht sind? Zu hoffen erlaube ich es mir!«

In seinem halbwachen Zustand wußte er nicht mehr, wo er die Verben unterbringen sollte.

»Reden Sie keinen Unsinn«, erwiderte ich schroff. »Sherlock Holmes ist in Gefahr: Man hat ihn entführt.«

»Entführt!« rief der junge Mann. »Dann die Polizei man muß benachrichtigen sofort!«

Hatte ich leisen Zweifel an seiner Unschuld gehegt, war dieser ungerechte Verdacht jetzt ausgeräumt.

»Unmöglich«, sagte ich, »wir können die Polizei nicht einschalten. Die Zeit drängt. Und ich habe gute Gründe zu glauben, daß es Ihre Freunde sind – Friedrich Adler und seine revolutionären Kollegen –, die dieses Verbrechen begangen haben.«

»Fritz! Das ist grotesk! Nie hätte er...«

»Eben doch. Ich war dabei, ich habe es gesehen. Und ich konnte nichts tun, um es zu verhindern. Wir müssen herausfinden, wohin sie ihn gebracht haben.«

Einstein strich sich übers Kinn und unterdrückte ein Gähnen.

»Ich kann es nicht glauben«, murmelte er. »Und dennoch... Ich hätte sie darauf hinweisen sollen, daß Holmes in ihrer Richtung gar nicht mehr suchte... Bitte kommen Sie mit, Herr Watson, Mileva wird uns ein heißes Getränk zubereiten, während ich mich anziehe.«

Er stand nicht mehr auf Kriegsfuß mit seinen Verben, was ein Beweis dafür sein konnte, daß er wirklich aufgewacht war.

Vom Bärenturm schlug es vier Uhr, als wir uns auf den Weg machten. Richtung Süden, aber wohin genau? Das wußte nur Einstein. Er hatte sich erst nach einem langen, auf Deutsch geführten Gespräch mit seiner Frau entschieden, ein Dialog, von dem ich natürlich nichts verstand, der mir aber zu lebhaft vorkam, als daß es sich um einen einfachen Meinungsaustausch handeln konnte, zumal er von den Rufen und Schreien des Babys begleitet wurde. Ich enthielt mich jeden Kommentars und jeder Einmischung, sogar als ich sah, daß Einstein verzweifelt nach einem Schuh suchte, den er in der Hand hielt, oder als seine Frau ihn nötigte, sich mit einem dicken gestrickten Schal zu vermummen, bevor er in die Kälte hinausging.

Eine ganze Zeitlang schritten wir schweigend nebeneinander

her, jeder in seine eigenen Gedanken vertieft. Einstein führte mich nach Kirchenfeld, zurück über Straßen in der Nähe des Patentamtes. Als er meine Ratlosigkeit erkannte, erklärte er plötzlich:

»Mileva, meine Frau, glaubt, diese Verrückten könnten unseren Freund in ein kleines Haus dort drüben in der Gegend des zoologischen Gartens gebracht haben.«

»Warum gerade dorthin?« wunderte ich mich. »Das Gebirge ist nicht weit. Irgendein Schlupfwinkel...«

Einstein stieß ein kurzes Lachen aus, das in einen Hustenanfall überging.

»Keine Sorge. Für diese großen Revolutionäre hat die Schweizer Landschaft den gleichen Reiz wie der Dschungel am Amazonas, vor allem zu dieser Jahreszeit. Für sie sind die Bauern gefährliche und unergründliche Wesen, Wilde, jederzeit bereit, sie zu skalpieren. Sie fühlen sich nur in ihren kleinen Zimmern, in den Cafés oder vor den Fabriken wohl. Um nichts in der Welt würden sie sich außerhalb der Stadt wagen. Südkirchenfeld ist für sie das Ende der Welt.«

»Man könnte meinen, Sie teilen ihre Anschauungen nicht?«

»Ein paar davon schon... Sie wissen doch, was Schopenhauer sagt: *Der Mensch thut allezeit nur was er will, und thut es doch nothwendig.* Das ist eine große Wahrheit. Wenn die Ungerechtigkeit mich zur Verzweiflung bringt, rufe ich mir in Erinnerung, wie richtig dieser Ausspruch ist, und das beruhigt mich. Er verhindert, daß ich die Welt – und mich – zu ernst nehme. Schließlich haben wir diese Welt verdient, selbst wenn wir sie nicht gewollt haben. Ich verstehe die Auflehnung meiner Freunde, ich liebe Gerechtigkeit über alles, aber...«

»Aber?«

»Es ist schwer auszudrücken, und ich fürchte, man könnte mir Hochmut vorwerfen... Das ist etwas, das ich kaum mit meinen engsten Freunden besprechen kann. Es fällt mir merkwürdigerweise leichter, mit einem Fremden darüber zu reden. Aufgrund meiner Erziehung fühle ich mich dem Staat, meinen Angehörigen, meinem Vaterland verbunden... Und dennoch füge ich mich sehr mühsam in eine Gemeinschaft ein, gleichgültig welche. Mein Herz empfindet gegenüber diesen Bindungen ein eigenartiges Gefühl der Fremdheit, der Distanz, als ob ich dafür nicht geschaffen wäre. Verstehen Sie, was ich sagen will, Herr Watson? Ich hasse Krieg, Unterdrückung und Gewalt. Ich glaube, den Frauen stehen Stimmrecht und weitere Vergünstigungen zu, denn ich denke, sie würden von diesen Rechten keinen schlechteren Gebrauch als die Männer machen... Aber zum Krieg gehören schließlich immer zwei. Und die Frauen! Sie sind so konservativ, so abhängig... Für sie gibt es nur Familie und Kinder! Hätten Sie vermutet, daß meine Frau eine glänzende Mathematikerin ist, mir durchaus überlegen? Und nun, wo sie Hans Albert hat, interessiert Mathematik sie nicht mehr! Wenn sie Gründe haben, ist es noch schlimmer! Sie begeistern sich maßlos und verlieren jede Spur eines kritischen Verstandes... Ich habe mit Ihrem Freund darüber gesprochen, er ist genau der gleichen Meinung... Aber ich schweife ab. Sie sehen, ich bin ein sehr schlechter Revolutionär. Wie meine Freunde Besso, Solovine und andere betrachte ich mich lieber als Kritikaster... Wir suchen die Mängel, die Brüche, die Irrtümer auf den Gebieten, auf denen wir uns kompetent fühlen, das heißt, in erster Linie im Bereich der Wissenschaft...«

Wir hatten den zoologischen Garten passiert. Die Aare machte jetzt eine Biegung nach Osten. Die Stadt wirkte sehr fern. Ich stellte mir – ein wenig spät – Fragen. Unter anderen Bedingungen hätte ich dem jungen Ingenieur vielleicht aufmerksamer zugehört. Aber ich war zweifach beunruhigt: zum einen über Holmes' Schicksal, und zum anderen, weil ich auf diese Weise ganz allein unversehens in einen Hinterhalt geraten konnte. Wie sollte ich die Gewißheit haben, daß Einstein trotz seiner beruhigenden Rede kein Komplize der Entführer war?

Er nahm mich ungezwungen beim Arm.

»Nicht mehr viel Lärm zur Zeit, Herr Watson«, flüsterte er. »Zum Glück dämpft der Schnee unsere Schritte. Sehen Sie die schlecht verwischten Spuren dort! Ein Wagen hat hier gehalten, und mehrere Personen sind ausgestiegen! Meiner Meinung nach sind sie in dieser Hütte. Sollte ich mich irren, weiß ich, ehrlich gestanden, nicht mehr, wohin. Da! Das Licht!«

Ein kleines viereckiges Fenster, mehr eine Luke, die bis dahin von den verschneiten Ästen dichter Büsche verdeckt gewesen war, leuchtete ein paar Dutzend Schritt vor uns auf. Ein weißer Rauchfaden stieg über dem Dach zum dunklen Himmel auf. Wir näherten uns mit vorsichtigen Schritten.

Da ich größer als Einstein bin, konnte ich einen kurzen Blick durch die Öffnung werfen. Aber Eis und Schwitzwasser hatten sich als undurchsichtige Schicht so gründlich auf der Scheibe abgelagert, daß ich nur schwach den Schein eines Kohlefeuers erkennen konnte und die Bewegung einer düsteren Gestalt, die sich einen Augenblick zwischen Flamme und Fenster stellte.

Einstein hatte einen Holzscheit gefunden, auf den er klettern konnte, und tat es mir nach.

»Ich habe gerade Holmes' Stimme gehört«, murmelte er. »Und die von Fritz... Das Beste wäre vielleicht, ich gehe hinein und sehe nach, was los ist. Warten Sie draußen. Wenn Sie mich sehr stark husten hören, holen Sie Hilfe. Ich übernehme die Verantwortung.«

»Aber gehen Sie nicht selbst ein großes Risiko ein?«

»Keine Sorge. Sie betrachten mich nicht als Feind, und ich kann sie zur Vernunft bringen, davon bin ich überzeugt. Im übrigen würde Adler mir nie ein Härchen krümmen.«

»Nein. Wir gehen gemeinsam hinein«, erklärte ich.

»Ich hoffe, Sie lassen sich nicht zu Gewalttaten hinreißen? Mein Freund Adler ist von zarter Gesundheit. Sie sind doch wohl nicht bewaffnet?«

»Leider nicht. Ich setze auf den psychologischen Effekt«, versicherte ich ihm.

Einstein sah mich zweifelnd an. Wir gingen um die Hütte herum zur Tür. Einstein wollte mit der Faust dagegenschlagen. Ich hielt ihn mit einer Geste zurück. Das Schloß war klein und nicht sehr robust. Ich trat einen Schritt zurück, spannte die Muskeln an und ließ mit einem einzigen Fußtritt die Tür aufspringen.

Meine zweifelhafte Heldentat wurde mit einer Salve empörter Ausrufe bedacht. Von meinem Schwung mitgerissen, stolperte ich über die Schwelle des kleinen überheizten Zimmers und sah mich den wütenden, ängstlichen, verdutzten Blicken einer Gruppe von Fanatikern gegenüber, die sich in den verschiedensten Haltungen rund um einen bullernden Ofen postiert hatten.

Ich erkannte nur Adler, dessen schmales, gramzerfurchtes Gesicht vor Überraschung erstarrt war.

»Aber Watson!« sagte hinter mir auf Englisch Holmes' wohlbekannte schrille und spöttische Stimme. »Ist das eine Art, ungeladen bei Menschen einzudringen?«

Der widerspenstige Eingesperrte

Holmes saß – war ausgestreckt, sollte ich sagen – auf einem dieser niedrigen Sessel aus Holz und Leinen, die man Liegestühle nennt. Er reckte die Beine so weit es ging in Ofennähe. In der einen Hand hielt er eine Tasse mit dampfender Brühe, in der anderen seine erloschene Pfeife.

»Ich weiß nicht, was ich zuerst tun soll, Sie beglückwünschen, weil Sie mich so entschlossen und schnell wiedergefunden haben, oder lieber tadeln, weil Sie sich ohne mein Einverständnis eingemischt haben«, erklärte er in schleppendem Ton.

»Beim nächsten Mal werde ich Ihnen vorsorglich zuerst meine Karte schicken«, erwiderte ich. »Aber vielleicht hätten Sie den Besuch von Inspektor Spengkler mit einem Trupp Schweizer Gendarmen vorgezogen?«

»Ach, Watson! Der Ärger mit Ihnen ist, daß selbst meine harmlosesten Scherze nie ungestraft bleiben... Möchten Sie, daß ich die Vorstellung übernehme?«

Er umfaßte die Versammlung mit einer ausholenden Bewegung. Ich zählte, zusätzlich zu uns dreien, sieben junge Männer mit Schnurrbart und einheitlich wütendem Blick, die auf dem Boden oder auf Schemeln hockten. Einstein hatte sich neben Adler gekauert. Er sprach leise auf seinen Freund ein, der so tat, als hörte er ihm nicht zu.

Keiner der sieben Männer hatte eine Waffe gezogen. Ihre Augen wanderten unablässig zur Fensterluke und zur Tür, die Einstein recht und schlecht wieder verschlossen hatte. Der Grund für ihre Passivität war leicht zu verstehen: Sie waren überzeugt, daß die Polizei sie umstellt hatte, und wußten nicht recht, welche Haltung sie einnehmen sollten.

»Gehen wir, solange es noch Zeit ist, Holmes«, murmelte ich. »Sie werden nicht wagen, etwas zu unternehmen. Aber wenn sie merken, daß weder Spengkler noch...«

»Bitte nehmen Sie zur Kenntnis, Watson, daß ich meine Suppe noch nicht beendet habe und Ihre Gesichtsfarbe es nicht geraten erscheinen läßt, sich nach draußen zu wagen. Warum lassen Sie sich nicht nieder wie ich und warten den Morgen ab? Die Unterhaltung dieser jungen Leute ist zwar für meinen Geschmack ein wenig beschränkt, aber durchaus spannend. Da, sehen Sie den jungen Italiener, der uns gerade mit seinen großen schwarzen Augen anstarrt? Er hat mir in einem Kauderwelsch aus Französisch und Romagna-Dialekt klargemacht, daß ich, obwohl kein Bankier, das Abstoßendste bin, was der Kapitalismus im Lauf der letzten fünfzig Jahre hervorgebracht hat.«

Holmes hob seine Tasse in Richtung des so bezeichneten Mannes und grüßte ihn mit einer knappen Kopfverbeugung.

»Nicht wahr, mein lieber Herr Mussolini?« sagte er.

Der Italiener preßte die kräftigen Kiefer zusammen, sagte aber nichts, entweder weil er nichts verstanden hatte oder weil er unfähig war zu antworten.

»Gehen wir, Holmes, ich beschwöre Sie«, beharrte ich.

»Etwas Geduld, Watson. Setzen wir die Vorstellung fort. Ich glaube, Sie hatten bereits das Vergnügen, Herrn Adler zu begegnen?«

Gefangen in den Konventionen einer Klasse, die zu bekämpfen sein Lebensinhalt war, konnte Adler nicht umhin, mit dem Kopf zu nicken.

»Ich kann nicht sagen, daß ich Sie besonders gern hier sehe«, sagte er schroff, »aber wenn Sie etwas Suppe möchten...«

»Natürlich möchte er!« rief Holmes aus. »Man müßte verrückt sein, diese Köstlichkeit auszuschlagen! Der bebrillte junge Mann neben Herrn Adler, der sich gerade Notizen macht, heißt Boris Kamenew und repräsentiert den russischen Zweig oder besser, einen ganz bestimmten Ableger des russischen Zweiges des revolutionären Sozialismus, den Bolschewismus, während dieser dort, Gregor Solotareff, aus der Ukraine stammt, wenn ich mich nicht täusche.«

»He, Sie habe ich doch schon einmal gesehen!« rief ich, als

ich den ersten der beiden Russen erkannte. »Sie waren auf dem Schiff von Newhaven mit Herrn... Diesem Kleinen mit Spitzbart und Schirmmütze. Uljipow? Uplanow?«

»Ich verstehe nicht, was Sie meinen«, sagte der Russe und schüttelte seinen Kinnbart. Aber er war offensichtlich der einzige, der nicht verstand, denn der Ukrainer und die anderen machten kleine zustimmende Zeichen.

»Vielleicht meinen Sie diesen Uljanow, genannt Lenin?« sagte Holmes leicht boshaft. »Aber das ist nicht weiter wichtig... Neben Herrn Solotareff sehen Sie Herrn Dimitroff. Und derjenige, der ihm ein volles Glas reicht, ist...«

»Wir sind hier nicht in einem Salon!« ereiferte sich Adler plötzlich. »Herr Holmes, ich glaube im Namen meiner Genossen zu sprechen, wenn ich Ihnen versichere, daß Sie und Ihr Freund als freie Menschen gehen können, sobald Sie uns Ihrerseits versprechen – auf Ehrenwort –, daß Sie nicht mehr versuchen werden, den... bedauernswerten Unfall aufzuklären, der die Herren Gruz und Rott das Leben gekostet hat.«

»Ich fürchte, wir stecken in einer Sackgasse, Watson«, sagte Holmes mit einem seltsamen kleinen Lächeln, während er sich aufrichtete und seine langen mageren Arme reckte. »Unsere Gastgeber sind überzeugt, daß ich mir bei meiner Suche nach dem Urheber des Doppelmordes, den Herr Adler einen Unfall nennt, gleich den gesamten Sozialismus zur Zielscheibe genommen habe. Gott allein weiß, warum, aber sie können sich den Gedanken einfach nicht aus dem Kopf schlagen, daß einer von ihnen das Verbrechen begangen hat! Adler ist sicher, daß Mussolini der Schuldige ist, der Russe denkt an Dimitroff, Dimitroff glaubt, es ist Solotareff, falls es nicht einer der vier anderen ist. Péroche, der Luxemburger? Mano, der Neapolitaner? Centonze, der Sizilianer? Tzingg, der Schweizer, dürfte seiner Blickrichtung nach den Russen in Verdacht haben... Liegt das nur an dem Ruf der Bolschewiki, oder steckt dahinter ein ernsthafteres Motiv?«

Ob sie Holmes' Monolog verstanden oder nicht, sie hingen alle (bis auf Kamenew, der immer noch schrieb) an seinen Lippen, hofften gegen ihren Willen, daß er ihnen den Namen des Schuldigen lieferte... wenn sie ihn auch gleich darauf zwingen würden, diesen Namen zurückzunehmen.

»Sie spielen ein tödliches Spiel, Holmes«, sagte ich leise. »Merken Sie denn nicht, daß sie all ihren Mut zusammennehmen, um Sie unschädlich zu machen?«

»Daran erkenne ich wieder einmal Ihre natürliche Bescheidenheit, Watson. Falls sie sich tatsächlich zu dieser bedauerlichen äußersten Lösung entschließen, würden auch Sie nicht überleben, denke ich. Aber lassen Sie mich fortfahren. Natürlich gehen die Männer, die auf Wuppens Liste stehen, als Favoriten ins Rennen... Aber da keiner über Gewißheit verfügt und ihr Standeskodex der Berufsrevolutionäre es ihnen auf jeden Fall verbieten würde, einen ihrer Brüder der Polizei auszuliefern, machen sie lieber gemeinsame Sache, um zu verhindern, daß ich Hand an den besagten Schuldigen lege. So etwas nennt man dialektischen Materialismus, angewandt auf die Verbrechensaufdeckung, Watson!«

Adler begann in einem schnellen Deutsch zu reden. Ich verstand, daß er dabei war, seinen nicht Englisch sprechenden Gefährten eine ungefähre Übersetzung von Holmes' Worten zu liefern. Der junge Italiener unterbrach ihn. Er schien eine Frage zu stellen, die er mehrmals wiederholte. Die anderen taten so, als verstünden sie nicht. Seine Hartnäckigkeit triumphierte aber letztlich über ihre Schwerhörigkeit.

»Unser Genosse Mussolini«, erklärte der Neapolitaner Mano in einigermaßen verständlichem Englisch, »möchte wissen, ob alles, was Sie da sagen, aus der Luft gegriffen ist oder ob Sie tatsächlich wissen, wer der Täter ist... Wenn Sie es wissen, glaube ich, daß...« (er sah seine sechs Gefährten nacheinander an, und sie nickten der Reihe nach zögernd mit dem Kopf) »...wir alle bereit sind, uns den Namen von Ihnen sagen zu lassen sowie die Beweise, die ihn belasten, ihn und keinen anderen.«

»Und wenn ich Ihnen diesen Namen – vorausgesetzt, ich kenne ihn – genannt habe?« sagte Holmes.

Wieder befragte der Neapolitaner seine Komplizen mit den Blicken.

»Treffen wir eine Entscheidung«, sagte er in einem Ton, der voller Anspielungen war.

Holmes ließ sich zu einem kurzen Lachen hinreißen.

»Das ist nicht die richtige Art und Weise, wie die Dinge vor sich zu gehen haben«, sagte er. »Ihre Naivität verblüfft mich. Ein wenig Logik, zum Teufel, meine Herren! Entweder ich kenne den Schuldigen, oder ich kenne ihn nicht. Nehmen wir den ersten Fall: Wenn ich ihn kenne und es keiner von Ihnen ist, lasse ich meine Erkenntnisse zuerst der Polizei zukommen. Falls es einer von Ihnen ist, habe ich keinen Grund, es zu verheimlichen: Trotz Ihrer Drohungen bin ich sicher, daß Sie davor zurückschrecken würden, einen Verbrecher zu decken, dessen Handlungen Ihren Kampf nur beschmutzen könnten. Wenn ich also den Schuldigen nicht kenne, was der Fall ist, versteht es sich von selbst, daß ich Ihnen seinen Namen nicht nennen kann. Aber ich kann mit der Suche fortfahren, und sobald ich ihn gefunden habe, kommen wir zum ersten Fall zurück. Unsere Interessen sind gleich, meine Herren, glauben Sie nicht?«

Dialektischer Materialismus und Perpetuum mobile

Die sieben Männer starrten sich schweigend an. Versuchten sie herauszufinden, ob sie sich mit Holmes verständigen sollten, oder wollten sie auf der Suche nach dem eventuellen Mörder die Seelen ihrer Gefährten erforschen?

Der Russe räusperte sich, steckte seinen Bleistift in die Brusttasche, blätterte zurück zur ersten Seite seines Notizbuches und erhob sich, wobei er mit den Kniegelenken knackte.

»Ich habe eine Erklärung abzugeben«, sagte er und richtete seinen Kinnbart auf uns alle, damit wir nur ja Zeit genug hatten, uns von der besonderen Wichtigkeit seiner Ankündigung zu überzeugen.

Als es ihm gelungen war, alle Aufmerksamkeit auf sich zu lenken, senkte er den Blick auf seine Kritzeleien und fing an, sie langsam zu entziffern. Dabei stolperte er über die Worte, da er sie während des Lesens übersetzte. Die Hitze des Zimmers und die Konzentration entlockten ihm dicke Schweißtropfen, die auf seine Hände und die Seiten des Notizbuches herabfielen und ihm seine Aufgabe noch schwieriger machten.

»Liebe Genossen«, sagte er, »wenn wir uns hier versammelt haben, so ist das, wie ich glaube, geschehen, weil wir einem niederträchtigen Provokationsversuch des bürgerlichen Staates gelassen und einmütig die Stirn bieten wollen. Es ist nicht verwunderlich, daß man diesen Herrn Holmes und seinen Helfershelfer gegen uns ausgesandt hat. Herr Holmes und seine Gefolgsleute haben in der Vergangenheit so manches Mal bewiesen, daß sie die schärfsten Wachhunde des Imperialismus sind. Unzählbar sind die Gewerkschafter und Proletarier britischer oder anderer Nationalität, Amerikaner, Australier,

Russen, die durch ihre Schuld eingekerkert wurden, und für jeden, der nicht dumm ist, liegt klar auf der Hand, daß sie hier in Bern sind, weil sie dem Schweizer Staat, der Speerspitze der europäischen Bourgeoisie, helfen sollen, sich unserer zu entledigen.«

Mehrfaches Kopfnicken signalisierte die stillschweigende Zustimmung der besagten Genossen.

»Du lieber Himmel, Holmes«, murmelte ich, »müssen wir uns dieses ungereimte Zeug wirklich anhören?«

»Schweigen Sie doch, Watson!« erwiderte er im gleichen Ton. »Sie haben das bemerkenswerte Privileg, einem echten Revolutionär zu lauschen. Das müssen Sie nutzen!«

Ich warf einen Blick auf Einstein, der als Antwort die Augen verdrehte und eine ausdrucksvolle Grimasse zog.

»Ihr Vortrag ist grotesk«, sagte ich zu dem Russen.

Er machte sich nicht einmal die Mühe, mich anzusehen.

»Es ist schon beachtlich, wenn man bedenkt«, fuhr er fort, »mit welch teuflischer Geschicklichkeit der bourgeoise Staat die edelsten Absichten zu verleumden weiß. Das ist das *Fair play* der Bourgeoisie, wie Engels gesagt hat. Es stimmt, daß unsere Genossen sich für das Perpetuum Mobile interessiert haben, und zwar aus dem ihnen eigenen wissenschaftlichen Forschungsgeist heraus. In der Tat, und Lenin hat das ausgezeichnet dargestellt, besteht zwischen dialektischem Materialismus und Perpetuum Mobile mehr als eine Analogie, und einzig der wissenschaftliche Materialismus, angewandt auf die Physik, wird es ermöglichen, ein Perpetuum Mobile hervorzubringen. Denn er liefert die wissenschaftliche Erklärung für eine Bewegung, die durch spezifisch innere Ursachen hervorgerufen, durch einen inneren Widerspruch produziert wird; für eine produktive Wechselwirkung zwischen Basis und Überbau, eine Wechselwirkung, deren Ergebnis der Fortschritt ist! Ein Fortschritt, der vom Einwirken äußerer Kräfte völlig unabhängig ist.

Der wissenschaftliche Materialismus, der sich in nichts an die fruchtlosen, negativistischen Thesen dieses schändlichen Idealisten namens Mach anlehnt, dessen Relativismus nur eine Abwandlung der entwürdigendsten Metaphysik ist, der wissenschaftliche Materialismus, sage ich, ist ein unübertreffliches

Werkzeug, die objektive Realität zu verstehen und auf sie einzuwirken. Mit diesem von Marx und Engels geschmiedeten Werkzeug hat Lenin uns den rechten Weg gewiesen! *Das Universum ist Materie in Bewegung!* Es gereicht ihnen zur Ehre, wenn man feststellt, daß junge und so bedeutende Sozialisten wie der Genosse Mussolini und seine Freunde nicht gezögert haben, in ihre Fußstapfen zu treten, um nun ihrerseits ihr ganz neues revolutionäres Wissen auf das wissenschaftliche Versuchsfeld anzuwenden! Welch eine vornehme und ruhmreiche Aufgabe! Wie überrascht, ja, hingerissen wird die Welt an jenem Tage sein, an dem dank des dialektischen Materialismus das erste Perpetuum Mobile funktioniert!

Und genau einer solchen Errungenschaft, täuschen wir uns nicht, wollen sich fragwürdige Personen wie dieser Holmes oder dieser Watson, kurzsichtige Abenteurer, um jeden Preis widersetzen! Sie wissen besser als jeder andere um die Einsätze, die dabei auf dem Spiel stehen!

Heute jedoch, liebe Genossen, werden wir unsere Heftigkeit zügeln müssen. Die Wachhunde sind auf dem Posten, und wir dürfen, während Tausende von russischen Revolutionären unter den Schlägen der Henker des Zaren sterben, nicht den geringsten Angriffspunkt bieten. *Schto djelat,* was tun angesichts der Herausforderung durch die Bourgeoisie? In die aufgestellte Falle tappen wie Schafe ins Schlachthaus? Nichts würde Holmes und seinen Herren mehr Freude machen. Endlich hätten sie den idealen Vorwand, sich das revolutionäre Ferment mit geringem Aufwand vom Hals zu schaffen und uns an Händen und Füßen gefesselt der blutrünstigen Polizei auszuliefern, die in unseren jeweiligen Heimatländern auf uns wartet. Nein. *Wot schto nado!* Das müssen wir tun: Diesen Machenschaften mit Würde und Verachtung begegnen und nicht mit einer hysterischen Aufregung, wie unser Genosse Fritz Adler sie an den Tag gelegt hat.«

Dieser war so wenig auf eine solche Beschreibung gefaßt, daß er mit halb geöffnetem Mund und weit aufgerissenen Augen auf seinem Hocker zusammenfuhr, während sich Schamröte nach und nach auf seinem ganzen Gesicht ausbreitete.

»Liebe Genossen, ich meine also, daß wir uns hier und jetzt trennen und diese beiden Detektive ihrem trüben Schicksal von

Kapitalsknechten überlassen sollten. Nein, Herr Holmes, nein, Doktor Watson, es ist sinnlos, wenn Sie daran denken, sich hier noch länger aufzuhalten. Ihr plumpes Manöver ist gescheitert. Das können Sie den Leuten mitteilen, in deren Dienst Sie stehen.«

Es folgte mehrfaches Kopfschütteln und ein langes Schweigen.

»Feigling!« murmelte Mussolini, worauf der Neapolitaner zu glucksen anfing.

Kamenew hatte offensichtlich nicht jeden überzeugt. Jetzt war es Holmes, der hüstelte.

»Ein bemerkenswerter Vortrag«, sagte er leise. »Ich will ihn nicht kommentieren, möchte mir aber erlauben, eine Kleinigkeit hinzuzufügen. Ich weiß nicht, ob das Perpetuum Mobile eine Trumpfkarte der Revolutionäre ist, habe aber sagen hören, daß die augenblickliche Parole bei den Sozialdemokraten des extremistischen russischen Zweiges, den Bolschewiki, lautet: ›mit allen Mitteln Geld her‹, um die Revolution und die Streiks in Rußland zu finanzieren. Vielleicht muß man darin einen Grund sehen, weshalb sich die jungen Revolutionäre so sehr für das Perpetuum Mobile begeistern... Sollte der *Vollstrecker* die Befehle überschritten haben? Falls es einer von Ihnen ist, stellt er eine beträchtliche Gefahr für Ihre Gemeinschaft dar. Erstens, wie ich bereits betont habe und wie auch Herr Kamenew festgestellt hat, wegen der schrecklichen Folgen, die das für die Gesamtheit der ausländischen Sozialisten in Bern oder in Zürich haben könnte. Dann, weil ich nicht glauben kann, daß dieser Mörder, wenn es einer von Ihnen ist, eine solche Initiative in Absprache mit seinen Gefährten, als Ergebnis einer Diskussion und einer Abstimmung ergriffen hat. Er ist also ein unverantwortliches, gefährliches Element, das Sie sich schnellstens vom Hals schaffen sollten. Sehen Sie mich nicht so an. Meine Absicht ist nicht, Verdacht und Zweifel in Ihren Köpfen zu säen; denn beides ist bereits da. Ich lege nur Wert darauf, daß Sie die Situation so sehen, wie sie sich darstellt.«

Einstein erhob sich. Er hatte sich so unauffällig verhalten, daß ich seine Anwesenheit beinahe vergessen hatte. Nach den Blicken, die ihm Solotareff, Mano und die anderen zuwarfen, wurde mir klar, daß es nicht nur mir so gegangen war.

»Wenn Sie gestatten, meine Herren... Fritz, wenn du bitte für diejenigen, die mich nicht verstehen, übersetzen würdest... Ich glaube, Herr Holmes«, sagte er und wandte sich ihm zu, »es ist so, wie Sie es uns unlängst glänzend vor Augen geführt haben. Der Mörder – es widerstrebt mir, den Begriff Vollstrekker auf jemanden anzuwenden, der sich für so willkürliche und grausame Morde hergibt –, der Mörder ist also ein Mensch, der über große Kenntnisse in theoretischer und experimenteller Physik verfügt. Nun kann ich mir aber bei all ihrem vertieften Wissen über revolutionäre Theorien und dialektischen Materialismus von keiner der hier anwesenden Personen vorstellen, daß sie diese grausigen Montagen inszeniert hat... bis auf eine Ausnahme: Friedrich Adler. Andererseits ergibt es sich, daß Adler der einzige ist, für den ich mich verbürgen kann wie für mich selbst. Ich bin zutiefst überzeugt, daß er nie und um nichts in der Welt erwägen könnte, ein menschliches Wesen kaltblütig zu töten. Für mich ist somit niemand von Ihnen schuldig. Ich will noch eine letzte Kleinigkeit hinzufügen... Wenn Sie, meine Herren, an der absurden Idee festhalten, Herrn Holmes zu beseitigen – ein Plan, der womöglich leichter zu ersinnen als zu verwirklichen ist –, und seinen Freund Doktor Watson dazu, müssen Sie auch daran denken, mich zu beseitigen. Sie dürfen nämlich nicht glauben, daß ich ein solches Verbrechen als Komplize, und sei es nur in passiver Form, hinnehmen würde.«

»Dein Pech!« rief der Revolutionär aus der Romagna und reckte die Faust.

Aber die anderen waren ins Wanken gebracht und sahen sich verunsichert an.

Holmes zu töten schien ihnen immer sinnloser, und selbst wenn sie sich dazu entschlossen: Außerdem noch zwei weitere Menschen umzubringen war ihnen dann wohl doch eine zu schwere Aufgabe. Adler schleuderte zornige Blicke auf Kamenew (der seine Nase wieder ins Notizbuch gesteckt hatte) und Mussolini (der sie ihm mit Zins und Zinseszins zurückzahlte).

»Nun gut, meine Herren«, erklärte Holmes, während er seine Pfeife an der Ofenkante ausklopfte und dann in eine der Taschen seines Überwurfs steckte, »ich glaube, daß Herr Einstein das Schlußwort gesprochen hat. Die Diskussion ist beendet. Es bleibt mir nur noch, Ihnen für Ihre Gastlichkeit zu danken. Einstein? Watson? Was halten Sie davon, mich nach Hause zu begleiten, da wir ohnehin in die gleiche Richtung gehen?«

Notizen eines Detektivs

Diesmal wird Holmes mir nicht vorwerfen können, ich wolle seine Untersuchung auf Kosten der Logik und zugunsten einer abschwächenden Romantik verfälschen. Hier unverändert einige der Notizen, die sich mein Freund in Bern gemacht hat.

... Indizien in Hülle und Fülle und doch nichts, was mir Aufschluß über die allgemeine Haltung, die körperlichen Vorzüge und Schwächen des Verbrechers gibt. Keine bezeichnenden Merkmale, keine Tabakasche, die zur rechten Zeit heruntergefallen wäre...

Der erste Fall in meiner Laufbahn, bei dem die Indizien auf so vielschichtige Art und Weise eine juristische Person entstehen lassen, ohne daß sich dabei genaue physische Eigenschaften herausschälen würden. Ist er Linkshänder? Einäugiger? Trinkt er? Größe? Alter? Sagen Sie einem Polizisten, selbst dem braven Spengkler: Der Verbrecher hat sadistische Neigungen (phantastische Entdeckung!), er ist ein außerordentlich gebildeter Mensch, seine Intelligenz ist zwar fehlgeleitet und sehr verkrustet, liegt aber über dem Durchschnitt, er ist nervös und dennoch vollkommen in der Lage, diese Nervosität zu verbergen, wenn es sein muß... Spengkler würde mir ins Gesicht lachen.

Habe K.-F. ⟨Krafft-Ebing aller Wahrscheinlichkeit nach⟩ kurz über die Persönlichkeit des Mörders befragt. Der große Pathologe hat mir ein ziemlich verschwommenes Bild dieses Menschen geliefert: »Ich müßte ihn untersuchen.« Leicht gesagt! Seiner Meinung nach ein Mann, der Vergnügen daran findet, seine Opfer zu fesseln und einzuschließen. Darauf wäre ich auch selbst gekommen. Mögliche homosexuelle Neigungen – Gruz, nackt aufgefunden, Rott mit nacktem Oberkörper –, während Nacktheit zur Verwirklichung der verbrecherischen Handlung nicht unbedingt notwendig war. Aber die sexuelle Komponente, wenn es sie denn gibt, ist absolut zweitrangig. Ein gewalttätiger, äußerst gereizter Mann, der seine Gewalttätigkeit perfekt beherrscht und unendliche Geduld sowie große Geschicklichkeit an den Tag legt...

Das Gespräch mit K.-F. hatte aber wenigstens den Vorzug, mich über W.s Zustand vollständig zu beruhigen. K.-F. glaubt nicht an Bunds Gift. Für ihn sind W.s Krisen ganz natürlich zu erklären. Hat mir verschiedene Fälle von Satyriasis (anfallsweise auftretend) bei höchst maßvollen Leuten aus besseren Kreisen genannt. Alterseinfluß? Emotionaler Schock? K.-F. hat eine faszinierende Hypothese aufgestellt: Der einfache Glaube an die Wirksamkeit der Arznei könnte gereicht haben, W.s primitive Instinkte freizusetzen! Bemerkenswert, aber nicht bewiesen. Die Hauptsache ist, daß W. wieder gesund wird. Ich hätte allerdings gewünscht, daß nicht I. A. für diese Krise hätte bezahlen müssen – obwohl ihr eine Abneigung, die sie W. gegenüber zu Recht empfinden könnte, fern liegt. Die unerforschlichen Geheimnisse der weiblichen Seele...

Seit W. mich aus den Klauen der revolutionären Sozialisten befreit hat, wirft er mir ständig wütende Blicke zu, wenn er glaubt, daß ich es nicht merke. Ein nebensächliches, aber nervtötendes Geheimnis. Vielleicht der Tatsache geschuldet, daß ich seinen Rettungsversuch nicht ausreichend gewürdigt habe? Nein, Charakter dafür zu großzügig. Vermute Gespräch zwischen ihm und I. A. während meiner Abwesenheit. Was kann sie ihm bloß erzählt haben? Pathetisch und belanglos! Aber ist mein ganzes Leben nicht pathetisch und belanglos? Ist seine Geschichte nicht ein Mikrokosmos des Ganzen? Wir erreichen etwas. Wir ergreifen es. Wir pressen die Finger zusammen. Was bleibt zum Schluß in unseren Händen? Ein Schatten. Oder schlimmer als ein Schatten: das Leid.

Nein, keine unnötige Bitterkeit. I. A. bleibt unter den verschiedensten Vorwänden in Bern, obwohl alle oder fast alle Gefahr von ihrem Großcousin abgewendet ist. Sie interessiert sich für Individuen, ist nur noch bedingt eine wahre Sozialistin... Der Sozialismus interessiert sich für das Leid der Welt im allgemeinen, nicht für den Einzelfall.

Sie vernachlässigt die Pflichten ihres Amtes. Dabei wird sie, das weiß ich, in Brüssel erwartet, um einen Jahresbericht und eine ebenso komische wie sinnlose Unternehmung vorzubereiten: ein Internationales Sozialistisches Frauenbüro! Oh, zwanzigstes Jahrhundert, welche Wunder hältst du bereit? Ihr kämpferischer Feminismus hindert I. A. übrigens nicht daran, ihre Kollegin Clara Zetkin zu verspotten. Sie nennt sie verächtlich *die Lehrerstochter*. I. A. bleibt trotz ihrer sehr beachtlichen Intelligenz ganz Evastochter.

Diskussion mit Einstein, Thema: Musik. Wirft mir meine Vorliebe für Paganini vor. Findet Mendelssohn »etwas seicht«, ein »Privilegierter, dessen Leben glatt war wie ein gebohnertes Parkett«. Kann nicht umhin, diesem geistvollen Scherz teilweise zuzustimmen. Hat mir, dem Gebrüll seines unwürdigen Sprößlings zum Trotz, ziemlich eindrucksvoll eine Bachpartitur vorgespielt.

W. und der Schweizer Inspektor ziehen ein saures Gesicht. Die Untersuchung macht ihnen zu wenig Fortschritte. Habe in der Vergangenheit der Opfer herumgeschnüffelt, aber nichts gefunden, was zur Rache Anlaß gegeben hätte. Gruz hatte tatsächlich einen Bruder, der sich um das Testament des Vaters beraubt gefühlt und es dem Bruder sein Leben lang verübelt hat, daß der die Erbschaft mit dem Bau von nutzlosen Maschinen verschwendete... Aber warum zum Teufel hätte er anschließend Rott umbringen sollen? Um den Verdacht abzulenken, hätte er mit Rotts Ermordung *beginnen* müssen, nicht umgekehrt. Auf jeden Fall unumstößliches Alibi: ist seit drei Wochen durch einen Gichtanfall ans Bett gefesselt. Kommt hinzu, daß dieser Gruz Nummer zwei ein äußerst kläglicher Wissenschaftler ist, der so raffinierte Hinrichtungen niemals hätte ersinnen können.

Die Stuffington-Spur, die W. sich ausgedacht hat, ist gar nicht so abwegig. Stuffington, seinerseits ein würdiger Schüler Edisons, wäre sehr wohl in der Lage gewesen, sich sowohl die Chloridlösung als auch die Luftpumpe einfallen zu lassen. Sogar ein scheinbares Motiv war vorhanden. Aber nichts in seiner Vergangenheit rechtfertigt eine solche Tat, und selbst wenn er vorhat, sich die zwanzig Millionen seines Vaters zurückzuholen, auf diese Weise würde es ihm nie gelingen – übrigens auch auf keine andere. Mit einem Wort, die Hauptsorge des jungen Stuffington scheint darauf gerichtet, so schnell wie möglich mit der kleinen Wuppen in den Hafen der Ehe einzulaufen und mit ihr eine ganze Schar kleiner Stuffington-Wuppens zu machen, die sich später auf den Weiden des Wilden Westens oder wahrscheinlicher in den Gebäuden der Wall Street und auf den texanischen Ölfeldern tummeln.

Die revolutionären Sozialisten, deren Namen sich auf Wuppens Liste finden, eignen sich ausgezeichnet zu Schuldigen, zumal sie nicht in dem Ruf stehen, sich mit Feinheiten abzugeben, wenn es um den Fortschritt ihrer Sache geht... Ihre Moral ist anderswo. Sogar die findigsten Köpfe unter ihnen – siehe Adlers Reaktion – sind zu der Überzeugung gelangt, man müsse den Täter in den eigenen Reihen suchen... Wie hatten sie sich vorstellen können, so einfach im PERPETUUM MOBILE aufgenommen zu werden? Das geht über meinen Horizont... Obwohl die Aufnahmekriterien sich jeder Analyse entziehen. Die eigenartige Reaktion dieser jungen Leute läßt mich zu der Annahme neigen, daß sie unschuldig sind, auch wenn manche die reinsten Galgengesichter haben. Einstein und I. A. verbürgen sich für Adler. Freundschaftsbedingte Blindheit? Ist es vielleicht nur ein geschicktes Manöver gewesen, daß er uns so naiv-hartnäckig von unserer Untersuchung abbringen wollte mit der Behauptung, sie führe zu einem seiner Genossen?

Im Verlauf seiner Voruntersuchung hat mir W. eine Tatsache berichtet, der ich zunächst keinerlei Bedeutung beigemessen habe. Inzwischen quält sie mich, aber ich komme einfach nicht mehr auf ihren Inhalt. Ich muß seine Notizen Wort für Wort noch einmal durchgehen – obwohl diese Tatsache auch Bestandteil eines mündlichen Berichts gewesen sein kann.

Bleibt die selbst für die Schweiz ausgedehnte Gemeinde von Philosophen und Wissenschaftlern, die verbittert, vielleicht empört feststellen müssen, daß ein Vermögen in die Hände von so unproduktiven Denkern wie den Mitgliedern des PERPETUUM MOBILE gelangt. Die Wissenschaft hat ihre Verbrecher wie jeder andere Berufszweig auch.

Habe auf Einsteins Anregung hin gründlich die Liste der von seinem Büro abgelehnten Patente durchgesehen. Erstaunlich, was da an unsinnigen Maschinen ersonnen wird! Der junge Ingenieur ist höchst verblüfft über die Hartnäckigkeit, mit der diese Menschen zu beweisen suchen, daß die physikalischen Gesetze, die unser Universum regieren, null und nichtig sind. Er sagt, das könne daran liegen, daß sich seit Newton und den Anfängen der modernen Wissenschaft die Naturgesetze auf so einfache und direkte Weise ausdrücken, daß sie dem Laien willkürlich erscheinen und sich von daher geradezu anbieten, durch andere ersetzt oder geleugnet zu werden... Nur die Alchimie und ihre geschwollenen Formeln locken den einfältigen Respekt der Schwachköpfe an, und die gleichen Leute, die beweisen wollen, daß es Entropie nicht gibt, daß ein physikalischer Mechanismus nicht genauso viel Energie zurückgewinnen kann, wie er ohne äußere Einwirkung produziert, würden nicht eine Minute die Genauigkeit der Astrologie bestreiten.

Ein nachdenklicher Einstein ist heute morgen ins Hotel gekommen. Am Vortag war er mit seiner Frau im Theater, um sich eine Filmvorführung anzusehen. Der Inhalt kam ihm eher lächerlich und unbedeutend vor (ein Melodrama ohne Hand und Fuß, was wieder einmal beweist, wenn es noch nötig wäre, was aus den schönsten Erfindungen des menschlichen Geistes werden kann, sobald Schwachköpfe sie sich aneignen); das vom Projektor ausgestrahlte Licht – es ist unabhängig vom Bild, das es transportiert –, hat ihn zu sehr erstaunlichen Schlußfolgerungen angeregt.

»Haben Sie mir nicht gesagt, wenn Sie alles, was nicht möglich ist, ausgeschlossen haben, dann bleibt nur die Wahrheit übrig, wie unwahrscheinlich sie auch aussehen mag?« hat er mir nach seiner dritten Tasse Kaffee zugeworfen.

»Selbst wenn ich es nicht gesagt habe, kann ich diesen Satz nicht leugnen«, habe ich eingeräumt. »Er formuliert sehr genau, was geschieht, wenn sich alles gegen den Abschluß einer Untersuchung zu verschwören scheint und man letzten Endes gewahr wird, daß dieses *alles* aus lauter nicht geprüften Tatsachen besteht, aus Hindernissen, die der Mörder oder, schlimmer noch, begriffsstutzige Polizisten und inkonsequente Zeugen einem in den Weg gelegt haben.«

»Nun gut, mein werter Herr, auch die Wissenschaft hat ihren Anteil an begriffsstutzigen Polizisten und wenig glaubwürdigen Zeugen – zu schweigen von den nicht geprüften Tatsachen oder angeblichen Tatsachen. Schon seit meiner Kindheit habe ich mich immer wieder gefragt, was ein Beobachter sehen würde, wenn er sich an einem Lichtstrahl entlang und mit der gleichen Geschwindigkeit wie dieser Strahl bewegte. Wie würde er es sehen? Haben Sie von dem Experiment von Michelson und Morley gehört?«

»Die Namen sind mir vertraut, obwohl auf die schnelle...«

»Es ist nicht weiter verwunderlich, daß es Ihnen nicht einfällt. Verzeihen Sie mir. Wissenschaftler glauben immer, daß alle Welt auf ihre Entdeckungen lauert.«

»Also haben sie etwas Wichtiges entdeckt?«

»Eben nicht! Das einzig Interessante an ihrem Experiment ist, daß sie nichts entdeckt haben! Das ist die größte Nicht-Entdeckung in der Geschichte der Wissenschaft!«

»Ich hatte Paradoxie für ein ausschließlich britisches Besitztum gehalten«, habe ich scharf bemerkt.

»Aber es ist keine Paradoxie, Herr Holmes! Ihr Experiment besteht darin: Mit Hilfe eines sehr komplizierten optischen Instruments, das man Interferometer nennt und mit dem man die Entfernung der Interferenzstreifen mißt...«

»Ich weiß, was ein Interferometer ist.«

»... haben sie versucht, die *Absolut*-Bewegung der Erde zu messen. Das heißt, ihre Bewegung nicht im Verhältnis zur Sonne oder den anderen Planeten, sondern im Verhältnis zum Äther, dem unsichtbaren und unveränderlichen Äther, der unser Universum durchströmt und bewirkt, daß das Licht sich ausbreitet. Wie sollten sie diese Absolut-Bewegung messen? Ganz einfach, indem sie mit ihrem Instrument äußerst genau die Lichtgeschwindigkeit im Erdumdrehungssinn und anschließend in orthogonaler Richtung dazu ermittelten. Aus der Differenz zwischen diesen beiden Werten erhofften sie sich jene berühmte absolute Geschwindigkeit unserer alten Erde, die den Äther teilt wie ein ruhmreicher Ozeandampfer. In Wirklichkeit wollten sie sich wohl nicht zu der Vorstellung erkühnen, sie hätten damit einen endgültigen Wert erzielt, aber zumindest glaubten sie, mit ihrem Experiment den Beweis zu liefern, daß der Lauf der Erde Störungen im Äther verursacht, was sie entsprechend der Richtung des ausgesandten Strahls als bedeutsame Schwankungen der Lichtgeschwindigkeit beobachten würden. Und was haben sie festgestellt?«

»Daß die Geschwindigkeit unverändert blieb, und zwar unabhängig von der Richtung des Lichtstrahls.«

Einstein sah plötzlich betrübt aus.

»Sie hätten mir sagen können, daß Sie es schon wußten, statt zuzulassen, daß ich mich hier selbstgefällig breitmache...«

»Ich habe es nicht gewußt! Aber Ihre schonende Vorbereitung konnte nur auf diesen Schluß hinauslaufen. Sie haben also beobachtet, daß der Äther von ihrem Versuch überhaupt nicht beeinflußt wurde. Dann hat ihr Gerät wohl nicht funktioniert.«

»Eben doch! Sie haben das Experiment soundso oft wiederholt, unter Bedingungen, die beispielhaft für wissenschaftliche Genauigkeit sind! Die Lichtgeschwindigkeit ist gleich geblieben, unabhängig von der vorgegebenen Richtung, das heißt, unabhängig von der *relativen* Geschwindigkeit der Lichtquelle, der Erde. Das Ganze verlief, als ob die Erde unbeweglich und Äther nicht vorhanden wäre.«

»Aber wenn kein Äther vorhanden ist, wie kann dann Licht vorhanden sein?« habe ich verwundert gerufen. »Seit wann existiert eine Welle ohne ihren Träger? Gäbe es kein Wasser, gäbe es auch keine Wellen!«

»Das ist der springende Punkt bei der Sache, Herr Holmes. Wenn man sich wortwörtlich an die Ergebnisse dieses Experimentes hält, muß man einräumen, daß Licht eine Welle ist, die ohne Träger auskommt. Oder besser, daß es keine Welle ist und daß es keinen Äther gibt. So verblüffend es auch scheinen mag, Licht besteht aus Partikeln, die sich von allein fortbewegen! Und diese Partikel bewegen sich in einer konstanten Geschwindigkeit fort, die nicht von der Geschwindigkeit der Lichtquelle abhängig ist! Ich sehe Ihnen an, daß Sie mich für verrückt halten, Herr Holmes. Wie kann Licht bestimmte Eigenschaften haben, die eine Schwingung, eine Welle aus ihm machen, und andere, die einen Partikelkomplex aus ihm machen? Hat es Masse wie jedes Objekt? Was sind diese Partikel? Welchen Gesetzen gehorchen sie? Keine Sorge... Ich nehme Ihnen Ihr Mißtrauen schon deshalb nicht übel, weil viele unendlich qualifiziertere Physikkenner als Sie mich mit sarkastischen Bemerkungen überhäufen und einen Verrückten schimpfen werden. Aber bedenken Sie, Herr Holmes, daß meine Fragen, so widersprüchlich sie wirken mögen, den gewaltigen Vorteil haben, den Tatsachen ganz genau zu entsprechen. Es gilt wieder einmal, sich zwischen dem Unmöglichen und dem Unwahrscheinlichen zu entscheiden...«

Mit diesen Worten ist Einstein verschwunden; er wurde sogleich von W. abgelöst.

Baum und Rinde

Diese wenigen Notizen, die mein berühmter Freund zu Papier gebracht hatte, bewiesen unbestreitbar, wie verworren es mit unserer Untersuchung stand. Zugegeben, Holmes steckte in der finstersten Sackgasse. Und wie jedesmal, wenn die Lösung einfach nicht auftauchte, suchte er Zuflucht in allem, was mit dem Fall nichts zu tun hatte: die Geige, sein zweckmäßiger Frauenhaß, der gegenüber »I. A.« aufblühte wie eine Tropenblume in einem feuchten, überheizten Gewächshaus, und die abgehobenen Gespräche über Zukunft und Grundlagen der Wissenschaft.

Zu anderer Zeit, an anderem Ort hätte er sich in einen mürrischen Trancezustand versenkt, den ganzen Tag in seinem Sessel gehangen, seiner Stradivari unerträgliche Dissonanzen und seiner Pfeife dicke Wolken übelriechenden Tabaks entlockt; er hätte mich mit den ätzendsten Giftblicken bedacht, wenn ich so kühn gewesen wäre, seine Meditation durch eine belanglose Bemerkung oder eine nicht weniger belanglose Frage zu unterbrechen.

Bern ist nicht London, und seine kristallklare Luft ist etwas anderes als der Smog, der zäh an den gelben Ziegelsteinmauern gegenüber der Baker Street 221B hängt. Vielleicht lag es daran, daß Holmes sich hier nicht so verhielt, wie er es jenseits des Ärmelkanals getan hätte.

Außerdem hätten Irene Adler und Einstein jeder auf seine Weise nie zugelassen, daß er in seinem Nichts versank... All diese Faktoren wirkten zusammen und hielten ihn in einem einigermaßen bewußten Zustand.

Natürlich informierte er mich nicht über die Stunden, die er mit Irene Adler verbrachte. Aber ich erriet schließlich an seinem Gesichtsausdruck und an den mehr oder weniger kräftigen Ausfällen gegen das Weibervolk, ob er sie gesehen hatte oder nicht und in welcher Verfassung sie sich getrennt hatten.

Während seiner Unterhaltungen mit Einstein – und manchmal mit dessen Freunden Besso, Habicht, Solovine und anderen, die ich zum Schluß auch kennenlernte –, war ich je nach Laune anwesend oder nicht anwesend. Es kam vor, daß ich in bestimmten Augenblicken in meinem Sessel einschlief, obwohl die Auseinandersetzung ihren Höhepunkt erreichte. Aber man fragte mich ohnehin sehr selten nach meiner Meinung.

Bei allem Charme der Stadt, bei aller Schönheit und Erhabenheit der umliegenden Landschaft belastete mich der unnatürliche Müßiggang, in dem Holmes sich gefiel. Ich kannte sämtliche Aussichtspunkte in- und auswendig, und Bern schien mir allmählich zu eng. Mary fehlte mir mehr und mehr, zumal ihr meine Briefe von keinerlei Fortschritt, der eine Verlängerung dieses Aufenthalts erfordert hätte, berichten konnten.

Wenn ich Irene Adler sorgfältig aus dem Weg ging, so geschah das nicht, weil mir ihre Unterhaltung oder ihre Eigenart mißfallen hätte – ganz im Gegenteil –, sondern weil es mir aus ebenso starken wie schwer auszudrückenden Gründen beinahe unschicklich vorkam, ihr noch zu begegnen, nachdem die nicht wiedergutzumachende Tat, die ich in meiner furchtbaren Krise begangen hatte, an den Tag gekommen war. In diesem Punkt schien mir Professor Krafft-Ebings Skepsis in bezug auf die Wirkungen von Bunds Gift vorschnell und zumindest ungerechtfertigt.

Am Tag nach dem Gespräch mit Einstein, das Holmes in seinen Notizen erwähnt, verließ ich gerade sein Zimmer, um mich in meinem auszuruhen, als Irene Adler aus einem Seitenflur auftauchte und mich mit dem süßesten Lächeln beim Arm nahm.

»Lieber Doktor Watson«, sagte sie in einem Ton, der zu ihrem Ausdruck paßte. »Man könnte meinen, Sie weichen mir aus, als ob mein Anblick oder irgend etwas an mir, dessen ich mir nicht bewußt bin, Sie verletzte. Liegt es an meinem Äußeren, meinen politischen Überzeugungen, meiner Unterhaltung?«

»Ich weiche Ihnen keineswegs aus!« versicherte ich heuchlerisch. »Ich gestehe, daß Ihre Arbeit für die Sozialisten, auch wenn ich die näheren Umstände nicht kenne, mir genau so ehrenwert erscheint wie die der Opernsängerin oder der...«

»Oder der Geliebten des Königs?« unterbrach sie mich lachend. Als sie meine betretene und höchst verlegene Miene sah, fügte sie hinzu: »Entschuldigen Sie, ich necke Sie einfach zu gern, und bei Ihnen trägt mir das wenigstens nicht gleich eine Lawine von verletzenden Worten ein, gegen die ich machtlos bin. Hätten Sie etwas dagegen, mit mir einen Tee zu trinken? Es ist kurz vor fünf.«

»Aber Holmes...« protestierte ich schwach.

»Er wird meine Abwesenheit nicht einmal bemerken. Lassen wir ihn meditieren.«

Ich folgte ihr mit einem Zögern, das um so auffälliger war, als ich mich vergebens bemühte, es zu verbergen.

»Lieber Doktor Watson...«, wiederholte sie in mattem Ton, als wir einander in ihrem kleinen Salon gegenübersaßen, getrennt durch ein Tischchen und ein Tablett, das mit Tee und Schweizer Gebäck beladen war.

»Sagen Sie mir, womit ich Ihnen dienlich sein kann, und ich werde mir alle Mühe geben, Sie zufriedenzustellen.«

»Sind Sie da ganz sicher? Zum ersten: Es wird Ihnen vielleicht taktlos vorkommen, aber ich brenne darauf, zu erfahren, aus welchen Gründen Sie mir so hartnäckig aus dem Weg gehen. Nur Ihre gute Erziehung hat Sie dazu gebracht, mich hierher zu begleiten, aber selbst sie hat nicht verhindern können, daß Sie Ihre Miene des Verurteilten, der aufs Schafott steigt, beibehalten haben.«

Ich sah sie eine endlose Minute lang wortlos an, dann sprang ich ins kalte Wasser.

»Es ist... ich an Ihrer Stelle würde, glaube ich, beim bloßen Anblick des Mannes, der... der Ihnen angetan hat, was er getan hat, tiefste Abscheu empfinden. Jedesmal wenn ich ihn ansähe, würde die gräßliche Erinnerung wieder hochkommen, und...«

»Und Sie behaupten, die Frauen zu kennen, Doktor Watson? Was machen Sie aus ihrer Vernunft und ihrer Großzügigkeit? Es scheint mir, daß Sie ernsthaft krank gewesen sind, und man kann Ihnen Ihre Handlungen ebensowenig vorwerfen, wie man einem Verrückten nachtragen darf, daß er einem in die Hand gebissen hat. Zumal der Schaden alles in allem nicht so groß ist. Sie selbst haben mich doch neulich darauf hingewiesen, daß ich kein junges Mädchen mehr bin, und im Verlauf meines abenteuerlichen Lebens bin ich schon mehrmals männlicher Gewalt ausgesetzt gewesen. Der böhmische König war auch nicht ganz ohne... Und habe ich Ihnen von meiner Gesangstournee in Argentinien vor... vor vielen Jahren erzählt? Ich muß allerdings zugeben, daß ich einen so stürmischen Angriff bis dahin noch nie erlebt hatte...«

Während sie sprach, sah sie mich unaufhörlich an, ein engelhaftes Lächeln umspielte ihre Lippen. Ich war dermaßen verwirrt, daß ich nicht mehr wußte, was ich tun sollte, um meine Unruhe zu verbergen. Das Klügste wäre gewesen, aufzustehen und zu flüchten, aber ich war wie gelähmt von ihrem Blick, unfähig zu der kleinsten Bewegung, überwältigt von Scham und auch von der eindrucksvollen Stärke dieser Persönlichkeit, die keinen Widerstand zuließ. Wenn sie sich auf diese Weise an mir rächen wollte, war das eine Finesse, die dem Fegefeuer angemessen war.

»Mit all dem will ich Sie nicht in Verlegenheit bringen, Doktor, sondern Ihnen begreiflich machen, daß auch die tugendhafteste aller Frauen – und ich bin die erste, die einräumt, daß sie diesen Superlativ nicht verdient – nie ungerührt bleibt angesichts einer so aufrichtigen Leidenschaft, selbst wenn sie sich auf so, äh, maßlose Weise äußert.«

»Leidenschaft... Delirium, wollen Sie sagen«, brachte ich stammelnd zustande.

»Wenn Sie meinen, Doktor. Aber was ist ein Delirium anderes als auf den Höhepunkt getriebene Leidenschaft, wenn erst einmal alle Sperren, die unsere Erziehung nach und nach errichtet hat, hinweggefegt worden sind?«

»Ich muß jetzt gehen«, sagte ich. »Eine Verabredung, die ich vergessen hatte...«

»Sie haben überhaupt keine Verabredung, Doktor!«

»Nein!« rief ich aus, vollkommen am Ende. »Ich habe keine Verabredung! Aber ich kann es nicht ertragen, noch eine Sekunde länger bei Ihnen in diesem Zimmer zu bleiben, jetzt, da ich Ihren Trick durchschaue!«

»Meinen Trick?« sagte sie, während sie unglaublich verächtlich die Brauen hochzog und sich in ihren Sitz zurücklehnte, wie um mich besser betrachten zu können. »Was wollen Sie damit sagen?«

»Ich weiß nicht, welche Fesseln Sie binden und welche Gräben Sie trennen, Sie und Holmes! Gott sei Dank habe ich keine Erfahrung gemacht, die sich mit der Ihren vergleichen ließe! Aber ich kann Ihnen sagen, daß Ihre Verbindung etwas Widernatürliches an sich hat. Nach Ihrem eigenen Eingeständnis verbringen Sie ebensoviel Zeit damit, einander zu lieben wie zu verletzen. Seit Holmes Sie wiedergesehen hat, hat er es für unerläßlich gehalten, sein Leben zu verändern, sich auf dem Lande zu vergraben; seine gesamte Energie, und sie ist beträchtlich, ist auf Sie gerichtet, ob Sie anwesend sind oder nicht, ob er Sie flieht oder sucht! Nicht genug damit, daß Sie solche Macht über ihn besitzen, versuchen Sie auch noch, mich von ihm zu trennen, ihn noch mehr zu isolieren!«

»Ich versuche gar nichts!« erregte sie sich ihrerseits und richtete sich mit geballten Fäusten und hochrotem Gesicht auf. »Wirklich, Doktor, Sie werden nie etwas begreifen! Zwischen Holmes und mir gibt es etwas Unauflösbares, das durch nichts zerstört werden kann, weder durch Trennungen noch durch Auseinandersetzungen, nicht einmal durch Treulosigkeit. Er ist nicht abhängiger von mir, als ich es von ihm bin. Wir sind wie zwei Gladiatoren in der Arena, mit dem linken Handgelenk aneinandergefesselt, die sich abschätzen, sich schlagen, sich für Momente gegenseitig stützen, atemlos, Auge in Auge, gleichgültig gegenüber der Menge und im Innersten wissend, daß der andere der einzige Lebensinhalt ist. Wir wünschen, wir könnten uns nebeneinandersetzen, damit unser Herzschlag allmählich wieder seinen Rhythmus findet, aber eine Kraft treibt uns, gleich wieder aufzustehen und weiterzukämpfen!«

»Leben, lieben und sich schlagen, gehört das denn immer zusammen?«

»Für Holmes und mich ja! Mit gelegentlichen friedlichen Perioden, das ist wahr... Wir sind, wie sagt man, zyklothyme Temperamente; wir können über eine kurze Strecke beträchtliche Energie entfalten und werden dafür von depressiven Anfällen heimgesucht, die uns verstört und keuchend zurücklassen...«

»Das Ärgerliche daran ist, wenn ich Sie richtig verstehe, daß diese Schwankungen bei ihm und bei Ihnen nicht notwendigerweise zusammenfallen?«

»Aha! ... Ich merke, daß Sie anfangen, besser zu verstehen, Doktor. Wissen Sie, daß ich in diesem Augenblick in Brüssel sein und achtzehn Stunden pro Tag arbeiten müßte, statt mich hier wie in einem Käfig zu drehen und zu warten, wie es dem Meister beliebt? Was würden meine feministischen Kolleginnen sagen, ob nun die Lehrerstochter Zetkin, die Suffragette Charlotte Trench, die Lyoner Gewerkschafterin Chantal Rérolle oder all die Frauen, die jeden Tag kämpfen, in der Fabrik und in der Schule, überall da, wo unsere Schwestern ausgebeutet, lächerlich gemacht, gequält werden, überall da, wo sie sich auflehnen, was würden sie sagen, wenn sie sähen, daß ich mich wie eine orientalische Haremsdame nach den Launen des größten Frauenhassers richte und mich ihm unterwerfe?«

»Mir scheint, Sie stellen alles auf den Kopf. Waren Sie es nicht, die ihn unter dem Vorwand dieser Untersuchung nach Bern gelockt hat?«

»Das ist es ja gerade! Wenn er gekommen ist, dann nicht, um mich wiederzusehen, sondern einzig, um herauszufinden, wer diese beiden Schwachköpfe getötet hat! Er hat sich sogar über mich lustig gemacht, indem er Sie als Aufklärer vorausschickt und sich hier, im gleichen Hotel wie ich, in einer Verkleidung einquartiert hat! Manchmal wünschte ich, der Mörder zu sein. Dann könnte ich ihm mein Verbrechen ins Gesicht sagen und ihn meinerseits lächerlich machen. Aber Sherlock Holmes vertieft sich lieber in unsinnige Gespräche über Licht und Sterne, über Druck und thermodynamische Hauptsätze, was weiß ich, ehe er mir ein wenig von seiner kostbaren Zeit zugesteht! Mir bleibt nur übrig, ihn daran zu erinnern, wer Irene Adler ist!«

»Ich fürchte, er weiß es nur allzu gut«, sagte ich kühl und erhob mich von meinem Sitz. »Es wird Zeit, diese Diskussion zu Ende zu bringen.«

»Ein Wort noch, Doktor. Er vernachlässigt Sie ebenfalls, nicht wahr?»

»Unsere Freundschaft hat sich nie auf solche Zufälligkeiten

wie Leidenschaft und Liebesverdruß gestützt«, entgegnete ich. »Wir sehen uns, wenn wir gemeinsam etwas zu erledigen haben, ansonsten sehen wir uns nicht. So einfach ist das.«

»Was wissen denn Sie, Doktor? Ich habe sagen hören, daß mangelnde Vorstellungskraft ein beneidenswerter Trumpf sei, aber das hat seine Grenzen! Erzählen Sie mir nicht, Sie hätten nie gespürt, wie sehr Holmes es Ihnen verübelt hat, daß Sie ihn verlassen haben, um Mary Morstan zu heiraten!«

»Großer Gott, das muß er Ihnen gesagt haben!« rief ich verblüfft. »Nie hat er auch nur durch das kleinste Zeichen zu verstehen gegeben... Nie hätte ich vermuten können...«

»Nie, da bin ich Ihrer Meinung, Doktor. Das ist eine Ihrer bewundernswertesten Eigenschaften. Sie sehen, Sie haben noch ein paar Dinge zu lernen. Ich schlage Ihnen einen Handel vor. Wenn Sie nicht darauf eingehen, werde ich ohne Rücksicht auf meine Gefühle abreisen, und er sieht mich nicht mehr wieder. Vielleicht gehe ich daran zugrunde; dann werde ich zumindest die Befriedigung haben, daß es ihm kaum besser geht als mir. Nur Sie wären für unser doppeltes Unglück verantwortlich.«

»Ich lehne diese Verantwortung ab. In Ihrem Alter...«

»Das Alter hat damit nichts zu tun. Na schön, wie Sie wollen, Doktor Watson«, sagte sie und hob ihre schönen Schultern. »Adieu.«

Sie ging zum Kamin, zog heftig dreimal hintereinander an der Klingelschnur.

»Mein Gepäck ist bereit. Es muß nur noch heruntergeholt werden. Heute abend bin ich weit weg.«

»Nur so aus Neugier«, hörte ich mich fragen, »darf ich erfahren, welchen Handel Sie mir vorschlagen wollten?«

»Sehr einfach. Ich möchte, daß Sie, Sie und kein anderer, mir helfen, die Ermordung von Gruz und Rott aufzuklären. Ich möchte dem größten und faulsten Detektiv unserer Epoche die vollständige und endgültige Lösung dieses Rätsels auf einem Tablett präsentieren!«

Maronenverkäufer

Noch nie in meinem Leben hatte ich so gefroren. Nicht einmal auf dem Khaiberpaß mitten im Winter, als die Rebellen hinter jedem Stein der über uns aufragenden Berge lauerten und nicht mehr in der Lage waren, uns mit ihren langen Gewehren aufs Korn zu nehmen, weil ihnen der Frost den Finger am Abzug bis auf die Knochen zerfraß; als auf unseren eigenen Waffen das Fett vergilbte und steif wurde; als die Amputationen von erfrorenen Zehen und Fingern nicht mehr zu zählen waren.

Was taten wir in dieser winddurchtobten Straße als Maronenverkäufer verkleidet gegenüber dem Haus von Bund? Was war über mich gekommen, daß ich mich dem Willen dieser Frau gebeugt hatte? Wie hatte ich mich so beeinflussen lassen können?

Eingezwängt in mehrere Lagen fadenscheiniger Wollmäntel, die wir im erbärmlichsten Trödelladen Berns aufgestöbert hatten, ohne Handschuhe und mit jämmerlichen Stiefeln an den Füßen – es kam gar nicht in Frage, hatte sie entschieden, sich mit Halbheiten abzugeben –, wärmten Irene Adler und ich uns recht und schlecht Finger und Gesicht über einem Kohleöfchen, das man unablässig beschicken, mit dem Feuerhaken bearbeiten und wieder anzünden mußte, weil es so wenig Neigung zeigte, seine paar Kalorien auszuschwitzen.

Von Zeit zu Zeit kaufte uns ein weniger eiliger Passant ein Tütchen ab und ging zufrieden weiter, die Hände um seinen halb garen, halb verkohlten Erwerb gepreßt und von unseren ängstlichen Blicken verfolgt. Was hätten wir sagen können, wenn er umgekehrt wäre und uns die Maronen an den Kopf geworfen hätte?

Irene Adlers Theorie war einfach: Sie konnte nicht glauben, daß der besessene Urheber der beiden Morde, was immer auch sein tieferliegendes Motiv sein mochte, auf halbem Wege stehenbleiben würde. Es waren noch zwei aktive Mitglieder des PERPETUUM MOBILE auszuschalten. Die anderen drei waren nach allgemeiner Ansicht in so klapprigem Zustand, daß sich jede Gewalttat ihnen gegenüber erübrigte.

Aber für wen würde der Mörder sich zuerst entscheiden, für Wuppen oder für Bund? Nach dem, was ich ihr erzählt hatte, stand für sie fest, daß Wuppen, in erster Linie Verwalter, sehr viel mehr Vergnügen daran hatte, Bilanzen und Jahresberichte zu erstellen, das Geld in Schenkungen anzulegen und hübsche Abrechnungen zu schreiben, als ausführliche Forschungen über das Perpetuum mobile zu betreiben.

Blieb Bund mit seinem teuflischen Elixier... Ein ideales Opfer, dessen Zuckungen den Mörder in höchstem Maße zufriedenstellen würden.

Diese verführerische Überlegung war nur mit einem typisch weiblichen Mangel an Gedankenschärfe behaftet: Sie ließ die beiden Hauptsätze der Thermodynamik außer acht, die den ersten Morden als Grundlage gedient hatten. Sie beschränkte sich ganz auf die Logik der mechanischen Wiederholung... Ich wäre errötet, wenn ich sie Holmes vorgetragen hätte, aber um ehrlich zu sein, ich wußte keine bessere. Unter anderem deswegen hatte ich mich bereit erklärt, Irene Adler zu folgen.

In meiner Jugend hatte ich mir naiverweise vorgestellt, ich würde mir mit zunehmendem Alter nach und nach einen uneinnehmbaren moralischen Panzer zulegen und wäre damit ein für allemal gefeit vor den heftigen Anstürmen eigenwilliger Persönlichkeiten, von denen mein kühler und rationaler Verstand eingestandenermaßen sehr fasziniert war. Und nun konnte ich wieder einmal nur feststellen, daß ich angesichts der Spitzfindigkeiten und Schmeicheleien Irene Adlers oder Holmes' schwach geworden war. So wie ich nicht in der Lage gewesen war, der Frau meine Hilfe zu versagen, hatte ich mich Holmes nicht versagen können, als er mich nach Bern schickte, um an seiner Stelle die Untersuchung aufzunehmen... Es gefiel mir, ihre ansteckende Begeisterung zu teilen, zumindest für ein paar Stunden.

Außerdem fühlte ich mich Irene Adler gegenüber trotz ihrer Nachsicht immer noch schuldig wegen der Dinge, die ich ihr ungewollt angetan hatte. Hinzu kamen die beinahe ebenso schmerzhaften Gewissensbisse, weil ich sie für fähig gehalten hatte, Holmes einer Mörderbande auszuliefern.

Es gab also genug Gründe, ob sie gut oder schlecht waren, hier in der Kälte mit ihr von einem Fuß auf den anderen zu treten. Letzten Endes war es nicht die schlechteste Möglichkeit, meine Fehler wiedergutzumachen.

Als sie erkannt hatte, daß sie mich von der Vortrefflichkeit ihres Plans nicht mehr zu überzeugen brauchte, ging sie dazu über, mich zu ihren revolutionären und pazifistischen Idealen zu bekehren, da sie mich – sicher zu Recht – für biegsamer hielt als Holmes. Ich durfte mir ein erschöpfendes Panorama von Arbeiteraufständen und deren Niederschlagung anhören, die sich seit zwei Generationen abgewechselt hätten. Sie vervollständigte meine politische Bildung, indem sie mir gewissenhaft alle im Verlauf von Kongressen gefaßten Resolutionen vortrug und die berückende Vision eines endlich von der Viereinigkeit aus kapitalistischer, militärischer, kirchlicher und männlicher Tyrannei befreiten 20. Jahrhunderts vor Augen führte.

Mehrere Stunden in dieser Gangart, und meine Grenzen waren erreicht; gleichgültig welche Gewissensbisse mir noch bevorstünden, nie würde ich mich schuldig genug fühlen, ihr länger zuzuhören, wenn sie an diesem Thema festhielt. Kurz und gut, ich fing an, Holmes und seine Leidenschaft für Bienen zu verstehen.

Sobald ich die Dinge klargestellt hatte, verbrachten wir den Nachmittag in Lauerposition. Es herrschte ein beleidigtes Schweigen, genauso eisig wie die Außentemperatur und nur unterbrochen, wenn ein Passant vorbeikam oder sie mich nach der Uhrzeit fragte.

Bei Einbruch der Nacht waren wir unschlagbar, was die Zeiteinteilung des Herrn Bund und seiner rotwangigen Gret anging. Diese hatte morgens um acht das Haus verlassen, um ihre Einkäufe zu erledigen, und war zwei Stunden später zurückgekommen, die Arme beladen mit unzähligen Vorräten. Offensichtlich kam Bund mit seinem Elixier nicht aus; er brauchte Nahrung, von der ein gutes halbes Dutzend Leute satt geworden wäre, es sei denn, daß Gret für sich allein...?

Bund selbst erschien ungefähr eine halbe Stunde nach der Rückkehr seiner Hausgehilfin. Er hatte einen schweren Stock mit Silberknauf in der Hand, der ihm einzig dazu diente, gefährliche Schwingübungen zu machen (jedenfalls glaubte ich das anfangs). Er ging mit hüpfenden Schritten, ohne daß seine Fersen je die Erde berührten, und vollführte abrupte, durch nichts motivierte Seitenwendungen, etwa wie ein Boxer, der einem Punch ausweicht. Man hörte ihn unverständliche Laute murmeln, pfeifen, eigenartig mit der Zunge schnalzen; und seine letzte Besonderheit: Trotz der Kälte trug er keinen Hut.

Im Einverständnis mit Irene Adler beschloß ich, ihm zu folgen. Seine beiden Kollegen waren zwar in ihren Häusern ermordet worden, aber wer wußte schon, ob der auf Wissenschaftler spezialisierte Täter seine Vorgehensweise nicht ändern würde?

Obwohl Holmes so gern rühmte, wie gut ich zu Fuß war, verlor ich Bund zu meiner Schande nach zwanzig Minuten im Gewirr der Altstadtgäßchen. Er schien ohne ein bestimmtes Ziel unterwegs zu sein, bewegte sich aufs Geratewohl, bog unvermittelt rechtwinklig ab, drehte sich grundlos um, machte kehrt, ging in der anderen Richtung weiter, blieb vor einem Schaufenster stehen, hopste bei diesem Aufenthalt an Ort und Stelle auf und ab und kümmerte sich nicht im geringsten um die verwunderten Blicke. Ich erkannte bald, daß ihn die ausgestellten Waren überhaupt nicht interessierten; er achtete nur auf die Frauen, ob Verkäuferinnen oder Kundinnen, und zwar so hartnäckig, daß sie gleich darauf zu Boden sahen oder sich abwandten. Nicht, daß er eine von ihnen angesprochen hätte; statt dessen stellte er sich am Ladenausgang hinter sie und lüftete mit der Spitze seines Stocks geschickt ihre Röcke. Das geschah so blitzschnell, daß sie es nie merkten und auch anderen die empörende Geste entging.

Er verschwand aus meinem Blickfeld, bevor ich dazu kam, eine Straßenecke zu überqueren. Unverrichteterdinge kehrte ich um.

Irene Adler machte mir zwar Vorhaltungen – wie konnte ich mich von einem Greis abhängen lassen, das nächste Mal ginge sie selbst, dann würde ich schon sehen, was eine gute Fußgängerin ist –, hörte sich meinen Bericht aber dennoch sehr interessiert an und bedachte ihn zum Schluß mit einer äußerst geschmacklosen Bemerkung.

»Offensichtlich ist die Wirkung der Arznei bei ihm nachhaltiger als bei Ihnen«, sagte sie mit ihrem süßesten Lächeln.

Wollte sie damit sagen, das sei der Grund meines Scheiterns, oder legte sie Wert auf den Hinweis, daß ihr meine Bemühungen, sie nicht zu berühren, ja, nicht einmal zu streifen, durchaus nicht entgangen waren? Ich wußte es nicht.

Was immer Bund während seines Spaziergangs getan haben mochte, um Punkt zwölf kehrte er mit fröhlichem Gesicht und lebhaften Schritts an den häuslichen Herd zurück.

Bis drei Uhr nachmittags geschah nichts. Ich wollte gerade zum zehnten Mal an diesem Tag das Öfchen wieder anheizen, als zwei Frauen, dem Anschein nach jung (es war unmöglich, ihre Gesichter hinter den dicken Umschlagtüchern zu erkennen), an die Tür klopften. Sie wurde sogleich geöffnet, als ob die Besucherinnen erwartet worden wären. Eine Stunde später kamen sie wieder heraus, genauso flink und unauffällig, wie sie eingetreten waren. Irene Adler fragte mich, was ich von diesem seltsamen Besuch hielt: eine Sammlung für Wohltätigkeitseinrichtungen? Meine Sicht der Dinge war unbarmherziger – in Anbetracht von Bunds Charakter –, aber sie sagte Irene Adler nicht zu. Sie behauptete, ich müsse mich irren, ich hätte keinerlei Beweise für meine Unterstellungen. Um die Diskussion zu beenden, empfahl ich ihr, es doch selbst nachzuprüfen. Es kehrte wieder Schweigen ein.

Obwohl es Nacht wurde, tauchte Bund in der gleichen Aufmachung auf wie am Morgen, hatte wieder seinen Stock bei sich und entfernte sich in entgegengesetzter Richtung. Meine Begleiterin befahl mir, mich unter keinen Umständen vom Fleck zu rühren, und setzte sich sogleich auf seine Fährte.

Nach vierzig Minuten kam sie zurück, allein, außer Atem, Wangen und Augen gerötet, und nahm wortlos ihren Platz hinter dem Öfchen wieder ein. Ihr Blick reichte aus, mir jeden Kommentar zu verbieten.

Zwanzig Minuten später traf Bund ein. Frisch wie eh und je hämmerte er mit dem Stockknauf an die Tür und verschwand in seiner Wohnung. Kurz darauf schien in den Fenstern der Vorderfront Licht auf, und die Läden wurden zugeschlagen.

»Warten wir noch eine Stunde«, ordnete meine Begleiterin an.

Ein regelrechtes Martyrium, diese Stunde! Der Ofen, nur für einen Moment vernachlässigt, war prompt ausgegangen, und weder sie noch ich konnten uns überwinden, ihn wieder anzuheizen. Bevor wir in die Behaglichkeit des Savoy zurückkehrten, mußten wir noch einen Umweg machen, um unseren Krempel auf einem Hinterhof in der Nähe des Bahnhofs unterzustellen.

Als ich endlich in meinem Zimmer war, verbrachte ich zwei Stunden bis zum Hals in einem heißen Bad, zählte meine Frostbeulen und hoffte aus tiefstem Herzen, daß Irene Adler genauso litt wie ich.

Rückfall!

Entgegen meinen Befürchtungen verlief der zweite Tag seltsamerweise weniger quälend. Ich muß allerdings sagen, daß ich mich gegenüber den Zurechtweisungen meiner Gefährtin taub gestellt und mir nicht nur ein Paar pelzgefütterte Stiefel besorgt, sondern auch meinen bequemen Mantel angezogen hatte. Darunter trug ich einen wollenen Anzug und darunter wiederum lange Unterhosen, Wollstrümpfe und Weste. Diese übereinanderliegenden Kleiderschichten veredelten mein Äußeres zwar nicht, machten die Kälte aber ganz gewiß erträglicher. Einen wärmer gekleideten Maronenverkäufer als mich hat es auf dieser Seite des Ärmelkanals bestimmt noch nie gegeben.

Irene Adler trug wieder ihre Fetzen, aber durch die Löcher des geflickten grauen Umhangs hätte ein aufmerksamer Beobachter nicht etwa weitere, noch zerschlissenere Lumpen entdeckt, sondern die sehr dichten Haare eines kastanienbraunen Pelzes – ein Nerz, der nichts Proletarisches an sich hatte.

Vierzehn im Stehen verbrachte Stunden lehrten uns, daß Bunds Zeiteinteilung einer Routine folgte, die so unumstößlich war wie das Schicksal. Wie am Vortag erschienen um drei Uhr zwei warm eingehüllte junge Frauen, wurden flink hereingelassen, blieben achtundfünfzig Minuten, um dann zu verschwinden. Kurz darauf unternahm Bund seinen zweiten Spaziergang des Tages. Weder meine Begleiterin noch ich machten irgendwelche Anstalten, ihm zu folgen. Wenn er bei diesem Ausflug – ein streunender Kater, der seine Runde dreht – ermordet wurde, hatte er eben Pech gehabt. Ich war nicht sicher, ob wir bei dem Zustand körperlicher Zerrüttung, in dem wir uns befanden, nicht zunächst feige Erleichterung empfinden würden.

Am Abend, als Ofen und Karren ihrem Besitzer zurückgegeben waren, brachte ich nach dem Bad noch die Kraft auf, ins Hotelrestaurant hinunterzugehen, wo die Küche schon geschlossen hatte. Ich speiste allein, kalten Putenschenkel mit Kastanienpüree. Holmes war nicht da, und niemand konnte mir sagen, wo er sich aufhielt. Irene Adler hatte sich den zweiten Putenschenkel aufs Zimmer bringen lassen. Sie habe »viel Organisationsarbeit nachzuholen«, hatte sie mir gesagt.

Während ich in dem großen, leeren Saal trübsinnig mein Püree hinunterschlang, fragte ich mich plötzlich, was ich hier eigentlich suchte, so allein in dieser fremden Stadt, wo doch zu Hause eine liebende Frau auf mich wartete und meine allzu lange vernachlässigten Patienten in den Krankenhäusern auf meine Visite hofften.

Vielleicht wäre ich nicht so niedergeschlagen gewesen, wenn Holmes seinerseits in dieser Frage wenigstens ein Fünkchen Interesse gezeigt hätte. Sollte er seine Verbrecher jagen, das war sein Beruf. Wie es Krafft-Ebings Aufgabe war, einen sexuell Übergeschnappten, der sich am helvetischen Vieh verging, zu untersuchen und vor Gericht seine Aussage zu machen. Was mich betraf, mein Beruf, meine Ziele, der Mensch, den ich am meisten liebte auf der Welt – alles rief mich zurück.

Ich würde Irene Adler noch einen, genau einen Tag zugestehen. Falls der Mörder es vorzog, im Dunkeln zu bleiben, würde ich noch am gleichen Abend den Zug nehmen. Meine Entscheidung stand unwiderruflich fest. Um sie zu feiern, bestellte ich eine halbe Flasche Sekt.

Nach ein paar Schlucken erfüllte mich ein Gefühl der Vollkommenheit und der Erleichterung. Ich würde abreisen! Ich war frei! Plötzlich war ich nicht einmal Irene Adler böse, daß sie mich mit ihren lächerlichen Eingebungen mitgerissen hatte. Eine altruistische Anwandlung überkam mich. Litt sie im Grunde nicht genau so unter der Kälte wie ich? Oder sogar stärker als ich, weil ihr weiblicher Körper, abhängig von einem langsameren und schwächeren Kreislauf, sie benachteiligte? Und dennoch hatte sie mir zwar mit dem Qualm ihrer russischen Zigaretten die Luft verpestet, sich aber nie beklagt! Ich läutete nach dem Kellner.

»Bringen Sie mir Kampferwachssalbe«, wies ich ihn an.

Obwohl er stümperhaft Englisch konnte, stürzte ihn meine Bestellung in stumpfsinnige Verblüffung. Ich wiederholte sie auf Französisch, das Ergebnis war das gleiche.

»Nun gut«, sagte ich, ohne meine Ruhe zu verlieren. »Sie werden folgendes tun: Sie bringen mir zweihundert Gramm Schweineschmalz, vierzig Gramm gelbes Wachs und sechzig Gramm Kampferpulver oder statt dessen ein dickes Stück Kampferraffinade und eine Reibe.«

»Und... und das wollen Sie essen?« jammerte er.

»Wer spricht von essen?« brüllte ich, so daß ein anderer Kellner zusammenfuhr, der ein Stück weiter an eine Säule gelehnt im Stehen eingeschlafen war. »Ich war noch nicht fertig! Sie bringen mir außerdem weißen, sauberen Baumwollstoff oder kleine, schmale Streifen und eine Kerze. Und zwar sofort!«

Er brauchte eine gute Viertelstunde, um die Zutaten zusammenzusuchen und mir zu bringen. Eine Minute länger, und er hätte sich meinen Zorn zugezogen. Ich stieß mit einer Armbewegung die Gedecke zur Seite, die auf dem Tisch herumstanden, brachte Wachs und Schweineschmalz über der Kerzenflamme zum Schmelzen und bereitete dann mit einer Gabel meine Mischung zu. Den so entstandenen Brei verteilte ich mit einer Messerklinge auf dem weißen Stoff; aus dem Augenwinkel sah ich fünf Mitglieder des Personals, darunter einen Koch mit seiner Mütze, die sich in einer Ecke versammelt hatten und sich den Hals nach mir verrenkten. Was erwarteten sie? Daß ich diese Mixtur verschlang? Ich warf ihnen ein kurzes Lächeln zu, das sie allesamt einen Schritt zurückweichen ließ.

Ich rollte das mit der Wachssalbe getränkte Tuch sorgfältig ein und verließ den Saal unter beunruhigten, neugierigen und empörten Blicken.

Ich klopfte an die Tür und trat ein, ohne ihr Herein abzuwarten. Sie saß in ihrem Kamelhaarmorgenmantel mit gesenktem Kopf an einem kleinen Schreibtisch und schrieb. Neben dem

Tintenfaß qualmte eine Zigarette im Aschenbecher. Sie sollte diese abscheuliche Angewohnheit unbedingt ablegen. Das Kaminfeuer umgab ihren Kopf mit einem goldenen Lichtschein, der ihre Haare an den Schläfen und im zarten Nacken in lange Karamelfäden verwandelte. Es war ein entzückender Anblick, und wenn die Aufgabe, die ich zu erledigen hatte, nicht so dringend gewesen wäre, ich hätte stundenlang regungslos stehenbleiben und mich darein vertiefen können.

»Ich habe nicht nach Ihnen geläutet«, sagte sie, ohne sich umzudrehen. »Aber wenn Sie schon einmal da sind, können Sie ebensogut die Wärmflasche in meinem Bett erneuern. Außerdem möchte ich, daß Sie mich morgen zur gleichen Zeit wecken wie heute.«

Ich konnte nicht umhin, über ihre Verwechslung zu lachen. Sie erschauerte und drehte sich mit einem Ruck um.

»Sie!« rief sie, riß sich die Brille ab und warf sie auf den Tisch. »Was machen Sie hier um diese Uhrzeit? Was ist los? Ist Holmes endlich fündig geworden?«

»Es geht hier nicht um Holmes. (Ich zeigte ihr die Packung.) Ich habe eine Kampfersalbe hergestellt, um Ihre Frostbeulen zu behandeln und Sie gegen die Kälte zu schützen, der wir morgen wieder ausgesetzt sein werden.«

»Ich danke Ihnen«, sagte sie nach einem winzigen Zögern. »Legen Sie das Paket nur auf dieses Tischchen. Ich werde mich vor dem Schlafengehen daraus bedienen. Ich muß noch einen Brief schreiben...«

»Jede weitere Sekunde kann irreparable Schäden für Sie zur Folge haben«, sagte ich ernst. »Die Frostbeulen können rot anschwellen und sogar aufspringen, wenn Sie sich nicht darum kümmern. Es kann sich ein Juckreiz bis hin zu offenen Wunden entwickeln! Der Kampfer wird wirksam jeden Gärungsprozeß verhindern, und das Schweineschmalz sorgt als luftundurchlässige Schicht dafür, daß keine Nekrose entsteht. Weiterer Vorteil: Es macht die Hand beim Einreiben geschmeidig und beugt so mechanischen Hautverletzungen vor.«

»Großer Gott«, seufzte sie, »was für ein Kauderwelsch! Meinen Sie das ernst? Na gut, ich werde gleich etwas dagegen tun, aber ich versichere Ihnen, wenn ich ein heißes Bad genommen habe, sehen Sie keine Spur mehr...«

»Darüber hat der Arzt zu befinden. Wollen Sie mir jetzt bitte Ihre Verletzungen zeigen. Ich werde sie selbst mit Salbe bestreichen und einreiben.«

Ihr Blick wurde starr, sie richtete sich mit einer eigenartigen Grimasse auf, deren Sinn ich nicht entschlüsseln konnte. Es interessierte mich übrigens auch nicht. Nur ihr Zögern machte mich wütend. Ich wußte ja wohl besser als sie, was gut für sie war!

»Großer Gott«, wiederholte sie. »Sie... Sie fühlen sich nicht wohl. Sie müssen sich ausruhen gehen, Doktor«, fügte sie leise hinzu.

»Noch nie in meinem Leben habe ich mich so wohl gefühlt!« brüllte ich. »Zum letzten Mal, machen Sie sich frei und legen Sie sich hin, damit ich Sie behandeln kann!«

Steckte in mir noch ein kleiner Funken von Menschlichkeit? Der Dämon, der mich mitriß, zerstörte jede Zurückhaltung. Wichtig waren nur noch das Ergebnis und die aufs höchste gesteigerte Lust, ans Ziel zu gelangen. Wie niederträchtig mußte ich in meinem Wahn sein, daß ich zu einem so plumpen Vorwand griff?

»Nun gut«, sagte sie mit einem weiteren Seufzer, der mich frohlockend knurren ließ, »folgen Sie mir in mein Schlafzimmer...«

Sie beugte sich über das Bett und drehte sich abrupt zu mir um, genau in dem Moment, als ich die Hände ausstreckte, um sie zu ergreifen.

Ein harter, spitzer Gegenstand bohrte sich in mein Brustbein. Ich senkte verblüfft die Augen. Es war der Lauf einer hübsch verzierten kleinen Pistole ohne Hahn, deren winziger Kolben in der straff geballten Faust der jungen Frau verschwand. Jedes Zögern, jede Furcht waren aus ihrem Blick verbannt. Sie lächelte triumphierend.

»Ich sehe, daß ich mich getäuscht habe«, sagte sie in dem beherrschten Ton, in dem man zu Schwerkranken spricht. »Bunds Gift zirkuliert nach wie vor höchst wirksam in Ihrem Blut, Doktor Watson. Aber diesmal muß jemand anders die Folgen Ihrer Krise ertragen. Wenn Sie nicht augenblicklich verschwinden, schieße ich Ihnen ein Loch ins Herz!«

Dieser Widerstand in letzter Minute begeisterte mich. Sie war wie alle Frauen! Sie mußte reden, obwohl sie nur zu schießen brauchte. Ein Schlag mit dem Handrücken, und die Waffe flog durchs Zimmer. Die Packung mit der Kampfersalbe nahm den gleichen Weg. Wenn ich's recht bedachte, verdiente sie meine ärztlichen Bemühungen nicht.

Seltsame Notizen eines Detektivs (Fortsetzung)

Das ist die Lösung. Sie lag von Anfang an direkt vor meiner Nase. Wie hatte ich sie nur übersehen können? Einzig logische Erklärung für meine Blindheit: die verwirrende Anwesenheit von I. A. sowie diese besondere Form der Entropie (wie die Physiker sagen würden), die das Altern meines Gehirns mit sich bringt.

Ich muß W. benachrichtigen. Ich vernachlässige ihn seit einigen Tagen, aber das passiert mir nicht zum ersten Mal. Er hat eine eiserne Geduld.

Ich vernachlässige auch I. A. Erstaunlich, daß sie sich immer noch in Bern aufhält. Ich frage mich, was aus uns wird, wenn sie sich entschieden hat.

Bleibt die undankbare Aufgabe, Spengkler alles zu erklären, seine Einwände einen nach dem anderen zu entkräften, ihm Beweise, Motiv und Gelegenheit etc. zu liefern.

Dieses Spielchen hat mir noch nie Spaß gemacht. Diesmal ist es mir noch unangenehmer. Dennoch muß ich mich daran halten, und zwar rasch, wenn ich einen dritten Mord verhindern will, den an Bund natürlich.

W. ist nicht im Hotel. Sein Schlüssel hängt am Brett. I. A. auch nicht. Nicht weiter verwunderlich; steckt sicher mitten in einer Versammlung mit ihren Genossen.

Verblüffend, wenn man sieht, daß diese wunderbare kleine Insel der Demokratie, die die Schweiz darstellt, allem, was die Welt an zukünftigen Autokraten aufzubieten hat, als Zuflucht dienen kann ... wie London seit nun schon einem halben Jahrhundert und heute noch.

K.-F.s Hilfe wird unnötig sein. Um diese Morde zu erklären,

kann man auf die Pathologie der Geisteskrankheiten verzichten. Die Entropie, schon wieder! Die Entropie ist die geheime Instanz, die alles oder fast alles erklärt. Diese allgemeine Unordnung, gegen die wir unablässig ankämpfen, bis wir uns endlich, auf der Schwelle zum Tode, geschlagen geben.

Gerade als ich mich anschicke, Spengkler ein paar Zeilen zu schreiben, Ankunft von Einstein, Augen glänzender als gewöhnlich, allein, ohne Freunde, ohne Geige. Hat er ebenfalls verstanden? Das würde mich überhaupt nicht wundern.

»Sind Sie bereit, sich eine logische Aufgabenstellung und ihre Lösung anzuhören?« sagt er gleich zu Anfang mit einem triumphierenden Lächeln. »Ich glaube die Lösung zu kennen, brauche aber Ihre Meinung.«

»Ich kenne die Lösung ebenfalls. Vergleichen wir also unsere Ansichten!« Dann, im Hinblick auf seine betretene Miene: »Aber vielleicht sprechen wir von zwei verschiedenen Dingen?«

»Das befürchte ich«, sagt der kleine Ingenieur mit enttäuschtem Gesicht. »Sei's drum! Falls ich Sie störe, sollte ich vielleicht später wiederkommen...«

»Kommt nicht in Frage. Spengkler kann warten. Erläutern Sie.«

Einstein hat sich sofort wieder beruhigt.

»Erinnern Sie sich an die Arbeitshypothese, die ich Ihnen neulich entwickelt habe?«

»Das Interferometer und die Beschaffenheit des Lichts? Sicher.«

»Schön, seitdem habe ich Fortschritte gemacht... Ich darf sagen, daß ich das zum großen Teil Ihnen und Ihrer Untersuchung verdanke.«

»Wie das?«

»Die Art und Weise, wie diese gräßlichen Morde den unumstößlichen Charakter der Hauptsätze der Thermodynamik untermauert haben. Ein Prinzip von genau dieser Allgemeingültigkeit wollte ich aufstellen. Und ich glaube, ich habe es gefunden. Hier meine Überlegung.«

»Eine Tasse Kaffee vorher, damit Sie wieder zu Atem kommen, Einstein?«

»Wenn Sie wollen... Ich bin von zwei Grundlagen ausgegangen. Zunächst ein Postulat der Unmöglichkeit: Meiner Meinung nach kann kein Experiment irgendeiner Art absolute Ruhe – oder absolute Bewegung, was auf das gleiche hinausläuft – nachweisen.«

»Sie wollen damit sagen, es wäre unmöglich, beispielsweise festzustellen, daß die Erde sich im Weltraum bewegt, gäbe es nicht die Planeten, die Sonne und die Sterne, an denen sich dies beweisen läßt. Nehmen wir es einmal an.«

»Zweites Postulat, das für meine Demonstration notwendig ist: Das Licht durchläuft den Weltraum mit einer Geschwindigkeit, die *nicht* von der Bewegung seiner Lichtquelle *abhängig* ist. Ein Postulat, das wie das erste seine Gültigkeit durch das Experiment mit dem Interferometer gewinnt.«

»Das ist eine beobachtete Tatsache. Aber widersprechen diese beiden Prinzipien einander nicht?«

»Nur scheinbar, Herr Holmes! Das Experiment hat gezeigt, daß einzig das Licht sich einer absoluten Bewegung unabhängig von seiner Quelle, das heißt, vom Bezugssystem, rühmen kann! Sehen Sie sich doch mal diese Zeichnungen an.«

Ich warf einen Blick auf zwei kleine, gleichgroße, parallele Rechtecke, die mit Pfeilen und Kritzeleien versehen waren.

»Ich gestehe, ich habe Mühe...«

»Verzeihen Sie mir! Ich gebe zu, daß sie ohne Kommentar nichts wert sind. Diese beiden länglichen Rechtecke sind zwei Schiffe, die parallel zueinander durch den Weltraum ziehen. Eins der Schiffe, nennen wir es Schiff B, fährt sehr viel schneller als Schiff A, zum Beispiel 20 000 km pro Sekunde schneller. Geht man von meinem ersten Postulat aus, kann man zu der Ansicht gelangen, daß nur ihre relative Bewegung wichtig ist, das heißt, daß B sich im Verhältnis zu A 20 000 km pro Sekunde nach rechts bewegt, oder daß A sich im Verhältnis zu B 20 000 km pro Sekunde nach links bewegt. Die beiden Schiffe sind in Wirklichkeit gigantische Filmtheater von gleicher Größe und nach dem gleichen Muster gebaut. In jedem Schiff sind Projektor und Zuschauer an einem Ende, die Leinwand am anderen Ende plaziert. Folgendes spielt sich nun auf Schiff A ab: Das Licht, das der Projektor aussendet, trifft nach einer gewissen Zeit auf die Leinwand. Die Zeit, die das Licht braucht, um vom Projektor zur Leinwand zu gelangen, ist, sagen wir, eine Sekunde, wenn das Schiff 300 000 km lang ist. Sind wir uns einig?«

»Bis jetzt ja.«

»Dafür empfängt der Zuschauer, der unter dem Projektor sitzt, dieses gleiche Licht, von der Leinwand reflektiert, noch eine Sekunde später. Sind wir uns immer noch einig?«

»Ja«, sage ich. »Sie meinen, daß ein Vorführer, der den Film auf der Rolle betrachten und ihn gleichzeitig vorführen würde, die Szenen mit zwei Sekunden Vorsprung vor dem Zuschauer sähe?«

»Genau das ist es! Aber das ist nicht das Wichtigste an der Beweisführung. Nehmen wir an, ein Beobachter auf B, dem zweiten Schiff, sieht, was auf A, dem ersten, geschieht. Dieses zweite Schiff bewegt sich aber, vergessen wir es nicht, im Verhältnis zu A sehr schnell nach rechts. Vergessen wir außerdem nicht, daß aufgrund meines zweiten Postulats das Licht auf A genau die gleiche Geschwindigkeit hat wie auf B.

Stellen Sie sich die Verblüffung des Beobachters auf B vor! Wie kann er annehmen, daß zwischen der Ankunft des Bildes auf der Leinwand und der Ankunft des von der Leinwand abgestrahlten Bildes auf der Netzhaut des Zuschauers die gleiche Zeit vergangen ist, während die Entfernung, die das Licht in beiden Richtungen durchlaufen haben muß – zuerst zur Leinwand, danach zum Zuschauer –, bei der Rückkehr von der Leinwand offensichtlich viel größer ist, weil die Geschwindigkeit des Lichts unabhängig von der seiner Quelle ist!

Wenn der Beobachter auf B den Zuschauer auf A befragt, wird dieser ihm gegenüber zu Recht beteuern, daß er das Bild genau zwei Sekunden, nachdem der Projektor über seinem Kopf in Gang gesetzt wurde, empfangen hat. Der Beobachter auf B kann sich dem nur beugen. Hat er nicht gesehen, daß der Zuschauer auf A beim Anblick eines Scherzes eine Sekunde, nachdem dieser Scherz auf der Leinwand aufgetaucht war, lachte, obwohl er *ihn noch nicht hätte wahrnehmen* dürfen, weil sich aus B's Sicht der Zuschauer auf A von der Position, an der sich die Leinwand in dem Augenblick befand, als der Scherz dort aufschien, mit einer Geschwindigkeit von 20 000 km pro Sekunde entfernt!«

»Das ist unmöglich«, sage ich. »Schiff A ist, wenn ich es richtig verstehe, ein geschlossenes System. Hat Newton nicht an irgendeiner Stelle gesagt, daß die relativen Bewegungen von Körpern in einem gegebenen Fahrzeug die gleichen sind, ob dieses Fahrzeug nun unbeweglich ist oder von einer gleichförmigen Bewegung getrieben wird?«

»Ganz genau! Für A läuft alles normal ab. Nur B kommt die Reaktion des Zuschauers auf A abwegig vor. A und B *nehmen die Zeit unterschiedlich wahr.*«

»Dem kann ich nicht zustimmen, Einstein! Von A's Standpunkt betrachtet, einverstanden. Das Licht hat 300 000 km in der einen Richtung und 300 000 km in der anderen zurückgelegt. Aber von B's Standpunkt aus hat das Licht des Projektors auf A 300 000 km *minus* 20 000 in der einen und 300 000 plus 20 000 in der anderen zurückgelegt.«

»Sie vergessen das Wichtigste, Herr Holmes. Die Lichtgeschwindigkeit ist *unveränderlich.* Was Sie sagen, träfe zu, wenn es sich um einen abgeschossenen Pfeil handelte, ein Objekt, dessen Geschwindigkeit zu der eines Fahrzeugs hinzukommen oder von ihr abgezogen werden könnte. Aber beim Licht verhält es sich anders.«

»Ich erkläre mich außerstande zu begreifen, an welchem Punkt Ihre Überlegung hinkt, aber sie kann nur falsch sein, weil sie so zuverlässige und allgemeingültige Begriffe wie Gleichzeitigkeit und damit die Existenz einer gemeinsamen Zeit im Universum hinfällig macht.«

»Lassen Sie mich meine Beweisführung zu Ende bringen, Herr Holmes, ich flehe Sie an! Nehmen wir jetzt die umgekehrte Situation. Der Beobachter ist nicht mehr auf B, sondern auf A, das sich immer noch im Vergleich zu B mit 20 000 km pro Sekunde nach links bewegt. Nun gut, dies vorausgesetzt, was sieht unser Beobachter, der auf A plaziert ist? In dem Augenblick, da das Licht von der Leinwand zum Zuschauer zurückkommt, hat unser Beobachter den Eindruck, daß die von diesem Lichtstrahl bewältigte Bahn bei weitem *geringer* ist als der Weg, den er durchlaufen mußte, um vom Projektor zur Leinwand zu gelangen, während für den Zuschauer auf B zwischen Ausstrahlung des Bildes durch den Projektor über seinem Kopf und dem Empfang dieses Bildes auf seiner Netzhaut ebenfalls zwei Sekunden vergangen sind!

Was soll ich tun, wenn ich mich weder auf A noch auf B befinde? Wessen Partei soll ich ergreifen? Auf Grund meines ersten Postulats, dem Newtonschen Relativitätsprinzip, stehen die beiden Schiffe A und B punktgleich, denn ihre Bewegung existiert nur im Verhältnis zueinander. Die Beobachter auf den beiden Schiffen haben also jeder für sich recht, genauso wie die Zuschauer! Tatsächlich hat die Zeit *nicht den gleichen Wert,* je nachdem, ob man auf A oder auf B ist. Begreifen Sie die Folgen, Herr Holmes? Das bedeutet ganz einfach, daß Zeit, Gleichzeitigkeit relativ sind, daß es absolute Zeit ebensowenig gibt wie absolute Bewegung.«

»Etwas so Erschreckendes kann ich nicht glauben! Wenn das wahr wäre, hieße das, unser Universum hat keinen Sinn mehr.«

»Nein, Herr Holmes, das will lediglich heißen, daß gegebene Zeit nur in einem im voraus definierten gegebenen System existiert. Und wehe dem, der von einem System in das andere übergehen will, ohne Vorsichtsmaßnahmen zu treffen! Was keinen Sinn mehr hat, ist die Physik, so wie wir sie kennen. Man wird alles noch einmal überprüfen müssen: Begriffe wie Geschwindigkeit, Entfernung, Beschleunigung und natürlich Energie und Kraft!«

»Falls es nicht Ihre Postulate sind, die es zu revidieren gilt.«

»Was bleibt, wenn man das Unwahrscheinliche ausgeschlossen hat? Erfahrung und Überlegung beweisen uns ohne den Schatten eines Zweifels, daß die Physik, die wir kennen, die Welt nicht besser erklärt, als die Theorien des Altertums es tun, und daß alles wieder neu in Angriff genommen werden muß.«

»Und Sie behaupten immer noch, kein nihilistischer Revolutionär zu sein? Wenn Sie wider Erwarten recht haben, ist das, was Sie tun, zweifellos sehr viel gefährlicher als alle Theorien Ihrer Freunde.«

Einstein hat bescheiden die Achseln gezuckt.

»Ich gestehe, ich würde meinen Vorfahren ganz gern einen Streich spielen«, hat er mit einem kleinen Lachen eingeräumt. »Aber das ist erst ein Anfang. Die wirkliche Arbeit steht noch bevor.«

Doktor Watson schreibt zwei Briefe

Mitten in der Nacht wachte ich auf, ein namenloses Unbehagen schnürte mein Herz zusammen. Ich hatte jeden Orientierungssinn verloren. Einzige Gewißheit: Ich lag auf einer weichen Fläche, einem Bett. Mein Mund war ausgetrocknet, ich hatte steife Glieder. Ich fühlte mich schwach, sehr müde. Je wacher ich wurde, desto stärker wich das Unbehagen einer dumpfen Angst, die mich auf der Bewußtseinsschwelle festhielt. Wovor hatte ich Angst? Welch schreckliches Ereignis hatte sich ohne mein Wissen abspielen können – oder spielte sich gerade ab?

Auf der Suche nach Anhaltspunkten betastete ich das Bettuch um mich herum. Ich stieß nur auf ein Durcheinander aus Stoff, verwickelten Laken und Kleidungsstücken. Seit wann hatte ich die abscheuliche Angewohnheit, mich vollständig bekleidet ins Bett zu legen? Plötzlich berührten meine Finger etwas Lauwarmes, Seidenweiches. Etwas Lebendiges! Ein krampfhafter Schauer durchlief mich vom Kopf bis zu den Zehenspitzen. Was war das? Wo war ich? Haut, es war Haut. Zur gleichen Zeit stellte sich all mein Wahrnehmungsvermögen wieder ein: dieses Gewicht auf meinen Beinen, dieser süße, anhaltende Duft, die zusammengerollten Kleider, diese Haut... Das träge, tiefe Atemgeräusch, das nicht von mir stammte... Das gesamte Mosaik zeigte an, daß eine schlimme Enthüllung bevorstand, der mein betäubter Verstand sich verweigerte. Ich schloß die Augen wieder, eine lächerliche Schutzvorkehrung gegen... ja, wogegen? Nein! Diese Frage durfte ich auf gar keinen Fall beantworten! Ich durfte es nicht. Ich wollte es nicht.

Mein Wille war machtlos. Ich hätte mich am liebsten verkrochen und meinen Verstand abgeschaltet; ich wäre gern gefühllos, blind, taub geworden, ein Mann mit Gedächtnisschwund. Ich konnte es nicht. Die Wahrheit lag klar vor meinen Augen, beleuchtete mit ihrem unbarmherzigen Licht die Bilder der Wirklichkeit wie lauter grelle Gemälde in abstoßenden Farben.

Ich wußte alles. Ich öffnete die Augen endgültig; es nützte nichts mehr, sie zu schließen. Die Erinnerungen, die mich verfolgten, würden nie verblassen. Nur das unausweichlich letzte Vergessen könnte mich vom Unerträglichen entlasten.

Ich wollte sie nicht sehen, war außerstande, zur Kenntnis zu nehmen, was ich ihr diesmal angetan hatte. Behutsam schob ich ihre Beine, die mich behinderten, zur Seite und ließ mich geräuschlos ans Fußende des Bettes gleiten. Entsetzen erfüllte mich bei der Vorstellung, dieser träge Atem könnte stocken, sie könnte sich plötzlich aufrichten und mir gegenüberstehen, eine lebendige Statue der Anklage und der Verzweiflung.

Als ich die Füße auf den Boden gesetzt hatte, wagte ich endlich, Luft zu holen. Ich versuchte, meine kriminellen Handlungen zu rekonstruieren. Sie hatte hier gestanden, mit dem Rücken zum Bett, ungefähr an meinem jetzigen Platz. Mit dem Handrücken hatte ich ihr die Waffe aus der Hand geschlagen; sie konnte also nur in dieser Richtung zu finden sein. Ich bewegte mich kriechend und tastend voran. Ein Schuh, dann ein zweiter. Ein Stück undefinierbaren Stoffs. Ein weiches, duftendes Paket, die Kampfersalbe!

Endlich streiften meine Finger den kalten, ziselierten Stahl der Waffe. Sie war an die Fußleiste gerutscht. Eine eisige Freude überkam mich, als ich sie ergriff. Das einzige Heilmittel gegen meine Übel. Der ewige Friede würde mir gewährt werden! Was würde Mary denken? Holmes würde alles tun, was in seiner Macht stand, um ihr die Wahrheit zu verheimlichen. Ich konnte mich auf ihn verlassen. Mary würde mich in unbefleckter Erinnerung behalten. Aber Holmes? Würde er mir eines Tages verzeihen? Und mein Opfer? Es war egoistisch von mir, die abscheuliche Tat noch zusätzlich mit Peinlichkeit und Skandal zu befrachten, indem ich hier an Ort und Stelle meinem Leben ein Ende setzte.

Ohne die Waffe loszulassen, kroch ich aus dem Schlafzimmer, ging durch den kleinen Salon, der noch vom rötlichen Schein des Feuers erhellt wurde, und gelangte in die Diele. So leise wie möglich öffnete ich einen Spalt weit die Tür. Gott sei Dank war der Flur zu dieser Stunde wie ausgestorben, kein Geräusch, keine Bewegung waren zu vernehmen. Es gelang mir, die Tür ohne das kleinste Klicken hinter mir zu schließen. Mit wenigen Sprüngen war ich in meinem eigenen Zimmer. Nachdem mein Entschluß einmal feststand, hatte sich eine große Ruhe in mir ausgebreitet. Sie trübte sich auch nicht, als mir ein zerlumptes Gespenst mit irrem Blick im Spiegel begegnete. Ich machte mich wieder einigermaßen zurecht, säuberte die sichtbarsten Kratzer an Hals und Nase mit Wasser, bis sie fast verschwunden waren.

Was blieb mir zu tun? Mein Testament, fertig ausgestellt und beim Notar hinterlegt, machte Mary zur einzigen Erbin. Nahm man ihr kleines Einkommen hinzu, brauchte sie keine Not zu leiden. Ein paar Zeilen vielleicht, um den wahren Hergang zu vertuschen... Ich konnte Irene nicht einmal um Verzeihung bitten, das hätte geheißen, sie zu verraten. Hastig schrieb ich auf ein Blatt mit dem Briefkopf des Savoy:

Holmes, ich werde Ihnen nicht bis zum Schluß zur Seite stehen können. Meine Alpträume durch Bunds Gift sind unerträglich geworden. Bis jetzt habe ich nur mir selbst Leid zugefügt. Aber es besteht die Gefahr, daß dies nicht so bleibt. Die einzig vernünftige Lösung ist, ein Ende zu machen. Wenn es Ihnen nicht zu viele Unannehmlichkeiten bereitet, wünsche ich, daß Sie meine Leiche nach England überführen lassen. Ich weiß, daß Mary auf Sie zählen kann. Tut mir leid, Sie in diesem entscheidenden Stadium der Untersuchung im Stich zu lassen. Ich grüße Sie. Watson.

Der Brief, der für Mary bestimmt war, machte mir größere Schwierigkeiten. Wie sollte ich in wenigen Sätzen mein Bedauern und meinen Schmerz darüber ausdrücken, daß ich von ihr ging? Wie sollte ich ihr begreiflich machen – ohne etwas zu verraten –, daß es keine andere Lösung gab, daß es um meine Ehre und das Leben von Unschuldigen ging, daß ich dahin gelangen konnte, jederzeit anzugreifen? Daß ich ihr nur auf diese Weise in allerbester Erinnerung bleiben würde und nicht als ein obszönes Ungeheuer mit abstoßenden Instinkten, die es nicht zügeln konnte und die keine moralische Hemmschwelle je eindämmen würde? Die Zeit drängte. Ich griff wieder zur Feder.

Liebe Mary, obwohl es mich unendlich schmerzt, Dich zu verlassen, muß es sein. Der Zufall hat gewollt, daß ich von einer unheilbaren Krankheit befallen bin, die jeden Tag ein wenig mehr an meiner Seele und meinem Körper nagt und mich Taten begehen lassen kann, die mir Gefängnis, ja, den Strick eintragen würden. Beim gegenwärtigen Stand der Wissenschaft ist nichts in Sicht, das mich von diesem schrecklichen Leiden erlösen könnte. Deshalb habe ich mich schließlich – so betrüblich es auch sein mag – für die einzig vernünftige Lösung entschieden. Wenn Dir irgend etwas fehlt, wende Dich ohne Zögern an Holmes. Siebzehn Jahre lang bist Du das Licht meines Lebens gewesen, und keinen Augenblick, im Guten wie im Schlechten, vergesse ich, daß Du aus mir den glücklichsten Mann der Welt gemacht hast. Ich liebe Dich wie am ersten Tag, so aufrichtig, wie nie ein Mann eine Frau geliebt hat. Adieu.

Ich steckte die beiden Briefe jeweils in einen Umschlag und ließ sie gut sichtbar und unversiegelt liegen – in Selbstmordfällen hat die Polizei ein Kontrollrecht, das niemand ihr absprechen darf. Ich streckte mich auf dem Bett aus. Trotz meiner Müdigkeit versuchte ich ein letztes Mal, darüber nachzudenken, ob mir irgendein peinliches Versäumnis unterlaufen war, dann führte ich den Lauf der Pistole an mein Ohr, schloß die Augen und drückte ab.

Die Eisträger

In einem lächerlichen Überlebensreflex stellte sich das Innenohr taub; dennoch drang das Knacken der Feder schmerzhaft an mein Trommelfell. Ich lag da wie gelähmt, die Augen geschlossen, den Ellenbogen angehoben, den Pistolenlauf ans Ohr gepreßt, unfähig zu erfassen, was sich abgespielt hatte.

Dann begriff ich, daß der Zufall mir eine noch schlimmere Prüfung als die ursprünglich vorgesehene auferlegte. Hatte ich den Mut, ein zweites Mal abzudrücken? Ich versuchte es. Gott ist mein Zeuge, daß ich es versuchte: Mein Finger verweigerte den Gehorsam. Feige und abergläubische Gedanken bahnten sich einen Weg durch meinen Kopf. Ein zum Tode Verurteilter ist automatisch begnadigt, wenn der Strick reißt. Es war also ein Ausdruck des göttlichen Willens, daß ich nicht gestorben war. Unter dem schleichenden Einfluß dieser Überlegungen wurde nicht nur mein Finger, sondern mein ganzer Arm von Schwäche ergriffen.

Meine Finger öffneten sich, weich wie Würmer und nicht in der Lage, das Gewicht der kleinen Waffe noch länger zu tragen. Tastend ergriff ich sie mit der linken Hand und hielt sie vor mein Gesicht. Was war geschehen? Eine defekte Patrone? Das wäre nicht überraschend gewesen. Irene Adler verbrachte wohl kaum ihr Leben damit, ihre Waffe zu polieren und die Kugeln regelmäßig zu erneuern... Mit dem Daumen ließ ich die Trommel aufklappen. Die sechs Kammern waren leer. Sie hatte mich mit einer ungeladenen Waffe bedroht, und ich hatte soeben versucht, mit einer ungeladenen Waffe mein Leben zu beenden.

Nachträglich ging mir auf, wie absurd die Situation war. Mit

Mühe und Not unterdrückte ich ein verrücktes, hysterisches Lachen, indem ich mir mit der Faust auf den Mund schlug. Ich schleuderte die Pistole auf das Bett und erhob mich mühsam; meine Glieder waren schwer und steif, als ob ich stundenlang in der gleichen Haltung gelegen hätte.

Ich hatte nicht die leiseste Idee, was ich tun sollte. Die letzten Reste meines Mutes zusammennehmen, um zu verwirklichen, was ich so jämmerlich verpatzt hatte? Ich müßte eine Waffenhandlung finden, mir Kugeln besorgen... Seltsamerweise konnte ich mir nicht vorstellen, meinem Leben auf andere Weise ein Ende zu setzen. Dabei war das denkbar einfach: Als Arzt wußte ich genau, wo Venen und Arterien unter der Haut verliefen. Zwei geschickte Schnitte mit dem Rasiermesser würden genügen, daß ich in wenigen Minuten verblutete. Ich hätte auch kopfüber aus dem Fenster springen, mich mit den Hosenträgern an einem Kronleuchter aufhängen oder irgendeine giftige Substanz einnehmen können.

Was ich häufig bei rückfälligen Selbstmördern festgestellt hatte, erwies sich auf meine Kosten als richtig: Weil der Selbstmord eine Zwangsvorstellung war, ging er mit einem bestimmten Ritual einher, das man nur unter großen Mühen abwandeln kann. Ich war von Irene Adlers Pistole besessen und unfähig, mir ein anderes Tötungsmittel auszudenken.

Ich wußte nicht, wo ich eine Waffenhandlung fand, die um diese Zeit geöffnet war. Sei's drum, ich würde es versuchen, und wenn ich den Besitzer wecken müßte! Ich schlüpfte rasch in meinen Überzieher und griff nach der Waffe. Genau in diesem Augenblick ging die Tür auf.

Keine Begegnung hätte eine verheerendere Wirkung zeitigen können: Im Türrahmen stand Irene Adler, ihr Blick war auf mich geheftet oder genauer, ging durch mich hindurch, als sähe sie mich nicht. Unter diesem Blick, der um so unerbittlicher war, als er fast gleichgültig wirkte, verwandelte ich mich in eine Salzsäule. Sie trat ein und sah sich um. Die Briefe! Sie entdeckte sie auf dem Kaminmantel in dem Moment, als ich mich an sie erinnerte. Sie betrachtete mich erneut, durchquerte mit vier großen Schritten das Zimmer, nahm die Umschläge und öffnete sie. Ich kam nicht auf den Gedanken, mich ihr in den Weg zu stellen. In einer Minute hatte sie die beiden Briefe überflogen und stopfte sie nachlässig in eine ihrer Taschen. Ein sonderbares Lächeln zeichnete sich auf ihren Lippen ab.

Sie kam auf mich zu, zog mir, ohne mich aus den Augen zu lassen, die Pistole aus der kraftlosen Hand und steckte sie in eine andere Tasche. Erst da fiel mir auf, daß sie wieder die Fetzen vom Vortag trug.

»Was ist los mit Ihnen, Doktor Watson?« sagte sie mit friedlicher Stimme, aus der ich nicht den kleinsten ironischen oder zornigen Unterton heraushören konnte, »schlafen Sie im Stehen? Dabei haben Sie doch schon Ihren Mantel an. Hier ist Ihr Hut. Sie sollten diese häßliche Fettspur an Ihrem Ohr entfernen. Es ist sechs Uhr, wir müssen uns beeilen. Nun, Doktor, hören Sie mich? Oder träumen Sie?«

Vielleicht war das der Fall. Eine kleine Weile hegte ich die unsinnige Hoffnung, daß *alles* nur ein gräßlicher Alptraum gewesen war. Die Briefe, die Pistole – verschwunden. Es gab keine greifbare Spur mehr. Vernünftigerweise konnte es nicht anders sein... Wie hätte man sich sonst die kühle Ausgeglichenheit dieser Frau, ihre leicht überraschte Miene angesichts meines Stumpfsinns erklären können?

Sie machte ein ungeduldiges Gesicht, nahm mich beim Arm und zog mich in den Flur.

»Gehen wir«, sagte sie mit schroffer, schneidender Stimme. »Die frische Luft wird Ihnen gut tun. Ich selbst bin nicht recht auf der Höhe heute morgen. Ich hätte nicht bis spät in die Nacht arbeiten sollen.«

Den gesamten Vormittag über wechselten wir kein weiteres Wort. Die geistige Verwirrung, in der ich mich befand, die Zukunft, meine Anwesenheit neben ihr, unsere Untersuchung, mein fehlgeschlagener Selbstmord, all das nahm die verschwommene, unscharfe Form eines Abenteuers an, das irgendein anderer erlebt und von dem man mir bruchstückhaft erzählt hätte. Ich konnte nicht umhin, ihr verstohlene Blicke zuzuwerfen, weil ich gern gewußt hätte, was sich hinter ihrer reinen Stirn, dem engelhaften Gesicht, dem teilnahmslosen Ausdruck und dem neutralen Blick verbarg, der mich von Zeit zu Zeit streifte. Ihre Wangen wirkten bleicher als am Vortag, dunkle Ringe lagen um ihre Augen.

Ich konnte mir eigentlich nicht vorstellen, daß eine Tat – ein Verbrechen, zu dessen Sühne es mir nötig erschienen war, mir das Leben zu nehmen – so wenig sichtbare Spuren an ihr hinterlassen haben konnte. War ihre Seele aus so festem Stahl gemacht, daß eine dermaßen abscheuliche Erfahrung – wenn alles tatsächlich geschehen war – nicht einmal der Erwähnung wert war? Oder hatte sie in einem Augenblick von Barmherzigkeit und Mitleid entschieden, daß meine Gewissensbisse Strafe genug für mein Verbrechen waren und daß ich nicht dafür verantwortlich gemacht werden konnte? Die Bedeutung unserer Mission schien alles auf den Rang von belanglosen Zwischenfällen zu verweisen.

»Nun, Doktor, an wen denken Sie?« rief sie plötzlich. »Ich gebe ja zu, daß diese Warterei alles andere als erfreulich ist, aber Sie könnten zumindest so tun, als ob meine Anwesenheit Sie nicht zu Tode langweilte.«

Ohne zu antworten, sah ich sie an. Offensichtlich steckte hinter diesem scherzhaften Ausspruch keinerlei geheime Absicht. Jedenfalls nicht, wenn ich mich auf diesen klaren Blick und das heitere Lächeln verlassen konnte; wie ganz anders hatte ich sie doch lächeln sehen, als sie die Briefe einsteckte!

»Allem Anschein nach geht alles den gewohnten Gang«, sagte sie und stocherte mit dem Rechen in den Maronen auf dem Ofen. »Ich habe noch nie einen Händler gesehen, der sich so wenig um sein Geschäft kümmert wie Sie!« zürnte sie ein paar Minuten später, als sie sah, daß mir ein gutes Pfund Maronen herunterfiel und auf die Fahrbahn rollte. »Wie soll man uns da ernst nehmen? Ich lasse Sie allein, mir ist zu kalt. Ich werde eine Schokolade trinken gehen. Danach sind Sie an der Reihe. Um die Mittagszeit tut sich im allgemeinen nichts.«

Nach und nach sorgten die kalte Luft, die Passanten und der Lärm dafür, daß ich aus meiner blöden Benommenheit erwachte. Über ein Selektionsverfahren, das ich schon früher an mir hatte beobachten können, wich mein Verstand der vorangegangenen Nacht und ihren Ereignissen aus. Ich vergaß nichts, versuchte aber nicht mehr, zu verstehen.

Wie in den beiden Tagen zuvor, stellten sich die dick eingehüllten Frauen um drei Uhr vor Bunds Tür ein und kamen pünktlich eine Stunde später wieder heraus, dicht gefolgt von

Herrn Bund, der sich anschickte, seine zweite Tagesrunde zu unternehmen.

Beim Anblick der hüpfenden kleinen Gestalt, die sich entfernte, wurde mir bewußt, daß meine Abneigung gegen den Mann in Haß umschlug. Zu meiner Hoffnung, einen Mörder ausfindig zu machen, gesellte sich jetzt das ungesunde Verlangen, dieser Mörder möge seine Tat erfolgreich ausführen, bevor er gefaßt wurde. Es war ungerecht, daß dieser lüsterne Greis weiterhin sein wohlgeordnetes, unauffälliges, aber ausschweifendes Leben führte, in dem er all seine Neigungen ohne die leisesten Gewissensbisse befriedigen konnte, während sein ekelhaftes Gift immer noch durch meine Venen floß und mir beständig die Hölle bescherte. Konnte es im Grunde genommen nicht sogar sein, daß der Mörder zunächst ein unbewußtes Opfer von Gruz und Rott gewesen war – so wie ich im Fall von Bund –, und dann aus Empörung zugeschlagen hatte? Ich hatte den ersten nicht, den zweiten kaum gekannt. Aber vielleicht war jeder in seiner Art genauso abartig und böse wie Bund? Etwas in meinem Gesicht mußte wohl meine Gefühle verraten, denn meine Begleiterin murmelte im Befehlston:

»Tun Sie doch wenigstens so, als interessierten Sie sich für diese verfluchten Maronen, und hören Sie auf, den Mann so anzustarren! Man könnte meinen, Sie sind derjenige, der etwas Übles ausheckt!«

Das Wetter war milder geworden, aber wir hatten nichts davon, weil die trockene Kälte einem weichen, nassen Schnee gewichen war, der in unsere Kleidung eindrang und unsere Knochen steif werden ließ. Weil wir ständig um unseren Ofen herumpatschten, hatte sich ein kleiner Teich gebildet, der an den Rändern gefror, aber unsere Schuhsohlen in dauerhaft durchweichtem Zustand hielt. Mehrmals unternahm ich den Versuch, meine Begleiterin zur Rückkehr ins Savoy zu überreden, indem ich ihr versprach, allein bis zum Abend aufzupassen. Doch sie wollte nichts davon hören.

Endlich brach die Nacht über uns herein. Hinter den Fenstern der Straße leuchteten nach und nach die Lichter auf, eine gedämpfte Stille lag über der Stadt. Wir konnten an den häuslichen Herd zurückkehren. Wie an den vorangegangenen Abenden warfen wir die gerösteten Maronen zusammen mit der

Asche in einen Korb unter dem erloschenen Ofen. Ich übernahm die Deichselstange, während Irene Adler den Rechen und die anderen Gerätschaften in den Korb räumte. Eine geschlossene Kutsche tauchte auf, streifte mich beinahe und hielt nach einer kurzen Rutschpartie dicht vor Bunds Haus. An einer Seite der Kutsche befand sich eine plumpe Zeichnung, die einen Eisberg und einen Polarbären darstellte, sowie eine halbkreisförmige Inschrift, in Deutsch abgefaßt. Ich fragte meine Begleiterin nach der Bedeutung.

»Eishändler Friedhop«, sagte sie.

»Eishändler? In dieser Jahreszeit und zu dieser Stunde?« wunderte ich mich.

»Soviel ich beobachten konnte«, bemerkte sie schroff, »kommt es diesem Bund auf eine Überspanntheit mehr oder weniger nicht an. Kommen Sie, Doktor, auf geht's! Wir müssen noch diesen verwünschten Karren...«

»Einen Augenblick noch!« flüsterte ich nachdrücklich. »Ich möchte wissen...«

Ich beendete den Satz nicht. Zwei klein gewachsene Leute waren soeben aus der Kutsche gestiegen; sie stampften mit den Füßen auf und warfen argwöhnische Blicke um sich. Ihre Gesichter waren nicht zu sehen, weil weite Kapuzenumhänge ihren Körper vom Kopf bis zu den Beinen bedeckten. Der Kutscher gesellte sich zu ihnen. Im Gegensatz zu den beiden anderen war er groß und mager. Plötzlich nahm ich unter dem Umhang von einem der Männer einen metallischen Glanz wahr. Irene Adler ergriff meinen Arm.

»Sie glauben...«

»Ich glaube gar nichts«, fiel ich ihr ins Wort. »Wir werden ja sehen.«

Die drei Männer gingen zum hinteren Teil des Gefährts, öffneten weit die Tür, auf der sich das seitliche Motiv wiederholte, wandten der Öffnung den Rücken zu, holten lange, hakenförmige Metallstangen heraus und schwangen sie mit ausgestreckten Armen über ihre Schultern. Einen Augenblick später schwankten sie unter dem Gewicht von riesigen Eisblöcken, die von den Haken auf ihren Schulterblättern gehalten wurden, und pochten heftig an Bunds Tür.

Meine Begleiterin stieß ein kurzes, höhnisches Lachen aus.

»Was habe ich Ihnen gesagt?« triumphierte sie. »Wieder Fehlanzeige! Ich weiß nicht, ob ich diesen Zirkus noch lange durchhalte, Doktor Watson. Polizeiarbeit ist mir schon immer äußerst blödsinnig vorgekommen, aber ich hatte keine Ahnung, daß man dabei auch noch vor Langeweile und Kälte sterben kann. Lassen Sie uns bitte gehen, Doktor«, sagte sie, »oder Sie haben meinen Tod auf dem Gewissen.«

Ich zuckte zusammen, aber sie hatte die letzten Worte ohne irgendeine besondere Betonung ausgesprochen. Sie sah mich nicht einmal an.

»Ich bitte Sie nicht, zu bleiben. Ich werde den Karren allein wegbringen. Kommt nicht in Frage, daß ich mich entferne, ohne mehr darüber zu wissen. Was kann Bund bloß mitten im Winter mit Eis anfangen?«

Unter den wiederholten Schlägen wurde die Tür schließlich geöffnet. Grets kräftige Gestalt füllte den Rahmen aus. Es kam zu einem kurzen Dialog, den Ausrufe und Lautmalereien unterstrichen, dann lachte Gret und trat zur Seite, um die Träger hereinzulassen.

»Sind Sie jetzt zufrieden?« fragte Irene Adler. »Zum letzten Mal...«

»Kommen Sie!« sagte ich. »Vielleicht sehen wir ein bißchen mehr, wenn wir hinter das Haus gehen. Bunds Absichten sind mir nicht geheuer.«

»Sie meinen, er ist es, der...«

Ohne zu antworten, überquerte ich die Straße und ging in die kleine Passage, die Bunds Haus von dem Wagen trennte. Eine kleine, schmale Tür war in die Wand eingelassen. Sie war abgeschlossen.

Ich rannte zum Ofen zurück, spannte mich an den Karren und zog ihn in die Mitte der Sackgasse. Irene Adler sah meinem Treiben offensichtlich verdutzt zu, war aber gleichzeitig klug darauf bedacht, Abstand zu wahren. Vielleicht dachte sie, ich hätte einen neuen Anfall. Ich stellte den Karren der Länge nach an die Mauer und sprang aus dem Stand auf den Ofen, der gefährlich krachte. Leider fehlten mir noch gut zwanzig Zentimeter, um den First der Mauer zu erreichen. Mit einem weiteren Sprung gelang es mir jedoch, mich mit den bloßen Händen daran festzuklammern. Ich kämpfte gegen den Schmerz an, zog mich Stückchen für Stückchen hoch und setzte mich rittlings auf die Mauer.

»Und ich?« fragte meine Begleiterin von unten. »Was Sie auch vorhaben, Doktor Watson, ich muß Sie begleiten dürfen. Das ist ein Befehl!«

»Also gut. Dann sollten Sie vor allem sparsam mit Ihrem Atem umgehen und auf den Ofen klettern. Ich helfe Ihnen hoch.«

Es ging nicht ohne Schwierigkeiten ab; ein paar Minuten später saß sie mir atemlos und mit zerzausten Haaren rittlings auf der Mauer gegenüber.

»Und nun?« sagte sie, sobald sie wieder sprechen konnte.

Wir hockten über einem von Mauern umschlossenen Gärtchen, das der Frühling sicher verschönern würde, das aber im Mondlicht seltsam trostlos aussah, fast morbid, wie ein menschenleerer Friedhof, auf dem die Bäume ihre dürren, dunklen Äste zum Himmel recken. Was hätte Holmes wohl gedacht, wenn er uns hier auf dieser Mauer hätte sitzen sehen? Ich konnte ein höhnisches Gelächter nicht ganz unterdrücken. Auf der Rückseite des Hauses waren drei Fenster im Erdgeschoß erleuchtet. Wir waren zu weit entfernt, um durch die Tüllgardinen mehr als ein chinesisches Schattentheater wahrzunehmen.

»Ich gehe hin!« flüsterte ich.

»Nicht ohne mich!«

»Doch, ohne Sie. Überwachen Sie unsere Rückzugslinie. Sollte mir irgend etwas zustoßen, benachrichtigen Sie schleunigst Holmes. Falls nichts passiert, helfen Sie mir anschließend wieder auf die Mauer.«

Ohne eine Antwort abzuwarten, ließ ich mich zu Boden gleiten. Der an der Oberfläche gefrorene Schnee knackte unter meinen Schritten. Als ich die Hauswand berührte, ertönte hinter den Fensterscheiben plötzlich ein entsetzlicher, gleich darauf erstickter Schrei, der mir das Blut in den Adern gefrieren ließ. Meine erste Regung war, mich umzudrehen und meiner Gefährtin zu signalisieren, daß sie Hilfe holen sollte. Aber sie stieß ihrerseits einen Schreckensschrei aus und stürzte von ihrer Hühnerstange – leider auf die Gartenseite. Mit Hilfe von vielen Gesten befahl ich ihr, sich hinter einen Busch zu kauern, und ging an der Fassade entlang zum ersten Fenster. Obwohl der Vorhang hinderlich war, sah ich eine so erstaunliche Szene, daß mir der Anblick für einen Moment jedes Reaktionsvermögen raubte.

Die schöne Gret lag bäuchlings auf dem Boden; trotz ihrer ebenso heftigen wie unkontrollierten Zuckungen, die von ihrer gewaltigen Vitalität zeugten, wurde sie von zweien der Eisträger in dieser Position festgehalten. Sie saßen auf ihr und versuchten, sie an Handgelenken und Knöcheln zu fesseln. Am anderen Ende des Zimmers – ein großes Labor, das gleichzeitig als Bibliothek diente und dessen hintere Wand halbkreisförmig verlief – stand ein riesiges Aquarium. Bund hatte es im Verlauf unseres Treffens erwähnt. Ein grünlicher Schatten tanzte über Boden und Wände. Im Inneren des Aquariums bewegte sich in vertikaler Richtung ein riesenhafter weißer Fisch mit zu feinen und zu langen Flossen, die merkwürdig angeordnet waren... Ein Fisch? Nein, ein Mensch! Bund! Die Erkenntnis kam mir, als ich den weißen Schein seiner Haare sah, die unter Wasser schwammen. Ich richtete mich mit einem Satz auf, hob das Bein, um die Scheibe einzutreten; doch in diesem Moment stieß mein Kopf mit schrecklicher Gewalt an einen äußerst harten Gegenstand. In einem Augenblick des Schmerzes und der verzweifelten Wut erlosch alles um mich herum.

Seltsame Notizen eines Detektivs

(Fortsetzung und Schluß)

Ich gestehe, daß mir das von Einstein aufgeworfene kleine Problem mit der Relativität der Zeit – oder angeblichen Relativität der Zeit – zunächst wie eine unproduktive Übung vorgekommen ist, eine Art Syllogismus, dem Tagesgeschmack angepaßt, der Streich eines begabten Jungen. Aber je mehr ich darüber nachdenke, desto mehr verblüfft mich die Leichtigkeit, mit der er von heutzutage fast banalen, zumindest in Physikerkreisen allgemein anerkannten Feststellungen ausgegangen ist, um zu einer Schlußfolgerung zu gelangen, die, sollte sie sich als richtig erweisen, bisher für unveränderlich gehaltene Gegebenheiten von Grund auf erschüttert. Ist es möglich, daß er recht hat? Warum haben seine Vorläufer nicht selbst diese Schlußfolgerungen gezogen? Die letzte Frage ist genauso dumm wie die, aus welchen Motiven Lestrade meine Dienste in Anspruch nimmt.

Als Einstein sah, daß ich nachdenklich war, hat er die zugleich pfiffige und eingeschüchterte Miene eines Kindes aufgesetzt, das einem Erwachsenen einen Streich gespielt hat und ungeduldig auf dessen Reaktion wartet.

»Das ist ein schwerer Brocken«, hat er mit einem kleinen Lachen gesagt.

»Und Ihrer Meinung nach ist das erst ein Anfang?«

»Selbstverständlich, Herr Holmes! Was ich Ihnen für zwei Objekte, die sich im Verhältnis zueinander bewegen, zu beschreiben versucht habe, wird man jetzt für das ganze Universum unternehmen müssen, in dem alles sich im Verhältnis zu allem bewegt, in dem einzig das Licht diesen unantastbaren, von seiner Quelle unabhängigen Wert behält, der ebenso unumgehbar ist wie Ihre berühmten drei Hauptsätze der Thermodynamik! Man wird alles überdenken müssen: eine physikalische Geometrie, diesem neuen Weltraum angepaßt, eine spezielle Geometrie, bei der die Zeit eine Dimension sein wird wie die drei anderen!«

»Einen Augenblick mal! Könnten Sie bitte wiederholen, was Sie da gesagt haben?«

»Ein neuer Weltraum... mit vier Dimensionen? Meinen Sie das?«

»Nein, vorher: die drei Hauptsätze...«

»Ach, natürlich, die drei Hauptsätze der Thermodynamik!«

»Hatten Sie mir nicht gesagt, es gebe nur zwei, die beiden, die jedermann kennt? Nun gehen Sie hin und erwähnen einen dritten. Ist das wieder eine Ihrer Erfindungen?«

»Nein, verzeihen Sie... Als ich von zwei Hauptsätzen sprach, meinte ich zwei vollständig formalisierte... Es gibt tatsächlich einen dritten; alle Physiker finden ihn übereinstimmend intuitiv richtig, aber seine Allgemeingültigkeit ist bis jetzt noch nicht bewiesen...«

»Und wie lautet dieses intuitive Gesetz?«

»Es besagt, daß jedem Körper, jeder Materie eine positive Entropie innewohnt, was gleichzeitig beinhaltet, daß die Entropie jedes Körpers gegen Null tendiert, wenn seine Temperatur in Richtung des absoluten Nullpunkts degradiert. Der deutsche Chemiker Nernst arbeitet gerade über vollkommen kristalline Substanzen mit sehr niedrigen Temperaturen und...«

»Könnte Ihr dritter Hauptsatz, grob formuliert, besagen, daß Kälte konserviert und dies um so mehr, je kälter es ist?«

Einstein hat herzlich gelacht.

»Wenn Sie so wollen, obwohl diese Formulierung die perfekten Kristalle außer acht läßt...«

»Vergessen wir sie! Jetzt weiß ich nicht nur, wer die beiden vorangegangenen Morde begangen hat, sondern auch, auf welche Weise der dritte vorgenommen werden soll... Wenn Sie erlauben, Einstein, ich muß Watson und Spengkler benachrichtigen. Das Halali steht bevor.«

Das Perpetuum-mobile-Museum

Die Furcht, die meine Gedanken beherrschte, hatte nichts mit diffuser Angst zu tun. Zwar war mir unbekannt, wo ich mich befand, aber ich wußte – auch wenn ich die Leute nur flüchtig gesehen hatte –, wer mich entführt hatte. Und warum. Der stechende Schmerz, der mir durch den Hinterkopf fuhr und sich über den Nacken bis zu den Schultern fortsetzte, war real. Ich hätte gern meinen Schädel und meine Stirn betastet, um das Ausmaß der Schäden festzustellen. Das war ganz und gar unmöglich: Man hatte es für ratsam erachtet, meine Handgelenke fest an senkrechte Balken aus hartem, schlecht behauenen Holz zu fesseln, dessen Oberfläche ich mit den Fingerspitzen berühren konnte. Ich konnte mich hinsetzen; dann blieben meine Arme gebeugt und standen zu beiden Seiten ab wie die gestutzten Flügel eines zahmen Papageis. An Aufstehen war wirklich nicht zu denken, ich hätte mir die Handwurzeln und die Mittelhandknochen verrenkt. Meine Kerkermeister hatten jedoch eine gewisse Menschlichkeit walten lassen: Zunächst, indem sie mich nicht umgebracht hatten, eine Lösung, die auf den ersten Blick praktischer hätte erscheinen können. Und dann, weil meine Fesseln mich zwar gründlich banden, aber doch locker genug waren, daß sie den Blutkreislauf nicht sehr beeinträchtigten. Blieb ich am Leben, blieb mir vielleicht auch der Gebrauch meiner Hände.

Ich streckte die Beine aus und erforschte den harten Boden um mich herum, wagte sogar leichte Schläge mit dem Schuhabsatz, die in der dem Holz eigenen Klangfarbe widerhallten. Ich befand mich also trotz der Kälte nicht in einem Keller. Eine Scheune? Ein Speicher? Ein Schuppen?

Ein trockenes Husten zu meiner Linken, ganz nahebei, ließ mich zusammenzucken.

»Sind Sie also endlich wieder aufgewacht«, sagte die bittersüße Altstimme von Irene Adler.

»Großer Gott, sie haben Sie auch gekriegt?« rief ich aus. »Haben sie Ihnen weh getan?«

»So wenig wie möglich, wenn man berücksichtigt, wie ich mich gewehrt habe. Gleichwohl haben sie mich gefesselt.«

»Wie sind Sie mit Ihrem Sturz von der Mauer fertiggeworden?«

»Ich bin nicht gestürzt! Ich habe mich absichtlich heruntergleiten lassen! Ich hatte hinten im Garten eine Leiter entdeckt.«

Ein langes, dumpfes Stöhnen ertönte in der Dunkelheit, so unheimlich und quälend, daß ich ein Prickeln im Nacken verspürte und der Schweiß mir auf die Stirn trat.

»Jesus Christus«, murmelte ich, »sind Sie das? Was ist mit Ihnen...«

»Schweigen Sie, ich bin es natürlich nicht!« flüsterte Irene Adler mit erstickter Stimme. »Was für ein entsetzlicher Schrei!«

Ein zweiter Schrei, lauter und durchdringender als der erste, brachte sie zum Schweigen. Irgend jemand war hier, zusammen mit uns, in dem gleichen finsteren Raum, etwas Verwundetes, Unruhiges, das stöhnte und heulte, etwas Bedrückendes und Entsetztes, das mit seinen Bewegungen den Fußboden knacken ließ. Ich räusperte mich und rief in einigermaßen bestimmtem Ton:

»Wer ist da? Sprechen Sie, wir wollen Ihnen nichts Böses!«

»Hoffen wir, daß das auch umgekehrt der Fall ist«, flüsterte meine Leidensgefährtin wütend.

»Kennen Sie den zoologischen Garten?« fragte ich sie.

»Warum fragen Sie mich das?«

»Ich weiß nicht, ich habe überlegt, welche Tierarten sich hier am leichtesten eingewöhnen...«

»Ich habe noch nie ein Tier mit solcher Stimme gehört.«

»Ich auch nicht, ehrlich gesagt, nicht einmal in Asien... Vielleicht sollten Sie versuchen, die Kreatur auf Deutsch anzusprechen?«

»Warum nicht?«

Auf den knappen Satz, den sie in fragendem und beruhigendem Ton von sich gab, folgte ein kurzes Schweigen, dann ein kleiner, sehr weiblicher Überraschungsruf und schließlich ein Schwall von Worten. Obwohl ich nichts verstand, war ich schon halb beruhigt: Zumindest hatten wir es nicht mit einem grauenhaften Tier zu tun, sondern mit einem menschlichen Wesen. Nun mußte man nur noch erfahren, von welcher Art...

»Ich habe nicht viel begriffen«, erklärte Irene, als die Flut endlich versiegt war, »aber ich glaube, sie ist von den Eisträgern angegriffen worden und ihr Herr, Bund...«

»Gret!« rief ich aus. »Es ist Gret!«

Das arme Geschöpf reagierte auf seinen Namen mit einem langen Klagelaut. Jetzt erinnerte ich mich, daß ich gesehen hatte, wie sie sich am Boden liegend wehrte, kurz bevor mir schwarz vor Augen geworden war...

»Diese Teufel haben sie festgehalten und versucht, sie an den Beinen zu fesseln, indem...«

»Bitte ersparen Sie mir die schmerzlichen Einzelheiten«, unterbrach mich Irene. »Ich will sie lieber fragen, wer unsere Angreifer sind. Vielleicht weiß sie, wo wir uns befinden.«

»Das bezweifle ich. Was Ihre erste Frage betrifft, die kann ich Ihnen allerdings beantworten. Nur meine geistige Trägheit hat verhindert, daß ich die Sache eher durchschaut habe. Ich hätte schon verstehen müssen, als ich den Karren sah...«

»Wäre es zuviel verlangt, wenn ich Sie bitte, all diese Vorreden auszulassen und mir klipp und klar zu sagen, worum es geht?«

»Nun... ich glaube, daß wir bald Gewißheit haben werden. Hören Sie doch.«

Dumpfe Schritte hämmerten über knackendes Holz und wurden immer lauter.

»Die Treppe! Sie kommen eine Treppe herauf!« sagte Irene. »Was werden sie mit uns machen?«

Die Schritte verfehlten ihren Eindruck auch auf Gret nicht. Sie stöhnte noch stärker, erfand sogar neue Tonarten, schrille, durchdringende Klänge verbunden mit seltsamen Läufen, die ein wenig an bestimmte Tiroler Gesänge erinnerten. Es war um so unerträglicher für meine zerrütteten Nerven, als ich mir nicht die Ohren zuhalten konnte.

Ein Knirschen übertönte die Stimme der Unglücklichen, die

vor Überraschung verstummte. Vielleicht zwanzig Schritt vor mir erhob sich ein Lichtstreifen vom Boden und verbreiterte sich. Die Falltür schwankte einen Augenblick in der Senkrechten hin und her, dann schlug sie mit einem wüsten Knall auf den Fußboden. Wir waren also auf einem Speicher. Eine, zwei, drei Personen stiegen langsam herauf und blieben, auf Gürtelhöhe abgeschnitten, uns gegenüber stehen; die Gesichter waren nicht zu unterscheiden, ihre Haltung wirkte merkwürdig unentschlossen. Was erwarteten sie?

»Gott im Himmel, wo sind wir?« sagte Irene Adler. »Was wollen diese Verrückten?«

Ich nutzte den Lichtschein ihrer Lampen, um unseren Kerker zu inspizieren. Ich hoffte, eine Lücke in ihrem Plan, eine brauchbare Waffe zu entdecken...

»Wo sind wir?« wiederholte meine Begleiterin.

Wir befanden uns in der Mitte eines weiträumigen, langen Speichers, dessen Enden sich ebenso wie der Dachfirst im Dunkeln verloren. Das Ganze glich dem Rumpf eines umgestürzten Drachenschiffes. Ein paar Schritt von uns entfernt stöhnte Gret. Sie war eng an die Griffe einer schwarzen Truhe mit Kupferecken gefesselt, die selbst ihre beträchtliche Energie nicht zu erschüttern vermocht hatte.

Irene Adler saß auf dem Fußboden; ihre Handgelenke waren an einen Holzbock gebunden, der mehr dem leeren Rahmen einer Druckpresse als einem Folterinstrument ähnelte.

Als ich den Hals reckte, konnte ich feststellen, daß ich nicht, wie ich angenommen hatte, an Balken gefesselt war, sondern an ein Gerüst, das vom Aufbau her mit dem Holzbock vergleichbar war, der meine Gefährtin festhielt, bis auf den Unterschied, daß in der Mitte des Rahmens ein großes Rad, ringsum von vielen kleinen Kupferbechern gesäumt, senkrecht an einer Querachse befestigt war. Der untere Teil dieses Rades streifte beinahe meine Kopfhaut.

Eine Sekunde lang zog sich mein Herz zusammen, als ich an die teuflischen Maschinen der Inquisition dachte, an Poes Grube und Pendel, an die traurige Berühmtheit der Nürnberger Jungfrauen... Nein, wir befanden uns hier in einer protestantischen Stadt, der Hauptstadt eines Staates, der für seine maßvollen Bürger bekannt war. Nur der Zufall band uns an diese

Maschinen; ich versuchte mir einzureden, daß sie nicht für uns gedacht waren. Weiter weg standen andere, noch seltsamere Geräte: riesige Metallräder aus Stahl oder Bronze mit geschwungenen Speichen. Auf manchen dieser Räder saßen dicke Kugeln aus dem gleichen Metall. Welchem Zweck konnte eine solche Anordnung dienen? Und dieses merkwürdige Gefäß, mannshoch und mit einem Schnabel ausgestattet, der von unten in einer anmutigen Krümmung nach oben lief und dort wieder ins Innere des Gefäßes führte?

Keiner dieser ausladenden Gegenstände, die dicht gedrängt die gesamte Fläche des Speichers einnahmen, hatte etwas Monströses an sich: Sie waren aus einfachen, alltäglichen Materialien gemacht und hatten dennoch keinerlei üblichen Verwendungszweck. Es waren abwegige, groteske Schöpfungen, die um so absonderlicher wirkten, als sie die Ergebnisse einer gewissenhaften, sorgfältigen Handwerksarbeit darstellten...

»Sagen Sie mir nun endlich, wer diese Verrückten sind?«

»Verrückte... Da bin ich mir nicht so sicher«, sagte ich, »obwohl ich zugeben muß, daß der äußere Anschein gegen sie spricht. Ich würde sie eher Schwärmer als Verrückte nennen.«

»Für Spitzfindigkeiten ist jetzt keine Zeit, Doktor. Werden sie uns umbringen?«

In ihrer berechtigten Angst gab sie der Schwäche nach, die Kindern und Frauen gemeinsam ist: Fragen zu stellen, deren Antwort niemand kennt. Ich hütete mich jedoch, sie darauf aufmerksam zu machen, um ihre Verwirrung nicht noch zu vergrößern.

»Vielleicht können wir mit ihnen reden«, murmelte ich, ohne daran zu glauben.

»Haben sie die beiden getötet?«

»Das steht fest. Diese drei Schwärmer sind die ältesten Mitglieder des PERPETUUM MOBILE: Friedhop, Genkel und Plunk. Ich könnte Ihnen nicht sagen, wer wer ist, aber ich glaube, daß...«

»Psst!«

Bei der Erwähnung ihrer Namen hatten sich die drei Gestalten gewiegt wie Schilfrohr im Wind. Ein leichtes Gekicher erhob sich, ein Kopf begann zu schwanken und wurde wieder still gehalten.

»Vielleicht könnten Sie ihnen sagen – auf deutsch –, daß wir ihnen nicht übelwollen, daß wir große Bewunderer ihrer Maschinen sind und daß...«

»Lieber spucke ich ihnen ins Gesicht!«

»Eine ausgezeichnete Verhandlungstaktik! Überlegen Sie doch. Wir müssen vor allem Zeit gewinnen! Früher oder später wird unser Verschwinden bekannt werden und auch Bunds Tod. Holmes wird alle Hebel in Bewegung setzen und...«

»Daß ich nicht lache! Holmes? Ein rückständiger Idealist, der viel zu sehr mit seinen philosophischen Diskussionen beschäftigt ist! Der kümmert sich einen Dreck um uns! Und im übrigen...«

Sie verstummte, aber es war nicht schwer, das Ende ihres Satzes zu erraten: Im Augenblick wollte sie eher sterben, als ihre Befreiung Holmes verdanken.

Gret fing wieder in den erbarmungswürdigsten Tönen zu jammern an. Die drei Wissenschaftler traten interessiert näher und beugten sich über sie. Sie überprüften sorgfältig Grets Fesseln, betasteten ihre Glieder, ihren Bauch, ihre Brust; dazu gaben sie kleine Grunzlaute von sich und schnalzten mit der Zunge. Die angenehme Überraschung schien sie zu beglücken.

Gret schwieg während dieser Untersuchung. Dann begann sie plötzlich, glucksend zu lachen. Vielleicht dachte sie, sie könnte die Männer weich stimmen. Sie wackelte sogar in unschicklicher Weise mit den Hüften und ihrem breiten Hintern und entlockte damit den Dreien neues bewunderndes Grunzen. Irene Adler schien versucht, Gret zu einem würdigeren Verhalten zu ermahnen, wandte sich dann aber mit dem Ausdruck unsäglicher Verachtung ab, was ich für meinen Teil übertrieben fand. Man konnte dem armen Mädchen schließlich nicht vorwerfen, daß es seiner betrüblichen Lage mit Mitteln zu entkommen suchte, mit denen die Natur es so großzügig ausgestattet hatte.

Die drei Männer stellten ihre Lampen auf die schwarze Truhe und legten Umhang und Kapuze ab. Sie trugen nur Unterkleidung und Pantoffeln. Ein saurer, ranziger Geruch ging von ihnen aus. Zum ersten Mal sahen wir ihre Greisengesichter in dem starken grüngelben Licht, das das lederne Aussehen ihrer Haut und den elfenbeinernen Glanz ihrer Schädel noch unterstrich. Ihre Augen waren eingesunken und saßen so tief in ihren

Höhlen, daß das Licht sie nicht erreichen konnte. Der Mund des Größten war halb geöffnet und zu einem zahnlosen, stummen, krampfhaften Dauerlachen verzerrt; die beiden anderen gakkerten leise und ließen ihre dürren Finger über den Körper der armen Gret spazieren. Während sie sich begierig mit der Erforschung dieser prachtvollen Rundungen beschäftigten, warfen sie pausenlos verstohlene Blicke in unsere Richtung, als ob ein Rest von Scham Schuldgefühle in ihnen erzeugte, falls sie nicht vorhatten – und bei der bloßen Vorstellung fröstelte ich vor Entsetzen –, uns ebenfalls zu betasten. Der gleiche Gedanke mußte wohl Irene Adler durch den Kopf gegangen sein, denn sie erschauerte.

»Finden Sie nicht, daß es immer kälter wird?« fragte sie, um meine Annahme zu entkräften.

Ich antwortete nicht. Seit einiger Zeit nutzte ich die Tatsache, daß die Alten abgelenkt waren, und versuchte, meine Hände und Arme in alle Richtungen zu bewegen, damit sich die Stricke lösten. Allem Anschein nach hatten sich die Fesseln auf der rechten Seite schon ein wenig gelockert. Diese Aufgabe nahm meine gesamte Aufmerksamkeit in Anspruch, zumal ich den übrigen Körper nicht bewegen durfte, um die Männer nicht stutzig zu machen.

Das gräßliche Schauspiel, das sie uns aufzwangen, wurde immer unerträglicher. Gret war jetzt fast vergraben unter den drei Männern, deren aufgeregtes Grunzen ständig schriller und aufdringlicher wurde. Grets eigene Schreie waren verstummt, sie gluckste nur von Zeit zu Zeit als Reaktion auf irgendeine gemeine Berührung... Die Greise hatten ihr einen Teil der Fesseln abgenommen und dafür gesorgt, daß sie ihre Kleidung zur Seite schieben konnten... Weiße Haut blitzte flüchtig auf, eine Hand oder ein Fuß bahnte sich einen Weg zwischen zwei Köpfen... Kein Schrei der Empörung drang über Grets Lippen. Aber daran war schließlich nichts Erstaunliches. Sie hatte bei Bund eine harte Schule durchgemacht.

Die drei Greise ließen mich mein Vorhaben leider nicht zu Ende führen. Zu Grets Bedauern bremsten sie ihren Forschungsdrang und traten zurück. Ihr Atem ging stoßweise, wurde von Hustenanfällen unterbrochen. Sie hatten ihre Kräfte überschätzt, vor allem nach einer so arbeitsreichen Nacht. Mit kleinen abgehackten Gesten machten sie sich unter kreischendem Gelächter wieder zurecht, warfen sich in die Umhänge und tätschelten der jungen Frau zum Abschied die Hüfte. Gret sah mit einem Blick zu ihnen auf, der voller Unterwerfung und Hoffnung war.

Der größte der Männer lenkte die Aufmerksamkeit seiner Komplizen auf uns und ließ ein paar Sätze folgen, die offensichtlich keiner Antwort bedurften. Es war das erste Mal, daß er sprach.

»Was hat er gesagt?« fragte ich, sobald er schwieg.

»Er hat nur unser Todesurteil verkündet.«

»Wann?« sagte ich, meine Kehle war wie zugeschnürt.

»Oh, auf die schnellste und einfachste Weise der Welt! Er hat seinen Freunden erklärt: ›Wir werden die Dicke versorgen, sie wird uns keinen Ärger machen. Aber um die beiden anderen kümmern wir uns nicht.‹«

»Warum haben sie uns dann nicht gleich getötet?«

»Diese Frage ist nur von akademischem Interesse, Doktor. Wir leben noch, das genügt. Meiner Meinung nach schrecken sie vor Mord zurück. Nur ein manischer Zwang hat sie getrieben, ihre Kollegen zu beseitigen; aber wir haben mit ihren Auseinandersetzungen nichts zu tun. Wenn sie sich uns vom Hals schaffen, dann nur, um sich selbst zu schützen.«

»Sie sind also doch nicht so verrückt.«

»Verrücktheit hat Logik noch nie ausgeschlossen, Doktor.«

Nachdem die Greise Gret wieder ordentlich festgebunden hatten, überprüften sie unsere Fesseln. Ich spürte ihren übelriechenden Atem ganz dicht vor unseren Gesichtern. Vielleicht hätte ich einen von ihnen mit Fußtritten töten können, aber die anderen hätten sich sofort an Irene gerächt. Ihre Untersuchung fiel zufriedenstellend aus, denn sie traten unter allgemeinem Nicken zurück und verzogen sich dahin, woher sie gekommen waren.

Durch das Dach schimmerten nach und nach unzählige glänzende Pünktchen, die bald so zahlreich waren, daß sie den Speicher mit einem schwachen Licht erhellten.

Ein kräftiges Schnarchen aus der Gegend der schwarzen Truhe bewies, daß Gret über die Absichten unserer Kerkermeister in ihrer Hinsicht beruhigt und schließlich eingeschlafen war. Trotz meiner unablässigen Bewegungen hatten meine Fesseln keinen Millimeter weiter nachgegeben.

Ganz in der Nähe läutete draußen eine Kirchenglocke. Die Geräusche der Stadt drangen bis zu uns herauf: Bern erwachte. Vielleicht waren wir nur wenige Schritte vom Savoy entfernt, wo Holmes friedlich schlafen dürfte, falls er nicht wieder in eine seiner endlosen Diskussionen mit Einstein vertieft war. Die Greise würden wiederkommen, um Gret zu verpflegen und unsere Fesseln zu überprüfen, es sei denn, sie entschieden sich für eine radikalere Lösung, was uns betraf. Meine Begleiterin versuchte ebenfalls, ihre schwachen Handgelenke zu bewegen; es fiel ihr schwer. Unsere durchwachte Nacht und ihre unbequeme Haltung hatten sie erschöpft.

Wir überlegten, ob wir mit aller Kraft gemeinsam schreien sollten. Aber wäre das nicht der sicherste Weg, unser Ende zu beschleunigen? Wir beschlossen, uns diese Möglichkeit als letztes Mittel vorzubehalten.

Wir hätten uns ausstrecken, den Kopf auf den Boden legen können. Doch wir wußten beide ganz genau und ohne, daß es eigens ausgesprochen werden mußte, daß eine solche Preisgabe den Anfang vom Ende bedeutet hätte.

»Sprechen Sie ein bißchen mit mir, Doktor«, sagte sie plötzlich, »sonst breche ich zusammen. Warum haben sie ihre Freunde umgebracht, diese verrückten Alten? Haben Sie die leiseste Ahnung?«

»Eine Zwangsvorstellung von alten Knackern, ein Groll, was weiß ich? Vielleicht gingen ihre Wahnvorstellungen über das Perpetuum mobile so weit, daß sie glaubten, ihre Kollegen würden überleben... Wer weiß?«

»Und diese Maschinen um uns herum?«

Jetzt, da es fast hell war, unterschieden wir zu Füßen jeder dieser verstaubten Maschinen Schilder, die gewissenhaft und sauber beschriftet waren.

»Sie sind an das *Rad von Villard de Honnecourt* gebunden, falls es Sie interessiert«, verkündete Irene Adler mit einem kurzen, gezwungenen Lachen, das mir deswegen nicht weniger bewundernswert erschien. »Und dahinten, das Rad mit den Kugeln und das mit den Ketten und Hebeln werden einem Drucker namens Edward Cave zugeschrieben...«

Der letzte Name gab mir Aufschluß. Ähnliche Maschinen, nur kleiner, hatte ich in Gruz' Laboratorium und auch in London gesehen.

»Ich glaube, ich weiß, wo wir sind! Es ist ein Perpetuum-mobile-Museum. Diese unbeweglichen Maschinen sind das Ergebnis jahrhundertelanger, mehr oder weniger unkonventioneller Forschungen, die sorgfältig gesammelt – oder von unseren Freunden neu erschaffen worden sind.«

»Sie meinen, daß all diese Maschinen...«

»...einmal angestellt, sich angeblich auf ewig weiter bewegen. Genau.«

»Das ist doch idiotisch!«

»Sagen Sie lieber: absurd. Aber was ist so überraschend daran, daß Verrückte verrückte Maschinen sammeln?«

»Wenn ich Gret nur überreden könnte, uns zu helfen«, sagte sie, unerwartet das Thema wechselnd. »Vielleicht haben sie sie weniger gut festgebunden?«

Sie rief Gret mehrmals mit ernster, drängender Stimme, aber das hatte nicht den geringsten Einfluß auf das tiefe Schnarchen des Mädchens.

Ich gab es auf, meine Fesseln lockern zu wollen, und versuchte, den Rahmen seitlich in Irene Adlers Richtung zu verschieben. Wenn wir näher zueinandergelangten, könnte ich ihre Fesseln mit den Fingernägeln bearbeiten... Der Boden rutschte unter meinen Absätzen weg, und dieses verfluchte Honnecourt-Rad war so schwer, daß ich es in zehn Minuten äußerster Anstrengung kaum ein paar Zentimeter verschoben hatte. Außer Atem, naß geschwitzt und am Rande der Übelkeit, mußte ich abbrechen.

»Was mir als einziges Genugtuung bereitet«, stieß meine Begleiterin nach kurzem Schweigen plötzlich hervor, »ist der Gedanke, daß Holmes es sich nie verzeihen wird, wenn er uns tot vorfindet.«

Ein strahlendes Lächeln erhellte ihr Gesicht. Mich persönlich beglückte diese Aussicht überhaupt nicht.

Tod des Perpetuum mobile

Wie viele Stunden harrten wir so aus, bald schweigend über unserer Verzweiflung brütend, bald in abgehackten Worten über zusammenhanglose und völlig uninteressante Ereignisse oder Gedanken redend, nur um nicht dem Schlaf und dem Vergessen anheimzufallen?

Als es im Speicher allmählich dunkler wurde, hatte ich die unwiderrufliche Gewißheit, daß uns die letzte Nacht bevorstand. Auf diesem eiskalten Speicher, wo wir ohne Wasser, ohne jede Nahrung und zur Bewegungslosigkeit gezwungen waren, würden wir den Temperatursturz, der die Nacht begleitete, nicht überstehen. Ich malte mir aus, wie wir hier in alle Ewigkeit hockten – verschrumpelte Skelette, an absurde Maschinen gefesselt! Das schien mir eine besonders würdelose Art zu sterben, und ich gelangte darüber fast soweit, meinen mißlungenen Selbstmordversuch zu bedauern. Nein, Holmes würde uns schließlich doch finden, und wenn er jeden Stein der Stadt umdrehen müßte. Es würde leider zu spät sein. Im übrigen konnten Friedhop, Genkel und Plunk durchaus beschließen, uns in irgendeinem Loch verschwinden zu lassen.

»Vielleicht sollte ich mich entschuldigen, daß ich Sie in diesen Garten mitgenommen habe...«

»Wie bitte? Was haben Sie gesagt?«

Die Stimme der ehemaligen Opernsängerin hatte unleugbar wieder an Kraft gewonnen. Sie ließ mir keine Zeit, meine Äußerung zu wiederholen.

»Ich darf Sie daran erinnern, daß ich Sie mitgenommen habe, Doktor Watson, nicht Sie mich!« sagte sie. »Ich muß mich entschuldigen! Ganz nebenbei werden Sie bemerken, daß die Idee gar nicht so schlecht war, schließlich haben wir vor dem großen Sherlock Holmes die Mörder von Gruz und Rott entdeckt...«

»Psst! Unten tut sich etwas!«

Wir spitzten sogleich die Ohren. Gret war gerade aufgewacht. Sie versuchte vergeblich, sich aufzurichten und ihren fröstelnden Körper zu bedecken, sah sich nach beiden Seiten um wie ein gehetztes Tier. Zu keinem Zeitpunkt hatte sie sich die Mühe gemacht, ein Gespräch mit uns anzuknüpfen, und Irenes Versuche waren auf hartnäckiges Schweigen gestoßen. Meine Begleiterin hatte gehofft, einen Anflug von Solidarität bei ihr zu wecken, indem sie unsere gemeinsame Lage als Verfolgte beschwor. Ohne Erfolg.

Gret hatte nicht mehr geschrien. Sie zerrte auch nicht an ihren Fesseln, als ob diese sie nicht störten. Ich hatte ihr mit Gesten zu verstehen geben wollen, daß sie Irene ein Stück Brot zuwerfen könnte, aber sie hatte mit einem absolut leeren Blick reagiert und nicht einmal den Versuch gemacht abzulehnen. Da hatte ich nicht weiter darauf bestanden. Ohnehin hätte meine Gefährtin wegen der Fesseln an beiden Händen den Brotkanten im Flug mit den Zähnen aufschnappen müssen, und ich bezweifelte, daß sie – oder irgend jemand – in dem Zustand, in dem wir uns befanden, zu einer solchen Glanzleistung fähig gewesen wäre.

Ich zog daraus den Schluß, daß Gret mit ihrem schlichten Gemüt in den drei Greisen den Ersatz für ihren Herrn sah; sie würde ihnen mit der gleichen Ergebenheit dienen. Sie hatten den Stricken, die ihre Handgelenke fesselten, mehr Spielraum gelassen, aber – sicherlich aus Vorsicht – nicht gewagt, sie loszumachen. Im Grunde hätten sie es ruhig tun können, sie hätte weder versucht, ihnen zu entkommen, noch uns zu Hilfe zu eilen.

Zum dritten Mal seit meinem ersten Erwachen klappte die Falltür auf, und die drei Köpfe erschienen, vorangekündigt durch die Lampen. Grets freundliche Passivität hatte die Herzen der Kerkermeister erobert: Sie nahmen ihr alle Fesseln ab, die sie an die schwarze Truhe banden, und begnügten sich damit, ihr die Handgelenke auf dem Bauch zusammenzubinden. Einer der kleinen Alten lachte, zeigte mit dem Finger auf den unberührten Brotkanten und erklärte seinen Kollegen –

Irene übersetzte es mir sogleich –, daß Grets Nahrung sie nicht viel kosten würde. Er war zufrieden und erstaunt, daß sie nicht versucht hatte, uns das Brot zuzuschieben.

Der hochgewachsene Greis tätschelte Grets Kopf, wie er es bei einem Tier getan hätte; die junge Frau blickte zu ihm auf und küßte gierig seine Handfläche, was bei den anderen Heiterkeit hervorrief. Sofort fingen sie mit fröhlicher Begeisterung wieder an, sie zu betasten und durchzukneten. Dazu stießen sie schrille Laute des Entzückens aus, die wie Vogelgepiepse klangen.

Als ich die Augen abwandte, stellte ich zu meiner maßlosen Verblüffung fest, daß meine Begleiterin nicht etwa versuchte, sich diesen empörenden Anblick zu ersparen, sondern das Schauspiel mit starrem Blick und wachsender Intensität wie gebannt verfolgte. Ich suchte nach Worten, nach irgend etwas, um ihre Aufmerksamkeit abzulenken, aber ein gräßlicher Gedanke schoß mir durch den Kopf und ließ mich alles vergessen: Hatten die Greise von Bunds Gift getrunken? War das der Grund für ihre rohe Kraft und die Unmenschlichkeit, die sie uns ebenso wie der unglücklichen Gret gegenüber an den Tag legten? Was würden sie uns antun, wenn Gret einmal ausgedient hatte? Entsetzen packte mich bei dieser Vorstellung, und ich schloß die Augen, unfähig, das Zittern, das mich überlief, unter Kontrolle zu bringen.

Das Gekreisch wurde unerträglich. Ein sonderbares hämmerndes Geräusch alarmierte mich. Ich konnte nicht umhin, den Blick wieder auf die Gruppe zu lenken. Was sich dort abspielte, war unglaublich, unmöglich: Gret lag halb nackt auf der Seite. Zwischen ihren majestätischen alabasterweißen Schenkeln, die zusammengepreßt waren wie Schraubstöcke aus Fleisch, steckten Kopf und Hals eines der Greise; ihre muskulösen Arme umschlossen den Kopf des zweiten, während ihr Ellenbogen auf dem dritten, teilweise unter ihr begrabenen lastete. Das Gekreisch und das Hämmern der Absätze wurden immer seltener und hörten ganz auf, wichen pfeifendem Keuchen, dann dumpfem Knacken. Sobald einer der Greise krampfhaft versuchte, sich zu befreien, nahm die junge Frau ihre Beute noch stärker in den Griff. Der Alte, der zwischen ihren Schenkeln gefangen war, streckte plötzlich zwei dürre Beine senkrecht in die Luft, trommelte mit den Füßen, als ob er durchs Leere liefe, und bewegte sich nicht mehr. Seine Beine fielen jäh wieder herunter, die Absätze prallten heftig auf den Boden, und gleich darauf knackte sein Hals wie ein trockener Ast. Als nächster unterlag der Mann in ihren Armen. Sein allerletzter, lächerlicher Trick war der Versuch, ihr in die Brust zu beißen, aber seine zahnlosen Kiefer rutschten am festen, glatten Fleisch ab; Gret drückte brutal zu und brach ihm die Halswirbel. Mit einem sonderbaren Quieken gab er seinen Geist auf und sank zu Boden.

Den letzten Greis, der immer noch unter ihr lag, ließ Gret einen Augenblick außer acht, um ihre beiden Opfer wegzustoßen. Dann richtete sie sich in voller Größe auf, eine glorreiche, Fleisch gewordene Statue, mit Fetzen geschmückt. Sie blieb einen Augenblick so stehen, ihr breites Gesicht glänzte vor Schweiß, ihr Blick war abwesend, der feuchte rote Mund zu einem zufriedenen Lächeln verzogen, die wunderbare Brust dehnte sich unter ihrem kräftigen Atem. Sie würdigte den röchelnden Greis, dessen Rippen eingedrückt waren, kaum eines Blicks und zertrat ihm mit dem bloßen Fuß die Kehle. Gefühllos gegenüber der Hitze, nahm sie den bauchigen Glasschirm von einer der Lampen, die auf der Truhe standen, drehte die Flamme ab, zerschlug das Glas an der Kante der Truhe und schnitt mit der Scherbe, die in ihrer Hand verblieben war, erst ihre, dann unsere Fesseln durch.

Wir richteten uns mühsam auf und massierten uns die Handgelenke. Es gelang uns noch nicht, an dieses Wunder zu glauben. Durch die Erfindungsgabe, die Kraft und den Mut von Gret, dieser Gret, die wir für minderbemittelt gehalten hatten, waren wir frei und lebendig.

Unsere Bewunderung und Dankbarkeit ließen sie unbeeindruckt. Sie vergaß uns auf der Stelle, fing an, das Museum zu durchstöbern, und stieß auf ein enormes Pendelgewicht, das an einem feinen Messingperpendikel hing. Dieses Gewicht schwang sie über ihren Kopf und näherte sich den Maschinen. Als erstes ging das Gefäß mit dem großen, gekrümmten Schnabel zu Bruch. Weder die Eisenräder noch die Gerüste, an denen wir festgebunden gewesen waren, noch irgendeiner der zerbrechlicheren und komplizierteren Apparate, die überall auf dem Speicher standen, entgingen ihrer Raserei. Eine grandiose Verkörperung der Rache, so machte sie sich an die Ernte, hob und senkte rhythmisch die Arme, ließ allerhöchstens das Haa! eines Holzfällers oder ein frohlockendes, wildes Grunzen hören, wenn eine Maschine mit einem Schlag zusammenkrachte und so eine innere Schwäche offenbarte; mit kräftigen, gezielten Fußtritten oder Faustschlägen zerstörte sie die Geräte, die nach ihrem Durchmarsch noch irgendeinen intakten Anschein hatten. Die ungebildete Haushälterin Gret, die vor Zorn und Schmerz wahnsinnig war, kam mir plötzlich wie das lebendige Sinnbild der jungen Naturwissenschaften des angebrochenen 20. Jahrhunderts vor, welche die letzten abergläubischen Widerwärtigkeiten der Vergangenheit zerstörten.

»Lassen wir sie allein«, murmelte Irene Adler. »Gehen wir. Wenn sie genug hat, hört sie von selbst auf.«

Durch die Falltür gelangten wir an ein mit Wäscheschränken vollgestelltes Zimmer, dann zu einem Flur, dessen Verlängerung eine weitere geschwungene Treppe bildete, die ihrerseits zu einer Diele mit Fliesenboden führte. Niemand begegnete uns. Kein menschlicher Laut drang aus den angrenzenden Zimmern an unser Ohr, nur eine Klangmischung aus vielen Ticktackgeräuschen war vernehmbar. Ich warf einen Blick in den Salon, der genauso verstaubt war wie der Speicher; hier waren die verschiedensten Uhren untergebracht, eine eindrucksvolle Vielfalt an Formaten, Mechanismen, Stilen und Epochen. Irene Adler erschauerte vor Widerwillen.

»Schluß mit diesen abscheulichen Maschinen«, murmelte sie.

Das Getöse auf dem Speicher schwächte sich in der Ferne ab. Gret stand kurz vor der Vollendung ihres Werkes. Es war schwer zu sagen, was sie anschließend tun würde. War dies das Vorspiel zu einer Plünderung der Wohnung?

»Wir sind mitten in Bern«, sagte Irene Adler, während sie einen Zipfel des Vorhangs hochhob. »Von hier aus kann man die Monbijoubrücke sehen und gegenüber, am anderen Ufer der Aare, die Bäume des zoologischen Gartens ... Wir befinden uns im Süden von Sulmgenbach. Ich habe nur das eine Verlangen: ins Savoy zurückzukehren und Holmes zu beweisen, daß ...«

»Sollten wir Gret nicht lieber mitnehmen? In ihrem Zustand

läuft sie Gefahr, sich zu verletzen oder eingesperrt zu werden, wenn einer sie bei diesem Tobsuchtsanfall überrascht.«

»Machen Sie sich keine Sorgen. Ich werde mich nachher um sie kümmern.«

»Ich fürchte, dann ist es zu spät. Hören Sie doch.«

Ein Konzert aufgeregter Stimmen drang von draußen herauf. Bald drohte die Eichentür am Eingang unter zahlreichen heftigen Schlägen zu zerbrechen. Meine Begleiterin und ich verständigten uns mit Blicken. Ich entfernte nacheinander die drei Stahlstäbe, die die Tür geschlossen hielten. Sie öffnete sich vor Holmes, Spengkler und Einstein, in deren Gefolge sich mehrere Polizisten von eindrucksvoller Schulterbreite und vier Krankenpfleger in Kitteln drängten.

Ein bißchen Logik

Wir waren zu sechst in einem kleinen Salon, den die Direktion des Savoy uns zur Verfügung gestellt hatte: Irene Adler, Holmes, Thor Wuppen, Inspektor Spengkler, Einstein und ich.

Die Heldin unserer Befreiung war wieder in Bunds Haus zurückgekehrt, wo ihr Herr, in den tiefsten Tiefen eines mit Wärmflaschen vollgestopften Bettes vergraben, um sein Leben kämpfte. Nur seine ungewöhnliche Vitalität hatte ihn davor bewahrt, in seinem Aquarium, das mit Eisblöcken gefüllt worden war, an einer Blockade des Nervenzentrums zu sterben. Der Lungenentzündung war sein Organismus allerdings nicht entgangen, und im ganzen Haus vernahm man das rasselnde Atmen, das für die Krankheit in diesem akuten Stadium charakteristisch ist. Gret wachte Tag und Nacht an seinem Bett, rieb ihn stündlich mit Kampfersalben ein und bedeckte ihn auf meine Anordnung von Kopf bis Fuß mit Aloepackungen.

Seit sie ihren Herrn wiedergefunden hatte, lag auf dem Gesicht der jungen Frau ständig ein strahlender, durch nichts zu trübender Ausdruck ekstatischer Freude. Vielleicht würde Bund überleben. Obwohl ich immer noch eine heftige Abneigung gegen ihn hegte, wünschte ich ihm nicht den Tod. Ich war sogar bereit, alles an seine Rettung zu setzen, einmal um meinem hippokratischen Eid Genüge zu tun, und zum anderen aus schlichter Dankbarkeit gegenüber seiner Haushälterin.

Irene Adler hatte natürlich versucht, die junge Frau zu überreden, daß sie den Alten verließ, sobald er wieder hergestellt war; aber Gret hatte offensichtlich nicht verstanden, was man von ihr wollte, und sich damit begnügt, allen Überredungsversuchen mit ihrem Schweigen und ihrem ausdruckslosen Blick zu trotzen, gegen den kein Vortrag, kein Versprechen, keine apokalyptische Vision etwas ausrichten konnten. Zu ihrer großen Enttäuschung war Irene Adler, wenn auch nicht bereit, so doch gezwungen gewesen hinzunehmen, daß die sozialistische Frauenbewegung unser beherztes Landkind gleichgültig ließ und daß ebendieses Geschöpf lieber seinen entwürdigenden Dienst bei einem Lustgreis verrichtete, denn als Gleiche unter Gleichen in edler Kameradschaft für die eigene Freiheit zu kämpfen.

Die Anregung zu dieser Versammlung ging auf Spengkler und mich zurück: Weder Irene Adler noch Wuppen hatten die Notwendigkeit eingesehen, obwohl letzterer unsere Anregung aus reiner Neugierde bald unterstützt hatte. Einstein war nur gekommen, um sich von uns zu verabschieden, weil Holmes ihm schon ausführlich erzählt hatte, auf welche Weise es ihm gelungen war, die Mörder zu finden. Wenn Irene Adler dem Prinzip dieses Treffens zugestimmt hatte, dann sicher nur, weil sie deutlich machen wollte, daß sie Holmes zuvorgekommen war. Aber vielleicht ist es kleinlich von mir, ihr solche Absichten zu unterstellen.

Wir saßen im Kreis um einen dicken, bullernden Kachelofen. Nur Holmes hatte nicht Platz genommen. Mit seiner Pfeife in der Hand stand er vor uns. Er sah besorgt aus, ein Fünkchen Ironie erhellte seinen trüben Blick.

»Diese Versammlung kommt mir ein bißchen überflüssig vor«, sagte er einleitend, »obwohl mein lieber Freund (an dieser Stelle zeigte er mit seiner Pfeife auf mich) und dieser brillante Inspektor Spengkler genau das Gegenteil glauben.«

Ich wollte protestieren – er selbst hatte darauf bestanden, daß ich die drei anderen einbestellte –, aber irgend etwas in seinem Verhalten brachte mich davon ab. Ich hatte den Eindruck, daß ihm daran lag, Irene Adler vor Zeugen zu beweisen, daß er seinem Ruf nichts schuldig geblieben war. Eine bestürzende Haltung, die so sehr im Widerspruch zu seinen Gewohnheiten stand, daß es mich ganz verlegen machte.

»Wie es scheint, liegt noch einiges im dunkeln«, behauptete er. »Was mich betrifft, drängt es mich um so weniger danach, mich herauszustellen, als ich nicht gerade eine Glanzleistung vollbracht habe.«

Diese Anwandlung von falscher Bescheidenheit war erniedrigend. Wie konnte er so weitermachen, gleichgültig gegenüber der verächtlichen Miene seiner Freundin?

»Im Grunde habe ich den dritten Mord nur mit knapper Not verhindern können, und wenn es einzig von mir abgehangen hätte, befänden sich Frau Adler und Doktor Watson sicher immer noch in einer ziemlich traurigen Lage.

Dieser Fall«, fuhr er fort und klopfte mit dem Pfeifenkopf an den Ofen, »ist im Kern nicht umwerfend originell. Dennoch wirft er ein paar interessante Probleme auf, weil ihm zwei widersprüchliche Denkweisen zugrunde liegen. Warten Sie«, sagte er als Reaktion auf eine ungeduldige Geste von Irene Adler, »erlauben Sie, daß ich das näher erkläre. Es geht hier um einen, dann einen zweiten Wissenschaftler (er gebrauchte diesen Ausdruck mit Rücksicht auf Wuppen), die auf zwar unterschiedliche, aber sehr merkwürdige Art und Weise ermordet wurden. Die Methode stützte sich auf Prinzipien, die Physikern wohlbekannt sind: Prinzipien, gegen die diese beiden ermordeten Wissenschaftler aufgetreten sind! Das paßt einfach zu gut zusammen. Man müßte daraus schließen, daß der Mörder, genauer, die Mörder willkürlich getötet haben, aus gnadenlosem Haß auf jene, die zu beweisen versuchten, daß die Hauptsätze der Thermodynamik ungültig sind. Sie bekämpften gewissermaßen die Idee des Perpetuum Mobile!

Ich gestehe, daß mich diese verrückte Logik eine Zeitlang verwirrt und mir das Wesentliche verschleiert hat: Es hat immer zwei oder sogar drei Hauptsätze der Thermodynamik gegeben! Die einzige Neuigkeit war ein Geldzuwachs, der kürzlich aus Amerika kam, ein Geldzuwachs von zwanzig Millionen, dessen Verwendung – Pech für einige Mitglieder des PERPETUUM MOBILE – strengen Regeln unterliegen sollte, wozu unter anderem der Ausschluß der unproduktivsten und ältesten Mitglieder aus dem Club gehörte. Friedhop, Genkel und Plunk sollten in einem Zeitraum von drei Jahren durch drei neue Mitglieder ersetzt werden. Damit haben wir ein sehr viel realistischeres und einleuchtenderes Mordmotiv. Die drei Greise haben die Nachricht, daß diese Goldgrube ihnen entgehen sollte, übel aufgenommen, das liegt auf der Hand. Sie sind darüber verrückt geworden. Sie, die ihr Leben dem PERPETUUM MOBILE gewidmet hatten, sollten sich davonjagen lassen wie Taugenichtse unter dem Vorwand, sie seien zu alt! Und das zugunsten von jüngeren Mitgliedern, die den Perpetuum-mobile-Maschinen bei weitem nicht so viel Ehrfurcht entgegenbrachten! Fazit: Die jüngeren sollten sterben. Dann würde sich das Problem des Austausches nicht mehr stellen. Eine einfache Lösung für ein einfaches Problem. Aber weshalb diese Inszenierung? Weshalb wurden diese – vom Standpunkt derer, die davon zu profitieren hofften, notwendigen – Morde in nahezu rituelle Verbrechen verwandelt? Unser fortschrittliches Jahrhundert bietet vielfältige Methoden, auf schnelle und diskrete Art zu töten. Wollten sie auf diese Weise vielleicht den Verdacht von sich ablenken? In dem Fall, das muß ich zugeben, wäre es ihnen beinahe gelungen – zumindest in der ersten Zeit. Die Verbrechen waren wie Hinweisschilder: ›Achtung, verrückter Wissenschaftler, entrüstet über die Scharlatanerie der Mitglieder des PERPETUUM MOBILE.‹ Diese Schilder waren so eindringlich, daß ich schließlich Doktor Watsons Hypothese einigen Glauben schenkte: Mit allen Wassern gewaschene Jungrevolutionäre hätten eine originelle Methode gesucht, um ihrer Sache zu dienen, indem sie den Verdacht mit großem Einfallsreichtum auf einen angeblich verrückten Wissenschaftler lenkten! Doch so verführerisch diese Hypothese auch war, sie hielt der Analyse nicht stand: Selbst wenn die Morde an Gruz und Rott als Ablenkungsmanöver dienten, erforderten sie doch hochrangige wissenschaftliche und technische Sachkenntnisse. Diese Voraussetzung ließ auf Anhieb nicht zu, die Verantwortung bei den Revolutionären zu suchen, mit Ausnahme des einen, der durch seine eigene Ungeschicklichkeit nach kurzer Zeit nicht mehr in Frage kam. Zweitens konnte ich mir einfach nicht vorstellen, auf welche Weise die Revolutionäre, angenommen, sie waren die Verbrecher, die Früchte ihrer Missetat ernten wollten: Diese zwanzig Millionen waren ja kein Kuchen, den sie problemlos unter sich aufteilen konnten; die einfältige Bewerbung mancher von ihnen beim PERPETUUM MOBILE legte letzten Endes die Vermutung nahe, daß sie unschuldig waren.

Zuviel Einfallsreichtum schadet. Ich mußte mich bald den drei Überlebenden des PERPETUUM MOBILE zuwenden, den geheimnisvollen Alten, die weder von Rott noch von Wuppen noch von Bund für wert erachtet wurden, Mitglieder des Clubs zu sein. Friedhop, Plunk, Genkel. *Gemüse,* wie Bund behauptete. Ohne sie zu kennen oder jemals gesehen zu haben, gestehe ich, daß ich große Schwierigkeiten hatte, mir Persönlichkeiten vorzustellen, die vielschichtig genug waren, so offensichtlich unmotivierte, durch Anwandlungen mystischer Wissenschaftsgläubigkeit ausgelöste Morde mit der schnöden Verlockung des Geldes in Einklang zu bringen. Diese beiden Motivationen waren für mich unvereinbar. Ich komme noch einmal auf die zwei Denkweisen zurück, die ich erwähnte.«

Ich hörte Holmes mit wachsender Beunruhigung zu und begriff immer weniger, worauf er hinauswollte. Weshalb machte er so viele Worte um so wenig Inhalt? Das sah ihm gar nicht ähnlich.

»Ich merke«, fuhr er fort, »daß mein Freund Watson mich mit einem Ausdruck mustert, in dem Mitleid und Erstaunen einander die Waage halten. Ich werde Ihre Zeit nicht mehr lange in Anspruch nehmen, denn ich sehe, daß meine Beweisführung Sie langweilt. Schließlich haben die Schuldigen ihre Strafe bekommen, nicht wahr? Was Doktor Watson und Inspektor Spengkler interessiert, sind die Indizien, die mir den Schluß gestattet haben, daß Genkel, Friedhop und Plunk die Täter waren und daß sie sich als nächstes nicht Wuppen, sondern Bund vornehmen wollten. Was mir jedoch interessanter erscheint, ist die Frage, wie diese drei Alten schuldig sein konnten, obwohl sie es nicht hätten sein dürfen!

Ich bestehe auf der Alternative: Entweder waren sie total verrückt und in ihrem Wahnsinn zu einer Logik fähig, die es ihnen erlaubte, ihre Kenntnisse zur Beseitigung ihrer Kollegen anzuwenden, oder es handelte sich um kalte und berechnende Ungeheuer. Erste Hypothese: Warum sollten sie in diesem Fall die Clubmitglieder töten, die die gleichen Werte verteidigten wie sie, statt sich zum Beispiel die Mitglieder des Patentamtes vorzunehmen, von denen sie regelmäßig gedemütigt wurden, wenn sie ihre Entwürfe mit Rotstift durchkreuzt zurückerhielten? Einstein, Besso, diese hämischen und äußerst selbstgefälligen jungen Leute, die sich über die Älteren lustig machten, das sind Leute, an denen sie sich mit Vergnügen hätten rächen können! Aber nein, es sind der alte, harmlose Gruz, Rott und Bund, an denen sie ihre teuflischen Konstruktionen ausprobieren. Warum sollten sie diese Männer auf solche Weise töten? Da beginnt die Verwirrung, da steckt der Irrtum...«

»Aber worauf wollen Sie hinaus, Herr Holmes?« fragte Spengkler gereizt. »Sie haben sie jedenfalls umgebracht! Es ist doch unwichtig, ob sie in ihrem Wahnsinn alles durcheinandergebracht und bei ihren Opfern Methoden angewendet haben, die sie sich lieber für andere hätten vorbehalten sollen!«

»Das ist überhaupt nicht unwichtig, Herr Spengkler, denn der Wahn wie die Vernunft gehorchen ihren eigenen Gesetzen! Versteht denn keiner, was ich sagen will? Sei's drum, fahren wir fort... Wenn es zwischen zwei logischen Denkweisen einen Widerspruch gibt, ist es selbstverständlich, die Hypothese auf zwei logischen Ebenen fortzuführen, einer unteren, gegliederten und einer oberen, eingliedernden. Verfährt man nach einem System, das in einer ersten Phase die Verdächtigungen ausklammert, sie aber früher oder später in dem Maße, wie die Untersuchung fortschreitet, in den Vordergrund zurückholt, dann haben sich die einzig möglichen Täter, Friedhop, Plunk und Genkel, nicht als gefühllose Ungeheuer und Urheber eines absolut zuverlässigen Plans erwiesen, sondern im Gegenteil als Leute, die in dem Glauben, ihr eigenes Ziel zu verfolgen, gleichzeitig einer höheren Ordnung der Logik gefolgt sind, deren Zweckbestimmtheit ihnen allerdings vollständig entging. Verstehen Sie jetzt?«

Mit geröteten Wangen und niedergeschmettert starrte ich Holmes an. Schämte er sich nicht, vor Einstein, Irene Adler, Spengkler und Wuppen ein solches Schauspiel aufzuführen? Wuppen und Irene Adler sahen ihn mit einer Mischung aus Überraschung und Verachtung an. Das war also der berühmte Detektiv? Bei ihm hatte scheinbar ebenfalls die vorzeitige Verkalkung eingesetzt. Nur Einstein hockte tief in seinem Sessel und schien insgeheim amüsiert. Ich hätte alles getan, um diese unerquickliche Sitzung zu unterbrechen, und verfluchte mich, daß es mir nicht gelungen war, Holmes von der Teilnahme daran abzuhalten.

»Nein, wirklich und wahrhaftig«, sagte er, »ich sehe, daß man Ihnen aber auch alles vorkauen muß. Konkreter ausgedrückt, meine ich, daß die drei unglückseligen Alten auf schändliche Weise manipuliert und gegen ihre Kollegen aufgehetzt worden sind! Man hat sie auf ihren Verfall hingewiesen, man hat ihnen gesagt, daß Gruz, Rott und Bund heimlich ihren Ausschluß planten, daß diese drei Leute Verräter an der Sache des Perpetuum mobile wären, daß nur ihr Tod – ein Tod, der ihrem Verrat angemessen war – die Welt reinigen könnte... Das hat ihre schwachen Gemüter erhitzt. Und sie haben präzise und sorgfältig getötet, mit einer greisenhaften, unbewußten Geschicklichkeit. Sie waren unfähig zu begreifen, daß sie die allerletzten Opfer sein würden, weil schließlich alles auf sie hinweisen würde... Sie haben gewissermaßen getötet und dabei mit dem Finger auf sich gezeigt; das war so seltsam, daß ich all die Zeit gebraucht habe, um zu verstehen... Ist Ihnen jetzt klar, worauf ich hinauswill, Herr Wuppen?« schloß Holmes in liebenswürdigem Ton und sah den ständigen Sekretär an. »Wenn ihnen ihr letzter Mordanschlag gelungen wäre und sie Bund mit dem Eis beseitigt hätten, stünden Sie jetzt vor einem Vermögen von zwanzig Millionen Franken; Sie müßten es mit niemandem teilen und wären keinem Menschen gegenüber Rechenschaft schuldig.«

Mit funkelnden Augen und gesträubtem Backenbart sprang der kleine Mann von seinem Sitz.

»Was erlauben Sie sich! Ich verlange eine Erklärung!« schrie er.

»Daran versuche ich mich nun schon eine gute Viertelstunde«, sagte Holmes sanft. »Herr Spengkler, Sie können den Verwalter Wuppen festnehmen. Er ist der Anstifter der Morde an seinen Kollegen Gruz und Rott sowie des Anschlags auf Herrn Bund und die Personen, die mir unter allen besonders wertvoll sind, Frau Adler und Doktor Watson, der schon immer mein Freund gewesen ist.«

»Das ist schändlich! Sie haben es alle gehört!« sagte Wuppen und wandte sich uns zu. »In diesem Land gibt es sehr strenge Gesetze gegen Verleumdung, und schon morgen...«

»Schweigen Sie, Wuppen!« rief Holmes. »Ihr Geschrei wird nie laut genug sein, meine Beweise zu übertönen.«

»Ihre Beweise!« höhnte Wuppen. »Beweise Ihres Wahnsinns, Ihrer Dummheit, Ihrer Unfähigkeit! Beweise, daß Sie nur ein aufgeblasener Hohlkopf sind, Herr Holmes!«

»Friedhop führte ein Tagebuch, das ich gefunden habe«, sagte Holmes ruhig. (Er holte ein dickes Heft mit rotem Umschlag hinter seinem Rücken hervor und reichte es Spengkler.) »Entschuldigen Sie, Inspektor, daß ich dem Sensationshunger gehuldigt habe, aber Watson wird Ihnen sagen, daß ich dieser kleinen Schwäche gelegentlich erliege...«

»Das Delirium eines Verrückten!« schrie Wuppen. »Selbst wenn dieses Tagebuch existiert, beweist es gar nichts! Friedhop war verrückt!«

»Das außerordentlich stichhaltige Delirium eines Verrückten, in dem er Ihre Besuche und Ihre Versammlungen haarklein festgehalten hat, in dem er, ohne es zu merken, die hinterhältige Art und Weise enthüllt, wie Sie die drei Tag für Tag angeleitet haben, dieses verbrecherische Projekt in Angriff zu nehmen.«

»Aber welches Interesse hätte ich daran haben sollen?« sagte Wuppen, plötzlich sehr blaß. Er sank auf seinen Sitz zurück. »Das ist doch absurd! Bei dem Vermögen, das mein Schwiegersohn, der junge Stuffington, geerbt hat, sind selbst zwanzig Millionen...«

»Ich fürchte, Sie wollen uns auch diesmal wieder irreführen, Wuppen. Der junge Stuffington ist so wenig Ihr Schwiegersohn, wie ich König Edward bin. Ich habe mir das durch ein Telegramm von einem meiner Mitarbeiter in New York bestätigen lassen«, ergänzte er, als er unsere verdutzten Mienen sah. »Der Erbe Stuffington hat zuviel mit seinen eigenen Geschäften zu tun, als daß er Zeit für eine Vergnügungsreise durch dieses herrliche Land hätte. Im übrigen ist er bereits verheiratet und sieht Vaterfreuden entgegen. Dieser junge, verführerische Stuffington, der so prompt und rechtzeitig verschwunden ist, dürfte sich heute wohl irgendwo in Frankreich aufhalten, oder vielleicht in Italien? Er wird die paar Tausend Franken ausgeben, die ihm der zweifelhafte Vorteil eingebracht hat, unter falschem Namen am Arm des reizenden Fräuleins Wuppen spazierenzugehen. Ich warte übrigens noch auf eine Bestätigung... Sie haben es ein bißchen zu schlau angestellt, Wuppen. Es war etwas zu gerissen – oder zu dumm, das hängt vom Standpunkt ab, läuft aber auf das gleiche hinaus –, auf Ihrer Kandidatenliste für das PERPETUUM MOBILE so offenkundig unseriöse Leute wie diesen Mussolini und seine Kumpane zu akzeptieren... Als ich die Liste noch einmal studiert habe, lag für mich klar auf der Hand, daß Sie nicht die Absicht hatten, überhaupt jemanden in Ihren Club aufzunehmen; aber Sie dachten, es könnte nützlich sein, die Spuren einmal mehr in Richtung der revolutionären Sozialisten zu lenken für den Fall, daß Herrn Spengklers scharfer Blick allzu rasch auf Sie fallen würde...«

Spengkler errötete geschmeichelt, aber die Unschlüssigkeit, die sich auf seinem runden Gesicht abzeichnete, war genauso groß wie meine Überraschung, meine Erleichterung und meine Freude.

»Worauf warten Sie noch, um Wuppen festzunehmen?« rief ich. »Erzählen Sie mir nicht, Sie seien nicht überzeugt!«

»Worauf er wartet? Auf einen Beweis!« schmetterte Wuppen. »Einen einzigen kleinen Beweis statt dieser Ansammlung von törichtem und verleumderischem Geschwätz! Auf einen Zeugen! Einen einzigen Zeugen!«

»In der Tat«, sagte Holmes. »Die drei ausführenden Organe, die gleichzeitig Zeugen waren, sind tot, und ich bin der erste, der zugibt, daß das nicht auf Ihr Konto geht... Ich denke, daß eine sorgfältige Untersuchung Herrn Spengkler in die Lage versetzen wird, zahlreiche indirekte Zeugenaussagen zusammenzutragen, und daß diese Kette von Vermutungen...«

Während er redete, wurde seine Miene immer betretener, und ich sah, daß Wuppens Gesicht in dem gleichen Maße wieder Farbe gewann und von einem frostigen Lächeln erhellt wurde, das sich sehr von dem mir bisher bekannten unterschied; das runde Gesicht Spengklers dagegen wurde immer länger.

»Im Grunde hat sich die Mühe doch gelohnt, nicht wahr, Herr Spengkler?« schloß Holmes mit geheuchelter Munterkeit.

Spengkler stieß ein ersticktes Knurren aus. Er dachte überhaupt nicht daran, Wuppen aufgrund indirekter, noch nicht zusammengetragener Zeugenaussagen zu verhaften.

»Machen Sie sich nicht lächerlich, Holmes!« rief Irene Adler mit zornbebender Stimme aus. »Nie wird sich die bürgerliche Justiz mit diesem Schuft anlegen! Sie haben verloren! Sie hätten beinahe gewonnen, das gebe ich zu, aber Sie haben Ihre Chance verspielt!«

Es gelang mir nicht, zu entscheiden, ob mehr Enttäuschung oder mehr Freude in ihrer Stimme mitschwang. Holmes' Miene verdüsterte sich, wurde undurchdringlich und rätselhaft. Ich sah, daß er Mühe hatte, seine Enttäuschung zu verbergen, und ich litt mit ihm.

»Ich kann nicht zulassen, daß er so davonkommt, Holmes!« sagte ich entschlossen. »Wir werden suchen, und wir werden finden.«

»Vielleicht wird das nicht nötig sein«, sagte er versonnen und warf einen Blick zur Tür, die soeben geöffnet worden war.

Ein Page trat diskret ein, näherte sich dem Detektiv und überreichte ihm ein Kuvert.

»Aha! Da haben wir etwas, das ich mit einer gewissen Ungeduld erwartet habe«, erklärte Holmes, während er den Brief öffnete. »Dieses Telegramm...«

»Ein Telegramm? Woher?« wunderte sich Spengkler. »Was habe ich mit einem Telegramm zu tun?«

»Dieses hier kommt aus Brindisi«, ließ Holmes sich vernehmen, »und ich bin sicher, daß sein Inhalt Sie interessieren wird.«

Diese schlichten Worte hatten eine erschreckende Wirkung auf Wuppen. Sein Gesicht verlor wieder alle Farbe, die es doch so mühsam zurückgewonnen hatte; seine kleinen, rundlichen Hände fingen an, auf nicht zu unterdrückende Weise zu zittern.

»Brindisi?« stammelte er mit schwacher Stimme, die in seltsamem Gegensatz zu seinen volltönenden Drohungen stand. »Was habe ich mit Brindisi zu tun?«

»An diesem Ort hat die Hafenpolizei auf mein Ersuchen hin zwei Passagiere, die nach Athen wollten, abgefangen und festgenommen: Herrn und Frau Stuffington. Wie dumm von den beiden, Wuppen, daß sie nicht daran gedacht haben, einen anderen Namen anzunehmen! Einen solchen Fehler hätten Sie nicht begangen! Die Polizisten haben ihr Gepäck überprüft und ein Köfferchen gefunden, das an Wertpapieren, Effekten, leicht übertragbaren Wechseln sowie Barmitteln verschiedener europäischer Länder die Gesamtsumme von zwanzig Millionen Schweizer Franken enthielt!«

»Das ist nicht wahr!« brüllte Wuppen. »Das kann nicht wahr sein!«

»Lesen Sie selbst«, sagte Holmes und reichte ihm das Telegramm.

Wuppens kleine Hand schoß vor. Im letzten Augenblick, als sie das Blatt gerade ergreifen wollte, hielt sie inne und fiel leblos herab.

»Das ist mein Tod«, murmelte Wuppen und brach zusammen.

»Eine Sache habe ich nicht verstanden«, sagte ich zu Holmes, der mich bis zum Bahnsteig begleitete (er hatte beschlossen, seinen Aufenthalt in der Schweiz zu verlängern, und ich hatte nicht in Erfahrung bringen können, ob er es tat, um weiter von Einsteins reizvoller Unterhaltung zu profitieren oder um bei einer Gletscherwanderung, von der Spengkler mir gegenüber in den höchsten Tönen geschwärmt hatte, gewisse schwebende Angelegenheiten in bezug auf sein Verhältnis zu Irene Adler zu regeln).

»Nur eine Sache?« erwiderte Holmes in einem Ton, den ich unter anderen Umständen – und wenn ich nicht ungerechtfertigterweise an ihm gezweifelt hätte – äußerst beleidigend genannt hätte.

»Vor allem eine Sache«, verbesserte ich. »Wie zum Teufel haben Sie es angestellt, Gewißheit über den falschen Stuffington und Fräulein Wuppen zu erlangen, und woher zum Teufel haben Sie gewußt, daß sie in Brindisi waren?«

»In Brindisi? Was hätten sie in Brindisi zu suchen?« rief Holmes verwundert aus. Dann sah er, daß Überraschung und Zorn meinen Blick verdüsterten, und legte seine Hand auf meinen Arm. »Verzeihen Sie diesen harmlosen Scherz, Watson. Aber ich schwöre Ihnen, daß ich nicht lüge! Ich wußte es nicht, und zwar aus dem simplen und guten Grund, daß sie dort wahrscheinlich nicht sind und auch nie die Absicht hatten, hinzufahren. Was meine Vollmachten gegenüber der italienischen Polizei betrifft... Ich gestehe, daß ich außerordentlich überrascht wäre, wenn sie einfach auf meinen Befehl hin jemanden verhaftete.«

»Ja, aber dann?«

»Aber dann! Ich habe unseren guten Wuppen schlicht und ergreifend geblufft! Haben Sie denn nicht begriffen, daß sich sein Schwiegersohn, der falsche Stuffington, und seine Tochter auf seine Anweisung hin in irgendeiner italienischen Stadt verbergen und auf dem Geld hocken, das ihnen ihr Schwiegervater und Vater anvertraut hat? Was haben Sie denn gedacht? Wuppen hatte seinen Plan ausgezeichnet vorbereitet. Hätte Gret die drei Alten nicht beseitigt, wären sie der Justiz in die Hände gefallen, und Wuppen hätte als einziger über diese Goldgrube verfügen können!«

»Aber warum hat er das Vermögen ausführen lassen?«

»Weil Wuppen die Vorsicht in Person ist, wie sein Plan beweist: Sollten die Dinge je eine schlechte Wendung nehmen, wollte er sich einfach absetzen; er hatte nichts zu befürchten, zumal auf der anderen Seite der Grenze ein Schatz auf ihn wartete... Als er hörte, seine Komplizen seien in Brindisi festgenommen und die zwanzig Millionen beschlagnahmt worden, hat Wuppen geglaubt, sie hätten ihn verraten! Ich hätte genausogut Timbuktu oder Marseille sagen können, der Effekt wäre sicher der gleiche gewesen. Aber durch einen kurzen Ausflug zum Berner Bahnhof wußte ich bereits, daß das Ziel der falschen Stuffingtons Italien war, wo sie sich bestimmt immer noch aufhalten... Es war natürlich ein bißchen riskant... Herr Wuppen hat uns vor seinem endgültigen Zusammenbruch bewiesen, daß er ein gefährlicher Gegner war. Aber welche Lösung hätte es sonst gegeben?«

»Und was ist dann mit diesem Telegramm, wenn es nicht aus Brindisi kam?«

»Ach, das berühmte Telegramm... Ich fürchte tatsächlich, ich muß Sie ein weiteres Mal enttäuschen, Watson. Es kommt von meiner Haushälterin. Ich hatte sie gebeten, mir mitzuteilen, was aus meinen Treibhausbienen geworden ist. Ja, ein Experiment, mit dem ich versuchen wollte, sie über den Winter zu bringen, ein Experiment, das leider fehlgeschlagen ist. Bis auf die Königin sind sie alle gestorben... Nächstes Jahr werde ich einen neuen Versuch machen. In Wirklichkeit habe ich das verhängnisvolle Telegramm gestern erhalten... Der Page, den ich gebeten habe, es mir im entscheidenden psychologischen Moment zu bringen, noch zusammengefaltet, so als ob es gerade eingetroffen wäre, hatte Verspätung... Ich muß zugeben, daß ich nicht mehr so recht wußte, was ich sagen sollte;

etwas Zeit gewonnen habe ich nur, weil Frau Adler, Sie selbst, sowie Wuppen und Spengkler sich kräftig eingemischt haben... Gute Reise, Watson. Bitte empfehlen Sie mich aufs wärmste Ihrer charmanten Gattin und versuchen Sie, die Schokolade, die ich Ihnen für sie mitgegeben habe, nicht anzurühren.«

Eine mächtige Dampfwolke quoll unter den Rädern der Lokomotive hervor. Ich kletterte in mein Abteil, wo ich von einer Person in würdiger und ein wenig geschraubter Haltung sehr zuvorkommend begrüßt wurde. Der Mann saß am Fenster, und sein ordentlich gestutzter Bart weckte eine verschwommene Erinnerung in mir.

»Krafft-Ebing«, sagte er, erhob sich höflich und reichte mir die Hand. »Professor Krafft-Ebing. Wir haben uns im Bristol, nun ja, getroffen, Doktor Watson. Ich reise nach Frankfurt... Sie kehren nach England zurück, wenn ich mir die Frage erlauben darf?«

»In der Tat!« sagte ich und ließ mich ihm gegenüber nieder. »Ich erinnere mich sehr gut an Sie, Professor, und auch an unsere lange, fruchtbare Unterhaltung. Ist es Ihnen gelungen, diesen geheimnisvollen Fall der genotzüchtigten Kühe aufzuklären?«

»Ja«, sagte er düster. »Das war kein Kunststück. Es ist immer das gleiche. Meine Schlußfolgerungen standen übrigens bereits fest, als ich noch gar nicht in Bern angekommen war. Die Zeugenbefragung an Ort und Stelle und im Prozeß hat mir nur bestätigt, was ich schon wußte.«

»Was wollen Sie damit sagen?«

»Der Täter war natürlich der Bauer. Ein sodomitischer Kuhhirt... Ein Fremder auf der Durchreise hätte mit der Bäuerin angefangen... Eine recht trübe Affäre, Doktor Watson, aber vor allem sehr banal. Entsetzlich banal.«